박경리 문학 세계

운명으로부터의 자유

박경리 문학 세계

운명으로부터의 자유

조윤아 지음

마로니에북스

차례

책머리에   8

제1부
운명적 현실의 부딪힘과 날아감   13

제1장 항구도시 통영의 경험과 상상의 공간   15

　　1. 그리운 고향 통영   15

　　2. 현실 이탈의 몽환적 이미지   18

　　3. 일시적인 혹은 영원한 피안의 세계   24

　　4. 좌절된 현실과 금기 파괴의 상상력   28

　　5. 상징적 공간으로서의 통영   34

제2장 1970년대의 상황과 소설 속의 아버지   36

　　1. 여성 인물 중심의 작가   36

　　2. 1970년대 박경리의 행보와 발표 작품의 의미   37

　　3. 권위적이고 무서운 아버지에 대한 양가의식   40

　　4. 사회적 금기를 범한 아버지에 대한 극복의지   51

　　5. 아버지에 대한 기억   61

제3장 폭력에 희생당한 자들의 원죄의식   63

    1. 운명론적 세계관   63

    2. 폭력의 재앙, 어둠 속 죽음의 위협   65

    3. 무고한 희생자에게 붙여진 표지(標識)   72

    4. 죄의 연대(連帶), 원죄의식의 강요   78

    5. 박경리 소설에서 '희생자'의 의미   85

제4장 죽음에 대한 강박관념과 인간에 대한 연민   89

    1. 한국전쟁 체험과 죽음   89

    2. 암울한 시대 젊은이들의 방황   90

    3. 비극적 죽음의 소용돌이와 생존 의지   94

    4. 인간에 대한 회의 혹은 연민   99

제2부

자유를 향한 노정과 작가의식   109

제1장 작가로서의 고뇌와 깨달음   111

    1. 수필집의 발간   111

    2. 나와 사회에 대한 비판적 관심   112

    3. 작가노트 혹은 문학수첩   116

    4. 『토지』 집필 시기의 어려움   120

    5. 아름다운 기억   123

제2장 소설가 주인공 소설에 나타난 작가의식　　　125

　　1. 문학에 대한 작가의 목소리　　　125
　　2. 정치적 현실의 불안과 문학의 무용(無用)　　　128
　　3. 자본주의적 속물성과 대립하는 작가의 개성　　　134
　　4. 고독, 예술가로서의 선택적 고립　　　140
　　5. 왜 쓰는가?　　　145

제3장 박경리의 글쓰기에 나타난 정치적 감각과 역사의식　　　147

　　1. 작가의 독서체험과 역사의식　　　147
　　2. 세 가지 색깔의 글　　　150
　　3. 사상 검증과 정치적 폭력의 고발　　　156
　　4. 4·19 혁명의 형상화와 그 의미　　　162
　　5. 창작 현실과 역사의식　　　168

제4장 가해자를 통해 드러나는 윤리의식　　　170

　　1. 전쟁 피해자와 가해자　　　170
　　2. 『창』의 서사 모티프 형성 과정　　　173
　　3. 끝없는 응시, 영원한 죄인의 멍에　　　178
　　4. 용서에 대한 갈망과 화해의 시도　　　183
　　5. 도덕의 굴레에 대하여　　　188

제3부

무한한 자유 지향의 세계, 『토지』   191

제1장 『토지』 주요 인물 구성의 특징과 의미   193

    1. 『토지』 등장인물의 가족 구성   193

    2. 최참판가를 위태롭게 한 두 사내의 사랑   197

    3. 새로운 시대를 의미하는 결혼   201

    4. 관습과 제도를 넘어서는 사랑   209

    5. 제도의 변화와 의식의 변화   213

제2장 『토지』 주요 공간의 의미와 공간 구성   219

    1. 운명공동체, 평사리와 진주   220

    2. 민족과 반민족, 용정과 만주   222

    3. 변화의 중심, 서울   226

    4. 공동선의 추구, 지리산   231

미주   234

부록   252

책 머 리 에

　박경리 선생님을 처음으로 직접 만나 뵌 것은 2003년 정초였다. 운이 좋게도 『토지』 연구자들이 모여 프로젝트를 할 수 있게 되었는데, 정초에 인사차 찾아뵈었던 것이다. 첫인상은 경이로움 그 자체였다. 박경리 선생님의 장·단편 소설 연구로 석사학위를 받고, 『토지』 연구로 박사학위를 받으면서 10여 년 동안을 박경리 선생님의 작품 속에 파묻혀 살았다. 그러면서도 직접 뵐 수 있을 것이라고는 생각조차 하지 못했는데, 직접 뵐 수 있다는 설렘에 잠을 설치고 간 자리였다.

　박경리 선생님은 여느 작가들과는 달리 대문호의 아우라를 지니고 계셨다. 한참 동안 말씀을 해주셨는데 넋이 나가 무슨 말을 들었는지 기억조차 나지 않는다. 세상 이야기를 하셨던 것 같기도 하고, 찾아뵌 이들이 모두 대학생을 가르치고 있으니 우리나라 젊은이들에 대해 말씀하셨던 것 같기도 하다.

연구자가 대상 작가에 대해 너무 깊은 애정을 가지고 있으면 객관적으로 비판하기 힘들다는 말을 종종 들었다. 석사과정을 다니면서 논문을 준비할 때부터 들어온 말이고 지금도 듣고 있는 말이다. 고민하는 내게, 사실은 대부분의 연구자들이 애정 있는 대상을 연구 주제로 선택하는 것이라고, 애정 없이 어찌 그 많은 시간을 함께 보낼 수 있겠느냐고 말해주는 선후배와 동료들이 있었다. 새삼 그들이 너무 고맙다. 지금 생각해보면 연구 주제를 바꾸지 않은 것이 얼마나 다행인지 모른다.

박경리 선생님의 작품 중에 「집」이라는 단편소설이 있다. 여주인공은 집수리를 몇 년째 계속 하고 있다. 그런데 그는 그 일을 끝내고 싶은 것이 아니라, 그 일이 끝날까 봐 걱정인 사람이다. 나도 그와 같다. 정말 다행인 것은 내가 살아생전에 박경리와 관련한 연구를 끝낼 수 있을 것 같지가 않다는 것이다.

박경리는 『토지』의 작가다. 그래서 그의 70여 편의 소설들은 제대로 평가 받지 못하였다. 이 책은 박경리의 중·장편들을 집중적으로 다루어 그동안 주목하지 않았던 작품의 가치를 재조명하고자 하였다. 작가의 사적 체험뿐만 아니라 집필 당시의 시대적인 상황이 『토지』보다 더 확연하게 보이는 작품들이다. 특히 장편소설 『단층』과 『창』은 아주 의미심장한 중요한 작품이다. 그 외 단편소설들과, 현실의 문제적 사안에 대하여 혹은 개인사에 대하여 솔직한 견해와 심정을 표현한 기사나 에세이도 연구의 대상으로 삼았다. 이를 통해 작가가 들려주는 사회를 향한 걱정 어린 목소리를 더 크게 들을 수 있기를 기대한다.

제1부는 고향, 아버지, 남편, 아들 등 작가의 개인사에 대한 고뇌가 내밀하게 반영된 작품을 연구 대상으로 한 글이며, 제2부는 문인으로서 살아가면서 얻게 된 번민을 담고 있는 작품을 연구 대상으로 한 글이다. 제

3부는 『토지』 연구만 따로 간략하게 마련하였다. 발표했던 것들을 가다듬고 빼고 보탠 것이라 책의 구성이 치밀하지 못한 점이 아쉽다.

이 책은 나의 스승과 동료와 선후배 그리고 가족이 만든 것이다. 더 잘 만들지 못해 죄송할 따름이다. 그분들께 진심으로 감사드린다. 부족한 원고를 출판해준 마로니에북스에도 감사의 마음을 전한다.

2014년 초가을 니콜스관에서
조 윤 아

제1부

운명적 현실의
부딪힘과 날아감

제1장

항구도시 통영의 경험과 상상의 공간

−『애가』,『파시』,『환상의 시기』,『김약국의 딸들』을 중심으로

1. 그리운 고향 통영

　박경리는 1926년 통영의 '뚝지먼당'이라는 가난한 동네에서 태어났으며 진주 여고를 다닐 무렵 명정리로 이사했다고 한다.[1] 2004년 11월 4일 박경리는 50여 년 만에 통영을 방문했다. 통영시장의 초청으로 시민을 대상으로 한 강연을 하기 위해 통영을 찾았다. 그 동안 그는 외부적인 요인으로 고향을 찾지 못한 것이 아니라 작가의 개인적인 사정으로 고향을 가지 않았다. 임순만 기자는 "우리나라의 대표적 작가로 꼽히는 박씨가 50년 동안 고향을 방문하지 않았다는 사실은 우리 문단에서 꼽는 몇 개의 미스터리 중 하나"라고 하였다.[2] 일반적으로 사람들은 누구나 고향에 가고 싶어 하기 때문이다. 해방 후 서울에서 머물 때에 "밥을 먹고 있는데 밖에서 '통영 소반' '통영 소반'하는 소리가" 나서 쫓아 나가보고 "오랜만에 통영 말을 들으니까 눈물이" 났다는[3] 그가, 그 오랜 세월 동안 고향에 잠시라

도 가보지 않은 까닭은 무엇일까.

통영은 그의 대표작 『토지』에 비록 비중이 적기는 하지만 긍정적인 특성을 지닌 공간으로 등장한다. 친일파 조준구의 '곱새' 아들 조병수, 불행한 결혼으로 고통에 빠진 신여성 임명희, 독립운동에 앞장서는 의식 있는 신여성이면서 일본인을 사랑하게 되어 딜레마에 빠진 유인실, 백정의 아들이라는 신분의 벽을 넘지 못하고 방황하는 송영광 등이 통영을 방문하면서 위안을 받거나 깨달음을 얻거나 소망을 드러내기도 한다. 작가가 작품의 배경을 묘사하는 데 있어서 자신이 직접 체험한 공간과 체험하지 않은 공간에 차이를 보이는 것은 당연한 것인지도 모른다. 박경리 역시 작품 속에서 통영을 묘사할 때에는 사실적인 기법으로 정확하고 탁월한 정경묘사를 하고 있으며 "경상도 해변의 향토 언어와 향토적 색채에 대한 남다른 애정"을 드러낸다.[4] 통영은 단지 체험 공간일 뿐 아니라 그가 태어나고 자란 곳이기 때문이다. 사반세기 동안 『토지』를 집필하면서 때로는 통영을 떠올리며 아름다운 풍경을 묘사하고 인정 많고 순박한 사람들이 사는 살기 좋은 곳으로 이야기를 써나가면서도 그는 한동안 그곳을 찾지 않았다.

박경리에게 있어서 통영은 가고 싶은 고향이자 "자신의 어머니를 버리고 젊은 여자와 재혼한 아버지"가 사는 곳이기도 했다. 한국전쟁 중에 남편을, 전쟁 직후에는 아들을 잃은 그가 그 무렵 고향을 떠나, 1955년 문단에 데뷔한 이후에도, 유명한 작가가 된 이후에도 고향을 찾지 않았던 것은 바로 아버지와 남편과 아들의 '상실'에 대한 상처 때문으로 보인다. 작가의 이러한 상처와 결핍은 고향 통영을 직접 찾아가 고향 사람들을 만나는 데에 장애로 작용하였으며, 창작에 몰두하였던 시기 통영을 작품의 공간으로 끌어들여 문학적 상상력으로 그 결핍을 채워나가도록 했을 것이다.

프로이트는 예술 작품이란 한 예술가가 현실에서 좌절된 욕구를 환상 속에서 대신 충족시킨 것이라고 하였다. "문학이나 예술은 현실에서 좌절된 욕구를 충족시키려는 꿈의 승화된 징후"라는 것이다. 물론 다른 의견이 있을 수도 있다. 융의 경우는 예술 작품을 잠재욕구, 그것도 프로이트가 주장하고 있는 것과 같은 병리적인 욕구의 표출로 보지 않았다. 융은 집단 무의식이 인간 창조력의 역동적인 에너지라고 설명했다. 그렇다 하더라도 김열규의 지적대로 이들은 "인간 창조 행위의 바탕"에 "스스로 의식하지 못하고 스스로 의도하지 아니함에도 불구하고 내부에서 우리들 인간을 밀어서 행동케 하고, 창조케 하는 원동력이 있다고 보았다는 점에서" 같다. 즉 문학 작품이란 "필경은 인간 무의식의 표출"이라는 측면을 부인할 수 없는 것이다. 김열규는 그것이 "라깡의 유명한 〈그것이 말한다〉라는 명제, 줄리아 크리스테바의 〈말하는 주체〉에 대한 문제 제기와도 연관"되는 것이라고 덧붙여 설명한다.[5] 박경리 또한 스스로 인터뷰에서 "행복했다면 문학을 하지 않았을 것"이라고, 글쓰기는 "영혼의 결핍" 때문이었다고 고백하고 있다.[6]

통영은 140여 개의 섬으로 이루어진 항구 소도시이기에 통영의 묘사에는 바다가 빠지지 않는다. 『토지』가 육지, 땅과 관련된 이미지가 지배적인 것에 비해 통영을 배경으로 한 소설은 바다, 물과 관련된 이미지가 지배적이다. 박경리가 '토지'는 "사유재산과 인간 패권주의의 시발점"[7]이라고 하였다시피 『토지』는 한국의 정치·사회사, 역사에 대한 작가의 의식과 사상을 드러내는 작품이다. 이에 반해 작가의 고향이자 모태를 상징하기도 하는 바다의 이미지로 충만한 통영을 주요 무대로 한 작품에서는 작가의 내면의식, 개인적인 원초적 고뇌를 드러낸다.

2. 현실 이탈의 몽환적 이미지

통영이 주요 배경이 되는 작품으로는 장편『애가』,『김약국의 딸들』,『파시』와 중편『환상의 시기』 등이 있다.『애가』는 1958년 〈민주신보〉에 연재된 박경리의 첫 장편소설로 한국전쟁이 끝난 지 얼마 지나지 않은 전후를 배경으로 하며,『김약국의 딸들』은 연재 없이 1962년 을유문화사에서 발행된 첫 전작 장편소설로 근대 개항기에서 일본 식민지시대를 배경으로 한다.『파시』는 1964년 7월 31일부터 1965년 5월 31일까지 〈동아일보〉에 연재되었던 장편소설이고 한국전쟁 기간이 배경이다.『환상의 시기』는 1966년『한국문학』봄, 여름, 가을, 겨울 호에 연재된 중편으로 일본 식민지시대를 배경으로 한다. 이 작품들은 시간적 배경이 한국전쟁이나 일본 식민지시대라는 역사 적인 특수성을 지니고 있음에도 불구하고 그 시대적 의미를 표면적으로는 미미하게 다룬다.

일례로『김약국의 딸들』은 통영을 소개하면서 서술한 정치적인 사건들이나 태윤과 강극 등 항일운동으로 붙잡혀가는 젊은이들을 서술할 때 등 몇 가지 경우를 제외하고는 시대의 역사성이 크게 부각되지 않는다. 친인척과 가족, 지인 등 인간관계에서 벌어지는 갈등이 사회·정치적인 사건을 압도하고 있다. 그것은 간혹『토지』가 역사소설이라는 견해에 비판적 입장을 보인 연구자들로부터 지적되곤 하는 박경리의 창작 방법—"역사는 배경으로만 존재"하고 "전형성"을 담보하지 못한 인물들과 "운명론적 세계관"[8]— 때문일 수도 있지만, 작품의 공간적 위치 자체가 정치적인 영향을 직접적으로 빠르게 받으면서 급격한 변화를 겪는 수도와 거리가 먼 남해안 소도시이기 때문이기도 할 것이다.

『애가』의 주요 공간은 서울과 P시이다. 통영이라는 지명이 나오지 않지만, 서울과 부산을 고유지명으로 쓰고 있는 것과 달리 이니셜을 쓰고 있는 이 소도시는 잔잔한 바다를 볼 수 있는 남쪽 해풍(海風)이 불어오는 고장으로, "동란 때 피란 갔던 부산 바다와는 다른" 아담스런 항구라고 하는 등 묘사적 특징의 유사성으로 보아 작가가 체험한 통영 공간이 투영된 것임을 알 수 있다. 서울에서 마음의 상처를 입고 친구를 찾아 떠난 민호를 통해 서술된 P시는 "향유를 부어놓은 듯 잔잔한 바다가 아스라이 보이"며 "동백꽃이 피고, 유자가 무르익는 목가(牧歌)가" 있는 "한없이 아름다운 남국의 바다, 꿈과 같이 흰 배가" 가는 곳이다. 한편 『파시』의 주요 공간은 부산과 통영인데, 부산 항구에서 조만섭이 수옥을 데리고 출발하여 통영에 도착하는 것으로 이야기가 시작된다. 이때 통영의 첫인상 "한낮의 시가는 오랜 잠에 빠진 듯 고요하고 지나가는 사람들은 그림자같이, 꿈속의 모습같이 느릿느릿 움직인다." 『애가』의 민호와 『파시』의 수옥은 통영을 처음 방문하는 것이며, 이때 통영의 모습은 몽환적이라는 유사성을 보인다.

『토지』에서 임명희, 송영광이 처음 본 통영의 모습도 이와 유사한 특징을 보인다. 부산에서 여수행 기선을 탄 명희는 "신선한 바다 냄새"가 나는 "파닥거리는 생선 같은 항구" 통영에 기항하였을 때 "저 자신도 모르게 가방 하나를 들고 하선" 한다. 그리고 처음 걷는 통영의 거리는 『파시』에서 수옥이 걷는 거리 풍경과 다르지 않다. "뱃머리의 그 소음과 활기는 현실이 아니었던 것처럼 거리는 오수(午睡)에 잠겨 있는 것처럼 조용했다. 지나가는 사람들조차 실루엣 같기만 했다. 간혹 자전거 소달구지도 지나갔으나 사람들은 대부분 천천히 걷고 있었다." 또 송영광은 통영 항구에서 바라보는 바다 풍경에 마음을 빼앗긴다. "바다 풍경이 이렇게 아름답고 신선한 것을 미처 모르고 살아온" 것이다. "조촐하고 청정하고 마치 내 집 안마당같이 아늑해" 보이고 처음으로 "생명의 신비"를 느낀다.

동일한 공간이라 하더라도 소설에서 그곳에 대한 묘사는 등장인물과 사건의 성격에 따라 변화를 보일 수 있다. 『파시』에서 두 여주인공 수옥과 명화가 등장할 때 바다의 풍경은 각각 다르게 대조적으로 묘사되고 있다. 수옥은 햇빛이나 달빛이 찬란하고 부드러운 바다와 함께 있으며, 이와 달리 명화는 달빛도 없이 안개가 덮인 우울한 바다를 만난다.

> 해변 길을 따라 수옥은 걸어간다. 달이 밝다. 오른편 언덕의 굽은 나무 그림자가 흔들리고, 달은 길을 한낮같이 비춰준다. 물이 가득 들어찬 방천 아래서 물결 소리는 부드럽게 들려오고 바닷물이 눈부시게 일렁인다. 돛단배가 달 따라 나왔는지 조용히 지나가고 똑딱선이 통통거리며 지나간다.
>
> ―『파시』, 마로니에북스, 2013 p. 112.

> 안개가 덮인 바다는 잿빛 포장을 깔아놓은 듯 무겁게 보인다. 그래도 갈매기 떼는 눈이 밝은지 모이를 찾아 바다 위에 날아내리고, 작은 고기를 물고 날아오른다. 배 한 척 없는, 안개에 가려 섬도 볼 수 없는 우중충한 풍경, 이 세상 끄트머리같이 우울하다. p. 89.

수옥은 전쟁으로 가족을 잃고 홀로 피난을 다니다가 부산에서 조만섭의 처제 집에 머무르게 되었는데, 그녀의 남편에게 성적 괴롭힘을 당하다가 통영 조만섭의 집으로 오게 되었다. 수옥은 현재 겁에 질리고 위축된 상태이지만 과수원을 하는 부모와 오빠가 셋이나 있는 막내딸로 자라면서 행복했던 가족과 이북 고향에 대한 좋은 기억이 있다. 여학교도 나오고 갖은 세파도 겪었지만 "유아적인 순수 백지 상태"의 인물이다. 조만섭의 처에 의해 밀수꾼 서영래에게 넘겨져 갇혀 지내기도 하지만 수옥은 학수의 사랑을 받으면서 낭만적인 밤바다의 풍경을 보기도 한다. 수옥과 학수가 처음으로 약속을 하고 만나게 된 밤바다의 장면은 "어망을 끌어당기며 부르는 어부들의 노랫소리가 출렁이는 푸른 공간을 타고 아슴푸레 들려오는 것 같기도 하고 슬픈 일 모두가 다 아름답게, 옛날 옛적에 단 한 쌍의 사나이와 여자가 있었던 것처럼 찬란하고 고요한" 것으로 묘사되어 낭만적이다. 하지만 넉 달 동안 섬에서 함께 숨어 지내던 중 징집을 받아 끌려가는 학수를 보고 학수 어머니 집으로 달려가는 수옥에게 방천을 치는 바다의 물결소리는 "울음 같고 몸부림 같은 소리"로 들린다.

한편 남자 주인공인 응주가 등장하는 항구의 모습은 수옥이나 명화가 등장할 때보다 훨씬 생동감 있고 활력이 넘친다.

> 날씨가 좋아서 고깃배들이 연방연방 밀려 들어온다. 비바람에 꺼
> 멓게 썩은 파시 장 건물에서부터 그 앞길을 어부, 어물장수들의 시끄
> 러운 고함 속에 생선더미가 실려나가고 실려들어온다.
> "이놈의 갈가마귀떼 같은 새끼들! 저리 비켜라!"
> 어른들 발길에 채면서 깡통을 든 아이들은 길바닥에 떨어진 생선
> 을 재빠르게 주워 담는다.
> "고기가 잡혀도 걱정 안 잡혀도 걱정, 오늘은 죽을 쑤는구나, 제기랄!"
> 배로 돌아가는 어부들이 투덜거린다. p. 108.

이처럼 등장인물에 따라, 때로는 사건의 성격에 따라 통영의 묘사는 조금씩 차이를 보이며 그것은 인물과 사건을 이미지화하여 그 특성을 더욱 부각하는 효과가 있다. 이처럼 소설에서 공간 배경의 묘사는 등장인물과 사건의 성격에 따라 변화를 보일 수 있으므로 『애가』의 민호, 『파시』의 수옥, 『토지』의 명희와 영광 등 그 공간에 처음 들어가는 인물들이 본 공간

의 첫 모습, 사건이 진전되기 전 처음 서술되는 그 공간에 대한 묘사는 그 작품에 중요한 복선으로 작용한다.

분명한 것은 『파시』에서 응주가 "바다는 다 같은 바다인데" 부산은 "아우성이 있고 통영에는 흐느낌이" 있으며 "통영의 등대불은 별빛같이 깜박이는데" 부산의 "저 외국 화물선의 불빛은 괴물이 쏘는 눈빛같이 황황"하다고 느끼고 있듯이, 통영은 잔잔하고, 은은하며, 눈부시고, 아스라이 보이며, 아슴프레 들리는, 몽환적 아우라를 가지고 있다는 것이다. 김정자는 『파시』 연구에서 "둥그스름한 통영 항구의 어두운 새벽, 멀고 가까운 섬들의 아름다운 모습과 남방 산허리와 수평선을 끼고 도는 짙붉은 아침놀, 돛을 접고 항구에서 잠을 잔 목선들, 그리고 아직도 꺼지지 않은 등대불과 별의 희미한 가물거림…… 이런 것들이 무한히 환상적인 해역(海域)의 공간성을 마련함으로 해서, 마치 작품을 통해 작가는 향수를 달래고 있는 듯한 느낌을 준다"고 하였다.[9] 그런데 작품 속 배경 묘사를 하면서 작가가 의식적으로 향수를 달래보자며 서술을 하는 경우는 극히 드물 것이므로 그것은 고향에 대한 무의식적인 발로일 것이다. 따라서 위의 진술은 박경리 소설에서 통영은 고향에 대한 향수가 무의식적으로 투영되면서 환상성을 지닌 공간이 되기도 한다는 의미로 읽힌다.

『환상의 시기』에서 통영 공간이 투영된 그곳은 추억과 몽상의 몽환성으로 나타난다. "찬란하게 푸른 바다가 내려다보이는, 햇빛이 황금같이 눈부신 꿈처럼 잠든 백조와도 같이 머물러 있는 돛단배"가 있는 그곳은 정확한 지명도 이니셜도 없이 등장한다.

> 어느 경우의 분위기에서, 혹은 빛깔이나 소리, 그 밖의 그럴 실마
> 리도 아무것도 없는 곳에서, 또는 감당하기 어려운 일이 눈앞에 닿았

을 때 꿈속에서처럼 희미해진 세월을 넘어 뜻밖의 곳으로 민이는 가
는 것이었다. 그곳은 지금보다 명확하지만 그러나 황당하기도 했다.
그곳에서 민이는 옛날로 옛날로 밟아올라가기도 하고 뒷날로 되돌아
오기도 했다. 그러나 앞뒤를 마구 뛰어 아득한 미래의 찬란한 자기
모습을 만나러 가는 일도 드물지 않았다.

─『환상의 시기』, 지식산업사, 1980, p. 10.

이처럼 주인공 민이에게 "공상과 추억"을 떠올리게 하는 그곳은 바닷가
촌학교와 선망의 대상이 되는 읍내의 '국민학교'가 있는 곳이다. 박경리는
초등학교 3학년 때 부산에서 통영으로 전학을 와 산양읍 산양보통학교(현
진남초등학교)에 다니다가 4학년 때 읍내 통영공립보통학교(현 통영초등학교)로
전학하였다고 한다.[10] 『환상의 시기』에서 민이도 잠시 분교에 다니다가
읍내 '국민학교'로 전학을 한다. 이 작품은 박경리의 '자전적 성장소설'로
알려져 있으며 따라서 초등학교 시절의 '그곳'은 작가가 체험한 통영 공간
이 투영된 것이라고 할 수 있다.

『환상의 시기』는 현재와 과거의 시공간을 반복적으로 오고가며 사건
이 진행된다. 민이의 현재 서술 시간은 고등학생 때이며, 서술 공간은 여
학교 기숙사이다. 현실에서 "감당하기 어려운 일"이 생기자 민이는 그곳
을 떠올린 것이다. 과거의 공간 그곳은 다시 두 가지 성격의 공간으로 나
뉜다. 해저터널을 사이에 두고 읍내를 중심으로 한 공간과 해안가 촌학
교, 즉 분교가 있는 공간이다. "바다 건너편 오도카니 서 있는 분교는 더
욱 초라하고 가련해 보였"지만, 선망의 대상이 되는 학교의 교복을 입은
후 기쁨을 느낀 것도 잠시일 뿐 "민이는 기쁨보다 남 위에 나타나게 된 자
기에 공포를 느꼈다"고 했다.

고등학생 민이가 그리워하는 공간은 읍내의 국민학교가 아니라 분교가

있는 그 촌동네이다. 바다에 내려가기만 하면 옷은 물에 젖고 발은 굴껍질에 베고, 근처 산에 올라도 가시나무에 온통 발이 찔려 덧나곤 하지만 "산이나 바다에 가서 열매를 따고 조개 잡는 일을 정신이 없을 만큼 좋아했다." 그러나 잘 하지 못했으므로 무엇이든 잘하는 사촌이나 동무들에게 "신비함과 동경과 외돌토리의 슬픔"을 느낀다. 그래서 그들이 가지고 놀던 고무줄을 모아서 소중히 간직하기도 한다. 박경리는 이 『환상의 시기』를 "의상을 걸치지 않은 채, 자기미화 없이 벌거숭이의 모습을 드러"낸 작품이라고 하였다.[11] 그래서 민이의 모습은 어린 박경리(박금이)로 투영시켜 보게 된다.

3. 일시적인 혹은 영원한 피안의 세계

비현실적인 세계처럼 느껴지는 몽환적인 아우라를 가지고 있는 통영 공간은 고통스러운 현실적 상황에서 도피하여 안식을 찾을 수 있는 피안의 공간이 되기도 한다. 『토지』에서 친일파 조준구의 '곱새 아들' 조병수는 평사리를 떠나 통영에 정착하여 소목 일을 하면서 안식을 찾는다. 하지만 조준구가 통영으로 그를 찾아오면서 이 안식은 깨어지기도 한다. 또 불행한 결혼으로 상처를 입은 임명희는 여옥을 만나러 가는 여수행 기선을 탔다가 도중에 통영의 풍경에 이끌려 그곳에 하선하는데, 잠시 머무는 동안 물에 빠져 죽을 뻔한 위기를 모면하면서 깨달음을 얻는다. 이후 연고도 없는 통영으로 내려와 미륵도 분교 임시 교사를 하면서 홀로 조용히 지내다가 6년 동안의 통영 생활을 끝내고 서울로 돌아간다. 한편 유인실과 오가다 지로는 조선인과 일본인이라는 신분 때문에 서로의 사랑을 인정하지도 인정받지도 못하고 지냈으나 통영의 해저터널 안에서 잠시나마 서로의 마음을 확인한다. 이렇듯 『토지』에서 통영은 일시적인 피안의 공간이 되고 있다.

『환상의 시기』에서도 역시 그곳은 일시적인 피안의 공간이다. 왜냐하면 곧 그곳은 현실의 불합리함과 냉정함을 깨닫는 공간이 되기도 하기 때문이다. 앞에서 살펴본 것처럼 『환상의 시기』에서 통영 공간으로 보이는 그곳은 분교 학교가 있는 곳과 읍내 학교가 있는 곳, 두 곳으로 나뉘어 상상된다. 해저터널 건너편 촌동네 분교에서 즐겁게 지냈던 민이는 읍내 '제일국민학교'로 전학을 간 후에도 분교 근처의 해안가와 산으로 놀러 간다. 그리고 얼마 지나지 않아 읍내 국민학교에서 민이는 납득할 수 없는 충격적인 사건을 맞는다. 잘못도 없이 담임으로부터 뺨을 맞는 충격적인 일이 벌어진 것이다. 담임의 오해와 짜증으로 느닷없이 벌어진 이 일은 "민이의 심장 한 복판에 벌겋게 단 인두로 지져놓은 듯" 오랫동안 잊지 못할 상처로 남는다. 이렇듯 분교의 꿈만 같았던 잠깐 동안의 학교생활이 끝나고 읍내의 학교생활이 시작되면서 민이는 심한 갈등을 겪는다. "남위에 나타나게 된 자기"에 대한 공포를 느끼는데, 이것은 마치 모태에서 떨어져 나온 아이의 공포나 사회적 일원이 되기 위해 입사의식을 치러야하는 어린 아이의 공포처럼 인간사회의 어쩔 수 없는 통과제의라고도 볼 수 있다. 하지만 문제는 납득할 만한 과정과 준비 없이 순간적으로 벌어진 일로 인간에 대한 신뢰를 잃어버리고 사회를 불합리한 세계로 받아들이게 되는 결정적인 상처를 입게 되었다는 것이다. 어릴 적 이 경험은 여학교에 다니는 서술의 현재 시점에서 부당한 일을 당하게 되면서 또다시 선명하게 기억된다.

일본 식민지시대를 배경으로 하는 『환상의 시기』에는 '국민학교'와 '여자고등학교'에 일본인 교장과 교사, 그리고 일본인 친구들이 등장한다. 하지만 이 작품에서 일본에 대한 어떤 의식도 찾아볼 수 없다. 가난의 초라함과 부유함에 대한 부러움이, 그것도 잠시 있을 뿐이다. 아침이면 신작로에 아이들이 학교로 가기 위해 모이며 그곳에서 어떤 학생들은 우월감을 어떤 학생들은 열등감을 느끼기도 한다. "읍내의 훌륭한 두 소학교에 가는 아이들"과 "변두리 일인촌(日人村)에서 그네들 소학교로 가는 일본 아이들", 그리고 "수산학교로 가는 아버지 같은 남자 학생들"과 조라한 분교로 가는 아이들이 있기 때문이다. 여기에서 일본인은 제국주의의 성격을 지닌 지배적이거나 혹은 우월감을 드러내는 집단이 아니다. 이는 통영이 지닌 지역적인 특성도 한몫을 한다. 통영은 일제시대 이전부터 충무공 이순신의 업적 덕분에 일본에 대해 오히려 상대적인 우월감과 자신감, 자긍심 등을 가지고 있었다. 뿐만 아니라 통영의 미륵도에는 1907년부터 일본인 이주어촌인 '오카야마촌(剛山村)'이 형성되어 있었는데, 이들은 부유한 계층을 형성한 것이 아니라 영세어민으로 거주하고 있었다고 한다.[12]

한편 『김약국의 딸들』에서는 몽환적이거나 환상적인 통영의 거리, 통영 항구의 풍경을 찾아보기 힘들다. 바다 풍경에 대한 묘사는 앞의 세 작품 『환상의 시기』, 『파시』, 『애가』에 비교하면 그 분량에 있어서도 상대적으로 너무 빈약하고 건조하다. 등장인물의 성격이나 사건의 변화를 감지할 수 있는 바닷가의 다양한 모습을 볼 수 있는 것도 아니다. 진지한 혹은 다정한 대화를 나누는 곳으로 바닷가가 아니라 산속이나 학교 교정, 혹은 방안이 선택된다. 홍섭을 만나러 가는 용빈이 걸으면서 보고 있는 항구의 모습은 "선박의 불빛이 깜박거린다. 고깃불, 등대섬의 등대도 깜박거린다."로 끝나 있다. 오랫동안 사랑하였던 애인으로부터 배반의 선언을 들으러 가는 길의 모습 치고는 너무 간결하고 메마른 묘사이다. 비록 통영을 "바다 빛이 고운" "노오란 유자가 무르익고 타는 듯 붉은 동백꽃이 피는 청명한 기후"의 고장이라고 언급하고는 있지만 이것은 제1장 통영의 역사, 지리, 풍토, 문화 등을 마치 통영 관계자가 해설하듯이 기술하는 부분의 내용이다. 이야기 속에서 항구의 모습은 대개 어수선하고 어부들의 활기와 고단함이 주로 느껴지기 때문에 '잔잔한 물거품과 찬란한 물결의 꿈 같은 바다'가 아니라 '바람이 부는 거친 바다'의 모습이 지배적이다. 그나마 서울에서 공부하고 있는 용빈이 통영으로 귀향하는 첫 장면에서 고향에 대한 정감과 환상적인 분위기가 조금 드러나 있다.

> 가스등이 흔들리는 노점 앞에 이르자 용빈은 잠시 발을 멈추었다.
> 싸구려 화장품이며 비눗갑과 혁대 등 주로 뱃사람, 섬사람을 상대로
> 파는 잡화가 푸른 불빛 아래 동화처럼 신기롭게 보인다.
> "가스등만 보면 정말 통영에 온 것 같아. 참 다정스럽고 슬프
> 고……."
> 그러나 용빈의 얼굴은 조금도 슬프게 보이지 않았다.
> "생이는 가스등이 참 좋은가 배요. 전에도 그런 말을 하던데."
> ─『김약국의 딸들』, 마로니에북스, 2013, p. 84.

『김약국의 딸들』은 통영 지방에 전해 내려오는 설화적 모티프를 차용한 작품이라고 할 수 있는데 이에 대해 박경리는 "솔직히 말해 가지고 통영의 떠도는 얘기를 모아서 재편집"했다고까지 말하였으며 "작가의 입장에서는, 나를 거기에 투영했다기보다는 철저하게 객관성을 유지한 것이『김약국의 딸들』"이라고 하였다.[13] 다시 말해 이 작품은 작가가 고향에 대해 가지고 있는 공간의 상상력이 발휘된 작품이라기보다는 먼저 이야기의 서사가 결정되어 있고 그것을 통영이라는 공간에 배치한 것이어서 다른 작품에 비하여 작가의 무의식이 개입될 여지가 적은 작품이라고 할 수

있다.

그렇다고는 하더라도 『김약국의 딸들』에 나타나 있는 "비상 묵고 죽은 자손은 지리지 않는다"라는 주술적인 언문과 샤머니즘적인 요소, 비극적인 등장인물들의 운명 등이 어우러져 비현실적인 공간 특성을 보이는 것은 몽환적인 이미지의 공간 특성과 유사한 측면이 있다. 이 작품에서 피안은 일시적인 것이 아니라 영원한 것, 즉 죽음으로써 얻어진다. 성녀와도 같이 묘사되는 넷째 딸 용옥은 시아버지의 "짐승 같은 행동"으로 인해 죽음으로 내몰린다. 겁탈하려는 시아버지로부터 도망쳐서 남편을 찾아 떠난 뱃길에 "물에 뛰어 들고 싶은" 충동을 억누르며 부산에 도착한다. 그러나 길이 엇갈려 남편을 만나지도 못한 채 집으로 되돌아오는데 그 길에 익사하고 만다. 통영 가덕도 앞바다에서 "바람도 안 불었는데" 배는 침몰하였으며 익사하였음에도 불구하고 아이를 껴안고 죽은 용옥의 "시체는 말짱"하였다. "땅에서 얻은 곤욕과 치욕을 영원한 침묵과 포용의 공간에서 씻으려 하는 것이 용옥의 죽음"이라고 할 수 있으며,[14] 죽음으로써 용옥은 영원한 피안에 이르게 된 것이다.

4. 좌절된 현실과 금기 파괴의 상상력

통영 공간이 주요 무대로 설정되어 있는 작품들에서 피안의 시간이 일시적인 경우 이성적인 판단에 어긋나는 사건들이 중심 사건으로 발생하면서 주인공들은 혼란에 빠진다. 특히 비윤리적이며 사회적 통념으로 납득하기 어려운, 더 나아가 사회적 금기가 깨어지는 일들이 벌어진다. 주인공은 배반을 하거나 배반을 당하며, 폭력을 당하기도 한다. 하지만 무엇보다 강렬한 금기의 깨뜨림은 근친상간적인 인물관계의 형성이다.

『애가』에서 민호는 통영에 도착한 지 얼마 지나지 않아 발목을 삐어 앓아눕는데, 병간호를 해주는 설희에게 위안을 느끼면서 그녀와 결혼을 하겠다고 선언을 한다. 민호가 다른 여자에 대한 상사병을 이곳에 와서 앓고 있다는 것을 설희와 정규(설희 친오빠)가 알고 있지만, 이 결혼은 일사천리로 추진된다. 하지만 민호는 이주일 만에 서울로 돌아가서는 다시 연인이었던 진수를 찾아 헤매면서 고통스러워한다. 그 동안 설희를 잊어버린 채 지내고 결혼식 전날 통영에 도착해서야 설희에게 미안한 마음을 갖는다. 민호는 친구들에게도 결혼을 알리지 않고 친척들이 참석하려는 것을 만류하여 신랑 측에서는 부모만 참석하는 기이한 결혼식이 통영에서 치러진다. 민호에게 설희는 현실과 동떨어진 섬과 같은 이 소도시에서만 존재 의미를 갖는다. 이러한 상황은 서울에서 결혼 생활을 한 지 3년 후 설희의 죽음으로 종결된다. 설희의 자살은 민호가 "행복하게 할는지 그건 도무지 자신이 없"지만 "배반하지는 않겠"다는 약속을 저버렸기 때문이다. 민호는 산장에서 우연히 진수와 재회를 하고 여전히 서로 사랑하고 있음을 확인하면서 진실한 사랑을 끝까지 추구하고자 했고, 그것을 알게 된 설희는 자살을 선택한다. 설희의 죽음 후 민호는 "진실"했으나 "그 진실의 결과는 악"이 되고 마는 딜레마에 괴로워한다.

『애가』에서 근친상간적인 관계 형성은 오박사와 현회, 상화와 영옥에게서 나타난다. 상화는 '청상과부'로 슬픔에 빠진 형수 영옥을 위로하다가 성적인 관계를 맺게 되며 "그로부터 두 사람의 과오는 저주스런 쾌락 속에서 거듭"된다. 그러나 이들의 갈등관계는 영옥이 재가하고 상화가 서울로 떠나면서 해결된다.[15]

오박사와 현회는 부녀 근친상간적인 성격을 띠고 있다. 오박사는 현회의 아버지와 친구였으며 현회의 어머니를 사랑했다. 하지만 현회의 부모가 모두 죽은 후 오박사는 현회와 결혼을 한다. 그것이 "사변이 일어나고,

전전하는 피란생활 속에서" "불안과 절망 속에" 빠져 "현회란 여인 속에서 위안을 받으려 했던" 것으로 여겨지기도 하지만 분명 그 이전에 오박사가 현회에게 보내는 사랑은 '아버지의 사랑'이었고, 현회 역시 오박사를 아버지로 여겼다. 현회는 서울에서 S여대 국문과를 다니면서 정규와 연인이 되어 있었던 상태였다. 그러나 전쟁이 일어나고 정규가 입대한 사이 오박사와 현회는 결혼을 하였다. 이렇게 아버지와도 같았던 오박사와 결혼한 현회나 딸과도 같았던 현회와 결혼한 오박사, 두 인물 모두 작품 속에서 선하고 양심적이며 감성과 지성을 두루 갖춘 긍정적인 인물로 그려지고 있다. 현회는 "마음속으로 오빠를 사랑하면서 오박사하고 생활해야만 하는 이중성에" 괴로워하면서 오박사가 있는 서울을 떠나 통영에서 지내고 있다. 또 오박사는 현회와 정규의 사랑이 이루어질 수 있도록 자신이 떠날 결심을 한다.

> '한 여자는 스스로의 생명을 끊었다. 서로 사랑하는 그들을 위하여. 그렇다면 나는 어떻게 할 것인가? 나도 저렇게 내 스스로의 목숨을 끊어야 하는가? 서로가 사랑하는 그들을 위해서……'
>
> ─(중략)─
>
> '사랑하는 서로가 결합이 되어야 하는 것은 범할 수 없는 정칙이야. 그것을 막는다는 것은 흐르는 물을 막는 것과 다름이 없는 짓이지. 어차피 물은 낮은 곳으로 흘러가는 것이고, 애정은 서로 사랑하는 곳으로 흘러가는 법이니……'
>
> ─「애가」, 마로니에북스, 2013, pp. 261-262.

위와 같이 생각한 오박사는 결국 미국으로 떠나며 현회가 정규에게 가기를 바라는 메시지를 남긴다. 박경리의 첫 장편소설인 『애가』는 작가의 작위적인 설정과 결말, 그리고 불륜의 사랑을 다루어 통속적인 애정소설로 평가되기도 한다. 하지만 이 작품은 작가의 개인적이고 내밀한 결핍을 충족시키는 구성과 결말을 보여주고 있다는 점에서 평가받아야 할 것이다. 박경리는 자신의 출생 자체를 "불합리"하다고 했다. 왜냐하면 "아버지는 죽는 날까지 어머니에 대하여 타인이라기보다 오히려 적의에 찬 감정으로 시종일관"했음에도 불구하고 "사랑하지도 않고 그렇게 미워한 여인에게 나를 낳게" 했기 때문이라는 것이다.[16] "14세 나이에 네 살 연상인 어머니와 결혼했던 아버지는 열여덟에 나를 보았"으나 "조강지처를 버리고 재혼"하였으며, 박경리는 아버지가 재혼한 그 여성을 사랑했던 것으로 기억한다.[17] 또 그는 "증오하고 학대하던 남자의 자식을 낳게 해 주십사고" 산신에게 애원을 한 어머니를 "경멸했었다"고 했다. 왜냐하면 "그것은 사랑의 강요였기 때문"이라는 것이다. 박경리에게 사랑의 강요는 경멸의 대상이 되고 사랑의 추구는 동정의 대상이 된다. 『애가』의 인물들이 현실세계에서 비상식적으로 보이는 결정을 내리고 그것을 실행에 옮기면서 결국 이루고자 하는 것은 사랑의 완성이다. 그것은 반드시 자기 자신의 사랑을 위해서가 아니며, 오히려 자신의 희생이 있을지언정, 누구의 것이든 사랑이 이루어질 수 있도록 하기 위함이다. 이러한 등장인물의 행동은 다른 작품에서는 거의 찾아보기 힘든 설정이다.

박경리는 "어머니에 대한 연민과 경멸, 아버지에 대한 증오, 그런 극단의 감정 속에서 고독을 만들었고 책과 더불어 공상의 세계를 쌓았"으며 "분노와 고통과 비애는 글을 쓰는 행동으로 지탱이 되었다."[18]고 하였다. 그러나 한편으로 그는 아버지에 대한 동정과 그리움을 드러내기도 한다. 그는 "딸에 대하여 죄책감도 있었겠지만 너무나 젊은 아버지였었기에 평소 나를 어려워했던 것"을 기억하며 "6·25 때 피난 간 고향에서의 아버지는 몹시 불우했다. 만주에서 빈손으로 나온 데다 상처(喪妻)까지 했으니."

라며 아버지를 동정하기도 한다. 또 "성미가 불칼 같았고 조금은 낭만적이며 우승컵 같은 것도 받은 운동선수의 경력"도 있고 "미식가이며 의복에 까다롭던 아버지"의 "강한 기상은 아무도 꺾을 수 없었"다면서 멋있는 아버지를 추억한다. 뿐만 아니라 "후일 들은 얘기지만 중국에 있을 때 내 사진을 꺼내어 곧잘 친구들에게 자랑을 하곤 했다"[19)]면서 자신을 잊지 않고 기억해주는 아버지의 모습에 의미를 부여하기도 한다.

증오이자 그리움의 대상인 아버지는 작가의 생애에서 최초의 결핍 대상이었다고 해도 과언이 아니다. 다른 공간을 배경으로 한 작품에서는 찾아볼 수 없는 '부녀' 근친상간적인 모티프는 고향 통영 공간의 상상력이 발휘된 작품 『애가』와 『파시』, 『김약국의 딸들』에서만 나타난다.

『파시』에서 통영을 피안의 공간으로 선택한 선옥은 밀수꾼 서영래를 만나 갇혀 지내며 고립된 상태에서 성적으로 유린당한다. 서영래는 아내가 있으면서도 조만섭의 둘째 부인 서울댁과 공모하여 선옥을 외딴집에 가둔다. 그리고는 먹을 것과 입을 것도 넉넉하게 주지 않으면서 사람을 붙여 두어 도망을 가지 못하게 감시하고 아내 몰래 며칠에 한번씩 다녀가면서 선옥을 괴롭힌다. 『파시』에서 근친상간적인 관계는 또다른 여주인공 명화와 박의사에게서 나타난다. 작품의 중후반까지만 해도 박의사가 응주와 명화의 결혼을 반대하는 이유는 명화의 어머니가 "미쳐서 자살한" 때문으로 보인다. 그 혈통 때문에 자손을 낳고 살기에 부적합할 것이라는 박의사의 판단은 응주와 명화 그리고 명화의 아버지인 조만섭을 절망하게 한다. 박의사는 응주에게 윤교수의 딸, "싱싱한 과일같이 향그"러운, "온 세상이 그를 위하여 기쁨에 넘쳐 있는 듯" 아름다운 죽희를 소개시켜주기도 하는데, 응주가 죽희를 만나는 사실을 알게 된 명화는 더욱더 슬픔에 빠진다. 하지만 명화가 일본으로 밀항을 하게 된 결정적인 사건은 박의사의 고백 때문이다.

"자식의 출세를 바라지 않을 부모는 없을 게고, 나 역시 그런 부류의 아비 아니었다고 할 수는 없겠지. 그러나 아비가 자식을 미워한다면?" p. 489.

"마지막까지 거짓으로 끌고 가려고 했다면 명화의 혈통을 또 쳐들었겠지. 지금까지 그것은 매우 허울 좋은 방패였지만……."

"명화는 내 며느리가 되어서는 안 된다는, 다만 그것뿐이야. 내가 좋아했던 여자를 아들이 가져서는 안 된다는 그것뿐이야." p. 490.

사회적으로 높은 지위를 가지고 있으면서 아들의 출세를 걱정하는가 하면 결벽증이 있고 전혀 감성적이지도 않은 박의사의 위와 같은 고백은 가히 충격적이다.

작가들은 작품 속에 간혹 근친상간의 관계를 설정한다. 그리고 그것은 작가마다 혹은 작품에 따라 다른 특징을 보이며 그것은 각기 다른 의미를 지닌다. 예를 들어 토마스 만의 작품에 나타난 근친상간은 주로 남매 근친상간과 모자 근친상간으로 나타난다.[20] 박경리의 작품 중 특히 통영 공간의 상상력을 통해 나타나는 근친상간적 관계의 특징에서 주목을 끄는 것은 아버지와 딸은 아니지만 그것을 연상시키는 관계, 『애가』에서는 아버지의 친구와 친구의 딸, 『파시』에서는 애인의 아버지와 아들의 애인, 『김약국의 딸들』에서는 남편의 아버지와 아들의 아내 등으로 변형된 부녀의 관계이다. 이 부녀 근친상간적인 관계는 때로는 『애가』에서처럼 상당히 긍정적으로, 때로는 『파시』에서처럼 운명적으로, 또 『김약국의 딸들』에서처럼 증오와 분노로 그려지고 있는데, 이는 아버지의 결핍을 충족시키려는 작가의 무의식적인 다양한 시도처럼 보인다.

5. 상징적 공간으로서의 통영

박경리는 부모의 이혼, 남편과 아들의 죽음, 가난 등 전기적으로 불행한 일을 겪었다. 그는 자신이 겪은 불행에 대응하기 위하여 문학을 선택하였고, 소설을 창작하면서 "말의 마술"에 걸렸다고 했다.

> 왜 말의 마술에 걸렸는가 하는 문제가 제기되는데, 그것은 나 아닌 대상에 접근하는 방법이에요. 또 그게 살아가는 과정 아니겠어요? 나 아닌 상대방, 말하자면 사랑하는 사람이나 육친이나 친구와 더불어 살아가는 것 말이에요. 따라서 작가만 말의 마술에 걸려 있는 것이 아니고 사람 전체가 여기에 걸려 있다 할 수 있다고 봐요. 끊임없는 고독과의 싸움 속에서 인간적인 연대를 맺으려고 몸부림치면서…… 따져보면 그것도 하나의 굶주림이지요. 영혼의 굶주림이라 할까, 영혼의 결핍 같은……
>
> ─ 김치수, 『박경리와 이청준』, 민음사, 1982, pp. 192─193.

마치 마술에 걸린 것처럼 믿을 수 없을 만큼 방대한 작품을 쓰면서 그가 궁극적으로 시도하고자 하였던 것은 "인간적인 연대"라고 할 수 있다. 특히 현실에서 연대를 이끌어내기가 불가능해 보이는, 그래서 "영혼의 굶주림"을 낳는 육친이나 사랑하는 사람이나 친구들과의 연대는 문학적 세계에서만 가능한 것이므로 그의 작품에는 어떤 양상으로든 그 징후가 담겨있을 것이다. 그리고 그 징후를 그의 고향인 통영 공간을 배경으로 하는 작품에서 읽어낼 수 있다. 그것은 의도적으로 오랜 기간 동안 고향에 가지 않는 작가의 특이한 고집 때문이기도 하고, 일반적으로 고향을 추억할 때 개인적이며 내밀한 이야기를 좀 더 자유롭게 풀어놓기 때문이기도 하다.

『애가』, 『파시』, 『환상의 시기』, 『김약국의 딸들』 등의 작품에 나타난 통영 공간의 특징을 살펴보면 우선, 대체적으로—『김약국의 딸들』의 경우 그 특징이 약간 다르기는 하지만— 항구 소도시인 그곳은 조용하고 읍 내이든 해안가이든 바다이든 그 풍경이 비현실적인 몽환적 이미지를 보인다. 이러한 몽환적인 특성 때문에 그 도시에서 등장인물들은 일차적으로는 안식을 느낀다. 그 공간은 일시적이거나 혹은 영원히 현실의 고통을 피할 수 있는 안식처가 되고 있다. 또 다른 특징은 주인공들이 배신, 사랑 없는 결혼, 갇혀 지냄, 자살 등등 사회적 모랄이나 금기가 깨어지면서 고통에 빠지고 혼란스러워하는데, 그 중에서도 가장 주목해야 할 것은 근친상간을 떠올리게 하는 인간관계, 특히 부녀 근친상간적인 관계의 형성이 나타나고 있다는 것이다. 아버지의 친구와 결혼을 하거나, 애인의 아버지로부터 사랑 고백을 받거나 시아버지로부터 겁탈의 위협을 당한다. 이것은 다른 공간을 배경으로 한 박경리의 작품에서는 찾아보기 힘든 작가의 고향인 통영 공간의 상상력이 낳은 가장 두드러진 특징이라고 할 수 있다. 이 근친상간적 상상력은 그의 대표작 『토지』에서 절정을 이루고 있어, 그것이 작가가 "영혼의 굶주림"을 극복해나가는 문학적 장치로서 큰 성취를 이루었음을 확인하게 된다.

제2장

1970년대의 상황과 소설 속의 아버지

− 『단층』과 『토지』를 중심으로

1. 여성 인물 중심의 작가

박경리의 소설 대부분에는 "가족이 늘 전경으로 자리"하며,[21] 그 가족은 모계 중심의 형태를 띤다. 그래서 전쟁미망인이 자주 등장하는 초기 단편소설은 아버지·남편이 없는 불완전한 형태의 가족 구성을 보여주면서 상실된 부권의 회복을 위해 노력하기보다 여성 중심의 가족을 모색하는 것으로,[22] 그의 대표작 『토지』는 '충(忠)의 윤리'에 따라 가정을 떠나거나 그 외 다른 이유로 부재하는 남성과 집 안에서 무기력한 남성들을 통해 신분제의 흔들림을 보여주는 것으로[23] 연구되곤 한다. 이러한 상황에서 1974년에 발표된 장편소설 『단층』은 아버지와 아들의 문제를 중점적으로 다루고 있어 관심을 끈다. 더군다나 한 아버지는 상당히 폭력적인 아버지이며, 또 다른 아버지는 북한에 살아있는 아버지여서 작품이 발표된 시기의 정황(政況)을 떠올리게 한다.

사실, 초기 단편 몇몇에는 오히려 소외된 남성·아버지의 문제를 다루고 있을 뿐만 아니라,[24] 『토지』에는 오로지 가족을 위해 자신을 희생하는 아버지, 딸들을 훌륭하게 키워내는 본이 될 만한 아버지, 자상한 아버지가 등장하고 있기도 하다.[25] 그럼에도 불구하고 박경리의 소설은 여성, 어머니, 모성 등과 관련한 많은 연구들이 지속적으로 발표되고 있는 반면 남성, 아버지, 부성 등과 관련한 연구는 찾아보기 힘들다. 물론 중심인물, 주요작품의 특성이 그러하기 때문으로 볼 수 있다. 그러나 그의 작품에서 몇 안 되는 주목할 만한 아버지들이 의미하는 바는 무시할 수 없다. 특히 1974년에 연재된 『단층』과 1969년에서부터 1979년까지 집중적으로 발표된 『토지』의 1부에서 3부까지에[26] 나타난 '문제적인 아버지'[27]들의 특징은 작품을 발표한 시대적인 정황과 맞물려 중요한 메시지를 전하고 있다.

2. 1970년대 박경리의 행보와 발표 작품의 의미

1970년대는 박경리에게 있어서 작가로서 입지를 강화한 중요한 시기이다. 1950·60년대 활동하였던 여성작가들이 지속적으로 문단에서 활발한 활약을 하지 못하고 모습을 감춘 것에 비해 박경리는 1970년대 눈부신 활동을 펼침으로써 오늘날 한국의 대표적인 작가로 손꼽히게 되었다고 해도 과언이 아닐 것이다. 1969년 9월부터 연재를 시작한 『토지』 1부는 1972년 9월에 완료되면서 박경리에게 월탄문학상을 안겨주었다. 계속해서 1972년 10월부터 1975년 10월까지 『토지』 2부가 연재되었고,[28] 1977년 1월부터 1979년 12월까지 『토지』 3부 연재가 이루어졌다.[29] 1974년에는 영화 『토지』가 제작 상영되었고 1976년에는 1950·60년대에 발표하였던 단편소설을 묶어 서문당에서 『박경리 단편선』을 간행하였으며, 1979년에는 지식산업사에서 총16권의 『박경리 문학전집』을 출간하였다. 이때 전집에 포함된 『토지』는 3부까지이며 이후 『토지』는 5부와 완결편으로 연재가 끝났지만, 그리고 이 전집에 포함되지 못한 작품들이 있지만, 최종 박경리 문학전집은 아직까지 발행되지 못하고 있다. 작품 활동을 펼친 많은 예술가들의 꿈인 전집 출간을 1970년대가 끝나갈 무렵 할 수 있었다는 것은 그만큼 1970대에 그의 활동이 두드러지게 각광을 받았다는 것을 역으로 보여주는 것이기도 하다. 1부, 2부, 3부, 『토지』는 연재가 끝날 때마다 많은 평론가들의 주목을 받았을 뿐만 아니라, 독자들로부터도 큰 호응을 받아 여러 매체를 통해 작가인터뷰가 이루어졌고 많은 사람들이 4부를 기다렸다.

박경리에게 있어서 문인으로서 중요한 시기였던 1970년대는 한국현대사에서도 중요한 시기로 언급되곤 한다.[30] 박정희 정권은 장기집권을 위해 1972년 10월 유신을 선포하고 독재정치를 강화하면서 언론계와 문화계를 통제해 나갔다. 1970년대 초에는 곳곳에서 군사독재 체제에 반대하는 민주화 운동이 작게나마 펼쳐졌으나 이 내용은 일간지에 실을 수가 없었다. 이에 항의하여 〈동아일보〉 기자 50여 명은 1973년 10월 7일 철야농성을 하기도 하였다. 〈동아일보〉 기자들은 이후에도 각계 저명인사들의 시국선언 등 중요한 시위 사건을 보도할 수 없게 된 데에 항의하는 농성을 하였으며, 자유언론을 수호하기 위해 1974년 3월 동아노조를 설립하여 탄압을 받았다. 박정희 정권은 이렇듯 자유언론 실천운동에 앞장을 서는 〈동아일보〉를 갖은 방법으로 탄압하였다.[31] 박경리의 행보에서 주목할 만한 사실은 이러한 〈동아일보〉에 1974년 2월 18일부터 12월 31일까지 장편소설 『단층』을 연재한 것이다. 1970년대에 신문연재 소설의 인기는 1972년도에 〈조선일보〉에 연재되었던 최인호의 『별들의 고향』이 말해주듯 실로 대단한 것이었다.[32] 신문사마다 인기 작가의 작품을 실으려는 경쟁을 벌였고, 『토지』로 유명세를 탄 박경리는 1974년도에 『단층』

을 〈동아일보〉에 연재하였다.

한편 시인 김지하가 당시 권력층의 부패상을 풍자한 시 〈오적(五賊)〉을 『사상계』 1970년 5월호에 발표하였고, 이 시가 야당인 신민당의 기관지 『민주전선』 1970년 6월 1일자에 전재되면서 김지하를 포함한 네 명이 북한의 주장에 동조한 반공법 위반으로 구속되는 사건이 있었다. 이 사건으로 『사상계』의 발행이 중단되기도 하였는데, 박경리는 이러한 사건이 일어난 이후인 1973년 문단활동을 하며 알게 된 김지하와 자신의 딸 김영주와의 결혼을 성사시킨다. 이덕화는 소설 『단층』에서 민중들에게 적극적인 관심을 보이고 있는 이유로 김지하 영향을 언급하기도 하였다.[33]

『토지』는 1970년대 박경리를 유명 작가의 대열에 올려놓은 작품이며 『단층』은 유명세의 한 가운데에서 주요 일간지에 연재됨으로써 다양한 계층, 많은 독자들의 관심 속에 발표된 작품이다. 따라서 박경리의 문단 활동에서 이 두 작품은 매우 중요한 위치에 놓여 있으며 또한 그의 문학 세계에 나타나 있는 현실인식의 특성을 파악할 수 있는 중요한 작품이라고 할 수 있다.

1926년에 태어나 한국전쟁을 전후로 남편과 아들을 잃은 박경리는 1950년대 발표한 초기 단편에서 한국전쟁 이후 피폐해진 사회, 그리고 인간의 불안과 불신을 주로 다루었다. 1960년 4·19 혁명이 있은 직후에는 4·19 혁명에 가담했던 대학생이 주인공으로 등장하는 작품 『노을 진 들녘』을 〈경향신문〉(1961. 10~1962. 6)에 연재하기도 했다. 이렇듯 박경리는 자신이 체험한 한국사회의 정치적 격변과 질곡을 작품에 담는다. 그러나 그는 정치적이거나 역사적인 평가에 치우치지 않고 서민의 생활과 정서를 주로 나타내려 했다. 박정희 군사정권 시기에 씌어진 『토지』(1969~1979), 그리고 『토지』를 연재하면서 유신체제 선언 이후에 발표한 장편 『단층』(1974) 역시 이와 같은 작가의 창작 성향에서 크게 벗어나지 않는다. 따라서 이 시기에 발표된 작품에 특히 두드러지게 등장하고 있는 '아버지' 인물의 의미를 살펴보는 것은 당시 정치적 변화에 대한 작가의 인식과 그가 파악한 서민의 생활이나 정서를 알아보는 데에 도움을 줄 것이다.

1970년대 발표된 소설 작품들은 파행적인 산업화로 인해 해체되는 농촌사회의 문제를 다루거나, 산업화와 도시화로 인해 형성된 노동계층과 도시빈민층의 척박한 현실을 다루거나, 물질주의에 길들여져 가는 중산층의 욕망, 폭압적인 정치적 현실에 대한 지식인들의 절망감 등을 다루었다. 한편으로는 한국전쟁의 체험을 1970년대에 발표하면서 아버지의 부재를 문제 삼은 작가들도 있다. 전쟁으로 인해 죽거나 이데올로기 때문에 집으로 돌아올 수 없는 아버지를 둔 가족을 통해 '아버지의 부재'를 다룬 작품들은 일제시대 발표된 '아버지 부재 의식', '고아의식'을 다룬 작품들과 더불어 한국문학의 한 특징을 드러내는 것으로 지적이 되기도 하였다. 김미현은 1980·90년대 베스트셀러를 분석하면서 "한국문학사 전체가 아버지와 아들이 관계 맺는 방식에 따라 각 시대별로 고유한 특성을 갖는 '오이디푸스의 서사'라고 할 정도로 '아버지' 담론의 중요성은 한국문학에서 절대적"이라고까지 말하기도 하였다.[34] 그러므로 『단층』과 『토지』에 등장하는 '폭력적이거나 위험한 아버지'의 존재를 분석해보는 것은 문학사적 연구에 있어서도 긴요한 작업이 될 것이다.

3. 권위적이고 무서운 아버지에 대한 양가의식

(1) 폭력적인 아버지에 대한 저항과 인정

장편소설 『단층』은 발표 시기와 동일한 1970년대 중반을 시대적 배경으로 한다. 작품에는 6·25전쟁 때 입북하여 북한에서 새로운 가정을 이루고 살아가는 아버지를 둔 가족이 주요 인물로 등장하고 사회운동을 하다가 구속되는 청년이 등장하기도 하는데, 작가의 정치 상황을 염두에 둔 의도적인 인물구성이라는 생각을 하지 않을 수 없다. 이러한 가운데 이 작품의 첫 장면에 나타나 있는 아버지와 아들의 대결구도는 의미심장하다.

> 그러나 건넌방을 가운데 두고 안방과 작은 방 사이에는 팽팽한 침묵의 대결이, 눈에 보이지 않는 치열한 암투가 벌어지고 있었다. 아들 근태(劤太)는 벽을 등지고 앉아서 유달리 빛나는 눈을 더욱더 불태우며 분노의 독기를 뿜어내고 있었고 정노인(鄭老人)은 안방에 목침을 베고 누워서 아들의 광기가 어느만큼 올랐는지를 음미하는, 조심성과 쾌감과 또한 한탄스러워하는 미묘하고 복잡한 심경으로 대비하고 있었다.
>
> ─「단층」, 지식산업사, 1986, p. 10.

한 집안에 있으면서 각각 다른 방에서 귀 기울여 서로의 행동 하나하나를 의식하고 감시하면서 "침묵의 대결", "치열한 암투"를 벌이고 있다. 근태의 아버지 정노인은 그야말로 폭군 아버지이다. 근태는 아버지의 폭압에 억눌려 무기력한 생활을 하고 있다. 비록 실감나게 장면화하고 있지는 않지만 정노인이 근태에게 많은 폭력을 행사했음을 여러 번에 걸쳐 전하고 있다. 정노인은 혁대를 풀어서 때리거나 기둥에 머리를 짓찧는 등 물리적으로 아들에게 폭력을 가했을 뿐만 아니라, 심한 폭언을 일삼았다. 박경리의 소설에서 아버지가 아들을 직접 때리는 경우는 무척 드문 일이다. 『토지』에서 최치수를 살해하는 등 대표적인 악인으로 등장하는 김평산은 아내와 아들들에게 폭군으로 군림하기는 하였어도 아들들을 직접 때리지는 않는다. 최참판가의 재산을 빼앗는 친일파 조준구 역시 '꼽추'인 아들을 창피하게 여기고 방안에 가두어두거나 폭언을 할지언정 아들 병수를 직접 때리지는 않는다. 박경리의 여타 다른 작품들을 통해서도 상습적으로 아들을 때리는 아버지를 찾아보기는 힘들며, 따라서 폭압적인 정치 상황이었던 1974년에 〈동아일보〉에 연재된 『단층』에서 폭력적인 아버지와 위와 같이 대결을 보이고 있는 아들의 모습을 작품 초반에서부터 보여준 것은 상징적 의미가 있는 것이라고 할 수 있다.

필리프 쥘리앵에 의하면 "원래 아버지로 불린 것은 한 여자의 남편이 아니라 지배자, 즉 국가를 이끄는 사람이었다. 그리하여 아버지란 처음에는 정치적·종교적 아버지였으며, 가족적 의미의 아버지는 파생된 개념이다."[35] 또한 C. G. 융에 의하면 아버지의 원형은 "도덕적 계명과 금지의 세계"를 나타내며, "권위를 나타내고 법과 국가를 의미"한다.[36] 특히 유교적인 가치관을 전통으로 하는 한국 사회에서 가족은 국가 존속의 기본 단위로 여겨졌으며, 나라를 대표하는 임금이나 지도자는 국부(國父), 즉 나라의 아버지로 일컬어졌다. 따라서 아버지와 아들의 관계는 임금과 백성의 관계, 국가원수와 국민의 관계를 상징하는 것이라 할 수 있다. 박경리의 소설 『단층』이 첫 장면에서부터 아버지와 아들의 대결을 보여주고 이 아버지를 폭력적인 아버지로 설정해 놓고 있는 것은 발표 당시의 정치적 상황이나 발표 방법을 염두에 둘 때 상당히 의도적이고 상징적인 것으로 읽힌다. 때문에 이 작품에서 아버지와 아들의 관계를 어떻게 풀어나가고 있는지를 살펴보는 것은 작가가 바라는 국가원수와 국민의 이상적인 관계를 어떻게 보고 있는지를 파악하는 한 방법이 될 수 있을 것이다.

아버지로부터 물리적인 폭력과 폭언을 당하면서 자란 근태는 말을 더듬고 심지어는 자살을 시도하기도 하는데, 그의 자살 시도는 다름 아닌 아버지에 대한 '복수'임을 밝히고 있다.

"아, 아니지요! 아니란 말입니다. 우리 혜화동 할아버지를 누른다는 것은 세계를 정복하는 것만큼이나 어, 어려운 일이란 말입니다! 그, 그렇지요! 부모를 정복한다는 것은 될 법이나 한 일인가요? 안 그렇습니까? 형님!"

—(중략)—

"자, 자살이란 산 사람에 대한 보, 복습니다……복수란 말입니다. 히, 힘이 없을 때 내, 내목에다가 구, 구멍을 뚫는 겁니다. 아시겠습니까? 그, 그게 마지막 힘이거든요. 나, 나한테는 우리 아버지한테 대항할 수 있는 힘이란 내 목에다가 바, 바람 구멍을 내는 도리밖에 없더란 그 말입니다!" p. 68.

아버지를 "누른다"는 것은 무척이나 어려운 일일 뿐만 아니라, "될 법이나 한 일인가" 되묻고 있는 근태는 전통적인 윤리의식 속에 있다. 그는 패륜아가 되거나 파렴치한이 될 수 없으므로 아버지를 "정복"하기보다 자살을 선택한다. 자신에게 해를 가하는 것으로 마지막 저항을 한 것이다. 이처럼 자살을 시도하였으나 그것은 불발로 끝나고 오히려 다리에 총상을 당해 불구자가 되었다. 그래도 근태는 그 이후 아버지가 자신을 함부로 하지 못한다고 생각한다. 왜냐하면 아버지는 아들이 아버지 때문에 자살했다는 불명예스러운 일을 두려워하기 때문이라는 것이다. 근태는 처음 가출을 하여 아버지가 맺어준 아내가 아니라 다른 여자 명자와 동거를 하다가 자살 소동까지 벌였으나 이내 집으로 돌아올 수밖에 없었다. 명자의 남편으로서, 한 가장으로서 살아낼 자신이 없었기 때문이다. 근태는 육군사관학교에 입학하여 당시 장교였기에 총을 소지할 수 있었다. 의구심이 나는 것은 근태에게 이러한 직업을 설정한 작가의 의도이다. 왜소하고, 말을 더듬고, 장어 한 마리를 잡아들지 못하여 짐꾼에게 들려오는 근태였기에 그의 직업이 풍자처럼 여겨지기도 한다.

폭군의 성향을 가진 아버지에게서 자라난 아들은 스스로를 무가치하고 무능력한 존재로 여기기 십상이다. 프란츠 카프카 연구자들에 따르면 카프카는 건장한 체격에 독선적인 아버지, 고용인들을 함부로 대하며 그들 위에 군림하는 아버지에게서 두려움을 느끼고 아버지의 권위에 억눌려 자신을 아무것도 아닌 존재로 인식하였으며, 자신에게 긍정적인 반응을 보여주지 않는 아버지로 인하여 언어와 행동에 장애를 느꼈고 무한한 죄의식을 가지게 되었다고 한다. 그리고 아버지의 반대를 무릅쓰고 결혼을 하고자 한 여인이 있었으나 결국 결혼을 포기하게 된 것은 아버지의 반대 때문이 아니라, 아버지처럼 가장이 될 수 없을 것이라는 열등감과 무기력함 때문이었다고 한다.[37] 근태 역시 자신을 "미친놈이 지 다리를 쏘아서 병신이 되고 멀쩡한 계집 두고 딴 계집 얻었고요, 배다른 자식이 있고 계집 버는 것 얻어먹으며 연명을 하구요. 천하에 죽일 놈이지 뭡니까? 인간 치고도 쓰레기지 뭡니까?"p. 69.라며 자학하고 있다.

근태는 20여 년이 흐른 후 45세가 되어서 다시 가출을 하게 된다. 이 가출은 스스로 의도했던 것은 아니나 "아버지의 이데올로기가 지배하는 가족의 테두리를 떠나 새로운 공간으로 이동"함으로써[38] 자신의 정체성을 찾고 삶에 자신감을 얻는 계기가 된다. 밤새 함께 술을 마셨던 이웃 권씨의 죽음을 목격한 근태는 살인자로 몰리게 될 것이 두려워 도망을 친다. 근태는 도망을 치면서 명자의 도움을 받는다. 그리고 명자와 함께 서울의 소식이 들리지 않는 외딴 곳으로 숨어든 근태는 큰 변화를 보인다. 남성이 해야 할 일이라며 산골 오두막일지언정 이웃의 집을 고쳐주기도 하고 연장만 있으면 무엇이든 만들어냈으며 행복을 느끼기도 했다. 근태는 훗날 이 때를 "가시밭길의 도피생활"이었지만 천국이었으며 "불행과 행복이 공존하는 역리"를 몸소 체험했다고 추억한다. 여름 한 철이라는 짧

은 기간이었지만 근태는 이 시기를 통과하면서 이전과는 전혀 다른 사람
이 된다. 그는 스스로 "병신다리 말고는 안 변한 것이" 없다고 말하고 있
기도 하다. 명자와의 관계에서 아버지이기도 하고, 남편이기도 하고, 오
빠이기도 한 역할을 해내면서 차츰 자신의 정체성을 찾아간 것이라고 할
수 있다. 근태는 살인범이 잡혔으며 아버지가 쓰러져 반신불수로 누워 지
낸다는 소식을 듣고는 집으로 돌아간다.

　　　서울로 돌아온 근태는 기림과 기표가 걱정한 것과는 반대로 처신
　　이 아주 훌륭했다.
　　　-(중략)-
　　　"영감, 그만 하면 직성이 풀렸지요?"
　　　황씨는 누구보다 기뻐하며 눈에 눈물이 글썽거렸다.
　　　"아, 아지 머렀어."
　　　정노인은 그런 정도로 내 마음이 풀리겠느냐 하듯 마누라에게 눈
　　을 흘겼으나,
　　　"비, 빌어먹을 놈, 가, 가아서…… 바, 바비나, 머, 먹어."
　　　아들에게는 평생 한번도 말한 적이 없는 밥 먹으라는 말을 했다.
　　pp. 356-357.

이 작품의 첫 장면에서 보여주었던 '아버지와 아들의 대결'은 이처럼 화
해로 마무리된다. 이 화해는 한 집안의 가장, 곧 아버지의 교체로 이루어
진 것이라고 할 수 있다. 폭력을 휘두르며 위압적이었던 아버지는 병자가
되어 힘을 잃고 쓰러져 누움으로써 아버지의 자리를 지킬 수 없었고, 폭
군 아버지에게 억눌려 무기력하고 무책임한 생활을 하였던 아들은 자신
감을 얻고 건강한 상태로 집으로 돌아와 아버지의 자리를 차지하게 된 것

이다. '가장(家長)'의 장(章)에서 딸 기림이 근태에게 "아버지는 우리집의 가장"이라고 말하고 있듯이 근태가 가장으로서 당당하게 집으로 귀환함으로써 새로운 가장의 시기가 온 것이다. 그렇다고 해서 근태가 아버지를 몰아내거나 아버지의 존재를 부정하지는 않는다. 근태의 아버지는 죽지 않으며, 근태는 아버지를 아버지로서 예의를 다해 모시고 있다.

근태에게서 아버지처럼 독선적이고 권위적이고 폭력적인 가장의 모습은 전혀 찾아볼 수 없다. 그는 아버지를 이어 아버지가 되었지만 이전의 아버지와는 전혀 다른 모습을 하고 있다. 예전에 아버지가 했던 일을 반복하는 "회상적인 복종 반복"[39]은 근태에게서 발견되지 않는다. 근태는 아버지와 달리 권위적이지도 폭력적이지도 않으며, 상처받기 쉬운 섬세한 마음을 가진 사람으로서 오히려 자녀들의 위로를 받는 아버지이다. 그렇다고 하더라도 무능하고 무기력한 것은 아니며, 변화한 후 가장으로서 돌아온 근태의 모습은 책임을 다하고 도리를 지키며 웃어른에게 예의를 다하는 모범적인 모습을 보이고 있다. 박경리는 이와 같은 근태의 모습을 한 가족의 혹은 한 국가의 바람직한 '아버지 상'으로 제시하고 있는 것이다.

(2) 자존을 위한 '무서운 아버지' 지키기

사회학자 조혜정은 『한국의 여성과 남성』에서 한국의 근대사 초기는 국가 공동체의 존립이 심하게 흔들리고 거세된 시기로, 근대사를 다룬 소설 『토지』에서 볼 수 있는 것처럼 남성은 무기력하거나 항일운동에 투신하면서 가족을 떠나며, 결국 가족의 생존은 여성에게 맡겨졌으나 오히려 여성들은 집안의 '남성'을 살려야 한다는 강박관념 속에 있었던 것으로 파악하고 있다. 남성의 부재는 일시적인 것으로 간주되었고 남성은 상징적 권위로서 가족 구성원의 머릿속에 항상 군림해왔다는 것이다. 이는 조선시대 한국 사회의 남성지배가 실제적인 역할에 의해서 뒷받침되었다기보다는 이데올로기 차원의 현상이었던 것과 같은 맥락으로 분석된다.[40] 『토지』에서 최치수가 살아있을 동안에도 최참판가의 실세는 최치수라기보다 최치수의 어머니 윤씨 부인이었다. 그렇다고 하더라도 최참판가의 "토지에서 명을 이어나가는 농부들에게는 언덕 위에 높이 솟은 성곽과 같은 기와집, 그 속에서 많은 노비들을 거느리고 사는 그 집의 당주인 최치수는 누가 뭐라 하든 절대적인 권위의 상징"이었다. 『토지』에서 최참판가의 아버지가 처음부터 부재했던 것은 아니며 최치수가 '무서운 아버지'[41]로서 지배하였다.

그는 서희의 공포심을 충분히 알고 있는 것 같았다. 그러면서도 그것을 풀어주려는 노력이 없는 싸늘하고 비정한 눈이 서희를 응시하고 있는 것이다. 서희는 아버지의 눈을 피하기만 하면 당장에 천둥이 치고 벼락이 떨어질 것처럼 애처롭게 그를 마주본 채 고개를 저었다. 치수는 웃었다. 그 웃음은 도리어 서희의 마음을 얼어붙게 했다.
　－(중략)－

일단 방에 들어온 뒤에는 나가도 좋다는 말이 떨어지지 않는 이상 서희는 일어설 수 없다. 숨소리를 죽이며, 그래서 가냘픈 가슴이 더 뛰고 양 어깨로 숨을 쉴 수밖에 없었는데 움직이지 못한다는 것은 어린것에게 얼마나 큰 고통인가.
　－(중략)－

방문을 열고 마루에 나왔을 때 서희는 토할 것처럼 헛구역질을 했다. 마루에서 기다리고 있던 봉순이는,
"애기씨."
감싸듯이 서희를 안았다. 헛구역질은 딸꾹질로 변했다. 눈에 눈물이 그렁그렁 돌았다.
－『토지』 1권, 마로니에북스, 2012. pp. 39～41.

최치수는 유일한 혈육인 서희에게 엄격하고 무서운 아버지였을 뿐만 아니라, 최참판가의 하인들과 평사리의 대부분의 평민들에게도 어렵고 위압적인 존재였다. 최치수의 죽음 이후에도 이러한 아버지의 권위는 서희에게 또한 서희를 통해 지속적으로 영향을 미쳤다. 아버지의 부재는 아들이 없는 최치수가 죽음으로써 비롯되는 것으로 여겨지지만, 실제로는 부재하나 상징적으로 최참판가의 아버지는 건재하였다. "아버지가 실제로 없는 경우라도 부성 원형이 작용하므로 아버지를 대치할 수 있는 다른 인물을 통해"[42] 아버지 상을 경험하게 되기 때문이다.

최치수가 죽은 후 돌림병으로 윤씨 부인마저 죽고, 조준구에게 재산을 빼앗기며 위협을 당하는 서희를 보호하는 것은 최참판가의 하인들과 평사리 마을 사람들이었다. 그들에게 서희는 최치수나 윤씨 부인과 다르지 않으며 서희는 곧 최참판가의 권위를 상징하는 존재이다. 서희는 이들의 도움을 받아 가문을 존속시킴으로써 최참판가의 아버지를 지켜내었다. 최치수에서 가문이 끊어지지 않고 최환국과 최윤국으로 이어질 수 있도록 하였던 것이다. 동양사회에서 성(姓)은 부계중심의 가족집단을 부르는 호칭이었으며 성을 지킨다는 것은 그 가족집단을 지키는 것과 동일한 의미를 지녔다. 더군다나 최서희처럼 사회적으로 우월한 지위를 갖고 있는 성을 지킨다는 것은 신분의 차별을 의미하기도 했다.[43] 따라서 서희의 행동에 남성중심의 사고와 신분차별의식이 내재되어 있었다는 비판도 있다.[44] 그러나 서희의 그러한 노력은 조선시대 존재했던 봉건지주로서 '가문의 권력과 영향력'을 재건하려 했던 것이라기보다 상징적으로나마 가문을 세움으로써 훼손된 자존(自尊)을 회복하려 했던 것이라고 할 수 있다.

그러나 길상은 내 할머님, 할 적의 서희 얼굴을 잘 기억하고 있다. 내 아버님 하는 일은 별로 없었지만 그 절절함은 다를 바가 없을 것이다. 애정이라기보다 숭배와 절대적인 감정이랄밖에. 서희는 열 개 손톱이 다 빠지는 한이 있어도, 기어서라도 돌아갈 거라 했다. 잃었던 모든 것을 찾을 것이라 했다. 그 무서운 집념은 핏줄에 대한 흐느낌에서 비롯된다. 8권, p. 86.

　　간도에서 길상이의 도움을 받아 많은 부를 축적한 서희가 길상이와의 결혼을 결정하였을 때 김훈장과 이동진·이상현 등이 반대하고 분노하기까지 하였던 것은 그 결정이 양반의 권위를 실추한 것으로 받아들여졌기 때문이다. 그러나 서희는 그런 것에 개의치 않았다. 서희의 목적은 복수에 있었지 신분제를 지키고 전통을 따르는 데에 있지 않았다. 서희는 길상이와의 결혼이 "최참판댁 가문의 말로"였음을 알고 있었다. "서희는 생각했다. 최참판댁 가문의 말로는 세 사람의 여자로 하여 난도질을 당한 것이라고. 윤씨는 불의의 자식을 낳았고, 별당아씨는 시동생과 간통하여 달아났으며 서희 자신은 하인과 혼인하여 두 아들을 낳았다." 자신이 아들에게 최씨 성을 붙여준다고 하여 그것이 가문의 지속이 아님을 분명히 인식하고 있었던 것이다. 그럼에도 불구하고 길상이의 성을 따르지 않았던 것은 상징적으로나마 최참판가의 가문을 지속시키는 것이 최참판가를 몰락하게 만든 조준구에 대한 복수이며, 가문의 자존이든 서희 개인의 자존이든 훼손된 자존을 회복하는 길이었기 때문이다.

　　구한말에서 8·15 광복까지를 시대적 배경으로 하는 『토지』는 역사적인 사건이 전면에 배치되어 있지 않고 전언(傳言)으로 처리되어 있어 서술법에 대해 연구자들 사이에 논란이 있기는 하나, 분명 최참판가의 몰락과 대한제국의 몰락이 병치되어 있다. 최참판댁의 별당아씨가 구천이와 야반도주를 하고, 귀녀와 김평산이 최참판가의 재산을 노리고 음모를 꾸밀 즈음에, "서울서는 정부 전복을 모의하다가 발각된 사건이 두 번인가 있었다." 그 음모가 폭로되고 모의를 했던 사람들은 처형되었다. 최치수는 김평산에게 곧 교살되었고, 살해 음모가 밝혀져 연루되었던 칠성이까지 세 사람 모두 처형되었다. 이후 친일파 조준구가 득세해 가는 과정과 제국주의 일본의 한반도 침탈이 점점 심해지는 과정이 맞물려 있다. 1907년 조준구를 몰아내기 위해 용이를 비롯한 평사리의 장정들은 최참판댁을 습격하나 삼수의 배신으로 실패하고 마는데, 이 해는 일제가 헤이그특사 사건을 구실로 고종을 퇴위시키고 대한제국의 모든 권력을 탈취하자 이에 반대하는 군중들 및 무장 군인들이 시위를 벌였다가 정부의 친일 행위 때문에 군대가 해산된 해이기도 하다. 1908년 서희 일행은 간도 이주를 단행하였고, 1910년 한일합방조약이 공포되었다. 평사리의 최참판가는 조준구에게 모든 재산과 권한을 빼앗겨야 했고, 한민족은 일본에게 나라를 빼앗겨야 했다. 그러나 서희는 간도에서 재물을 축적하고 최참판가의 대를 이를 자손을 낳아 1918년 고국으로 귀환하였다.[45] 이 해는 '대한독립선언서'가 발표된 해이기도 하다. 큰 틀에서 범박하게나마 최참판가의 주요 사건과 대한제국의 역사적인 사건을 살펴보았으나, 분명 박경리는 의도적으로 소설의 사건을 역사적 시기별로 배치하고 있음을 알 수 있다.

박경리는 인터뷰에서 다음과 같은 말을 했다.

> 만주사변과 중일전쟁에 이르는 역사적 대 범죄를 저지른 일본이 40년이 못 되는 기간 동안 얼마나 우리의 존재 자체를 완벽하게 말살하려 했는지를 곰곰 생각해봐야 할 때입니다. 경제대국으로 탈바꿈한 일본이지만 나는 그들에게 배우거나 가져올 것은 아무것도

없다고 봐요.

-〈동아일보〉, 1988. 12. 20.[46]

인터뷰에서 일본에 비해 한민족의 문화가 우월하다는 발언을 자주하는 박경리는 일본의 "역사적 대 범죄"를 잊지 말아야 한다고 강조한다. 최서희가 고국으로 돌아온 후에는 모성이 부각되면서 개별적인 성격이 강화되지만, 최서희의 가문 지키기 과정은 역사적인 사건의 배치로 인해 한민족의 국가 지키기를 연상시킨다. 더군다나 작가가 자신의 의식 속에 있는 "민족주의"를 부인하지 않겠다고 말하고 있어서,[47] 가문을 지켜내는 서희의 의지에서 상징적 아버지인 국가 혹은 민족의 자존을 중요하게 여기는 작가의 의식을 엿볼 수 있다.

4. 사회적 금기를 범한 아버지에 대한 극복의지

(1) 부재하면서 억압해온 아버지에 대한 깨달음

소설 『단층』의 시작 부분에는 정노인과 근태의 관계 말고, 또 다른 아버지에 대한 이야기가 나온다. 근태의 사촌누이 정여사의 남편이자 수용·부용의 아버지인 김해성은 6·25 전쟁 때 납북되었는데, 수용이가 아버지의 친구를 우연히 만나 북한에 살아 있는 아버지 소식을 전해 듣는 것이다. 수용은 허윤을 만나 이러한 말을 들은 후부터 안정을 찾을 수가 없다. "기쁘다기보다는 절박한 기분"이고 "뭐든 때려부수고 싶은 기분"이기도 한 것이다. 어머니에게 아버지의 소식을 전하며 울음을 터트리는데, 이전에는 전혀 볼 수 없었던 모습이다. 수용의 아버지의 모습은 아들이나 아내가 아니라, 근태의 기억으로 반추되고 있다. "고등학교 영어교사였던 윤해성은 과묵하고 영국신사처럼 근엄하여 눌변에다 머리통 한 구석을 쥐어박힌 사람처럼 기를 못 펴던 근태로서는 감히 접근을 못" 할 그런 인물이었다.

박경리의 여러 작품에 나타나 있는 전쟁미망인의 모습은 수용의 어머니에게서도 볼 수 있다. 남편이 죽은 것은 아니지만, 죽은 것이나 다름없는 삶을 살아야 했던 수용의 어머니 정재선은 1950년 겨울 혼자 어린 아이 둘을 데리고 눈보라 속을 헤치며 피난길을 떠나야 했다. "넘어지면 안 된다! 넘어지면 마지막이다! 넌 두 아이를 거리에서 내던질 셈이냐! 죽음으로서의 휴식, 죽음으로서의 안락, 아아 유혹에 빠지지 말자!"고 아이들을 위해 정신을 다잡으면서, 스스로를 채찍질하면서 모진 세월을 견뎌온 것이다. 미망인으로 살아간다는 것이 얼마나 고통스럽고 치욕스러운가를 더욱 잘 보여주는 인물은 한윤희의 어머니이다. 『단층』의 서사 속에서 한윤희의 회상으로만 등장하는 어머니는 일본에서 돌아오지 않는 아버지를 기다리면서 가난과 병에 시달렸을 뿐만 아니라, 여성으로서 치욕스러운 주위 사람들의 눈초리와 입소문으로 더욱 병들어갔다. 그러다가 결국 10살 난 딸을 두고 자살을 선택한다. 한윤희는 잊을 수 없는 어머니에 대한 기억 때문에 어머니를 괴롭혔던 사람들, 아버지가 보내준 생활비를 가로챘던 사람들에 대한 복수심으로 살고 있다.

한윤희에 비해 윤수용은 아버지의 부재로 인한 고통이 덜 한 듯이 보인다. 작품에 나타나 있는 고통은 결혼 허락을 받기 위해 향이의 집을 찾아갔을 때 그녀의 어머니가 "과부가 자수품이나 팔아서 공부시킨 아들이라면 인물됨이 뻔한 거"라면서 결혼을 반대했던 일이 전부이다. 그는 여동생으로부터 "성격불구자"라는 말을 들을 정도로 냉철했으며, 회사 동료들로부터 빈틈없는 사람으로 여겨졌으며, 처신을 잘 하여 출세가도를 달리고 있다. 하지만 그의 그러한 모습은 "아버지 없는 열등감, 가난하다는 열등감"에서 비롯된 것이다. 수용은 아버지 없는 열등감, 가난에 대한 열등감뿐만 아니라, 사회운동을 하는 사람들에게도 열등감을 보인다. 수용은 학생시절 "소위 현실참여파"들의 행동에 동참하지 않았고 그들에게 수모를 당하기도 했다. 그에게는 아버지가 없는 것이나 다름없는 것이 아니다. 작품의 시대적 배경인 1970년대 반공이데올로기는 무시무시한 것이어서 북에 있는 아버지의 존재는 더욱 강력하게 그를 압박하고 있다. 이른바 '레드 콤플렉스'는 정치적 권력을 위해 악용되기도 하였다. 정권유지에 걸림돌이 되는 반정부 인사들은 간첩혐의나 반공법위반으로 구속되기 일쑤였고, 북한에 가족이 있는 경우 사상을 의심받아 직업 선택에 제한을 받기도 하였다. 이러한 상황에서 수용은 아버지의 굴레로부터 벗어나기 위해 "대열에서 낙오되는 것을 제일 무서워하는" 것처럼 보이는 출세주의자로 살지 않을 수 없었다. 그 사회에서 소외되고 낙오되지 않기 위해 반정부운동이며, 현실참여운동에는 눈길도 줄 수 없었던 것이다. 그럴 수 없었을 뿐만 아니라 그들에게 분노를 느끼기도 한다. 동생 부용이가 결국 수배를 당하고 마는 오인한과 교제를 하는 것을 알기 시작한 때부터 그들의 관계를 반대하고, 결코 용납하지 않으리라고 결심하는 것이다. 부용 역시 '북한으로 간 아버지', '아버지의 부재로 인한 가난'이라는 같은 상황에 놓여 있지만 장남인 수용과는 전혀 다른 삶을 살고 있는 것으로 설정되어 있는데, 이는 어머니인 정여사가 부용이는 딸이기 때문에 그것을 용납할 수 있다고 말하고 있는 것에서 알 수 있는 것처럼 전통적인 장자의식의 한 단면을 보여준다. 아버지가 없는 가정에서 장자는 곧 아버지의 역할을 맡아야 하고, 아버지가 책임지지 못한 가족에 대한 책임을 떠맡은 수용은 가족의 생계와 존속을 위해 모든 노력을 쏟을 수밖에 없었던 것이다. 그러나 수용은 한윤희를 만나 그녀의 삶을 관통하고 있는 고통을 보게 되면서 변화를 겪는다.

윤수용과 한윤희가 만난 것은 윤수용에게 아버지의 소식을 전해준 허윤을 통해서다. 허윤은 수용에게 윤희의 아버지와 수용의 아버지도 잘 아는 사이였음을 말하기도 하고 윤희는 자신의 딸과 같은 존재라는 말을 하기도 한다. 이러한 그의 말은 수용에게 상당한 영향력을 미친다. 재일교포와 결혼한 윤희는 어머니의 복수를 하기 위해 한국에 왔다가 수용과 동행을 하게 되었고, 이 과정에서 수용은 자신의 처지를 생각하게 된다. 이 동행은 윤희의 남편인 이상우의 악의적인 계략으로 시작된 것이다. 이상우는 윤희와 이혼을 하되 윤희의 재산을 빼앗기 위해 이들을 함정에 빠뜨리려고 동행을 유도했다. 하지만 그의 뜻대로 되지 않는다.

> 수용은 퍼뜩 육이오를 생각했다. 남쪽과 북쪽으로 생이별을 한 아버지를 생각했다. 그 생이별이 얼마나 큰 비중으로 자기 정신적 생장을 물들여 왔나를 생각했다.
> −(중략)− 우리는 다같이 서른을 넘긴 나이로서도 그 기억에서 빠져나오질 못했다. 우리의, 우리 자신의 독립된 인생을 구상하지 못했다는 얘기가 된다.
> −(중략)− 좁혀 들어가면 과거를, 그도 나 아닌 육친의 상황을 그대로 짊어지고 눈먼 양처럼 걸어가고 있는 거야. 이렇게 자기 자신의 인생을 소홀히 할 수 있단 말인가? p. 286.

윤희의 삶이 어머니에 대한 기억으로부터 벗어나지 못하고 있음을 보면서 수용은 자신 역시 아버지로부터 벗어나지 못한 삶을 살아왔음을 깨닫는다. 6 · 25 전쟁 때 겨우 열 살이었던 윤희는 엄마의 자살을 겪어야 했고, 겨우 일곱 살이었던 수용은 아버지와의 이별을 겪어야 했다. 그리고 두 사람은 모두 가난과 소문을 두려워하면서 자랐다. 수용에게 있어서 한윤희는 자신의 아픔을 발견하게 했을 뿐만 아니라, "육이오의 유령"이 25년이 지난 1970년대에도 떠돌고 있음을 깨닫게 했다. 사실, 윤희 어머니의 죽음은 6·25 전쟁의 성격과는 무관한 것이다. 그러나 윤희가 어이없게도 간첩혐의로 조사를 받게 됨으로써 6·25 전쟁의 영향으로부터 그 역시 예외가 될 수 없음을 보여준다.

> "육이오 때 한윤희의 나이인 열세 살로 돼 있구요, 육이오 전에 자살한 엄마는요, 공비로 죽은 걸로 돼 있구요, 아버진 일제시대 때 공산주의자였다고 돼 있구요, 열세 살 난 계집애는 그 어미를 따라 공비들 전령 노릇을 한 거라구요."
>
> "그럴싸한 얘기군요. 하하핫……"
>
> "수시로 일본서 한국을 드나드는 것은 간첩 활동을 위한 거라나요." p. 383.

윤희가 어머니의 복수를 위해 당시 이웃 사람들과 친척을 찾아다니자, 윤희가 간첩이라는 투서가 경찰서에 접수되었다. 하지만 윤희는 신원이 분명하여 곧 무혐의로 풀려난다. 간첩혐의는 북한에 아버지가 살아 있는 수용에게 일어날 법한 사건인데, 윤희에게 일어나고 있다. 수용의 아버지와 윤희의 아버지는 실제로 위치하는 장소로 다르고 특성도 다르지만, 남겨진 가족의 경험은 거의 유사하다.

작가는 수용이가 윤희를 통해 아버지의 굴레에서 벗어나지 못한 삶을 깨닫게 할 뿐만 아니라, 윤희를 통해 간첩혐의 사건을 겪게 한다. 결국 작가는 '6·25 전쟁 때 북한으로 간 아버지를 두고 있는 아들'의 지난한 삶을 직접적으로 보여주기보다 다른 인물을 통해 비추어보게 하는데, 이것은 연재 당시 정치적 상황을 염두에 둔 것이든 인물의 반성을 이끌어내려고 한 것이든, 방법적 장치라고 할 수 있다. 작가는 수용에게 참혹한 시련보다 희망을 깨닫도록 하는 데에 주력한다. 그 희망이란 개인의 출세가 아니라 사회적 정의의 실현에 있었다. 수용과 윤희의 대화를 통해 "강자는 옳고 약자는 옳지 않게 되는 세상"이지만, 나뭇가지에 쌓인 눈이 처음에는 약하였어도 "차츰 강해져 나뭇가지를 부러"뜨릴 수 있듯이 이상과 사명이 승리하는 날이 올 것이라 말하는 것이다. 개인의 안위에만 함몰되어 있었던 출세주의자 수용의 이와 같은 변화는 개인의 삶이 사회와 단절되어 있지 않으며, 사회현실에 대해 회피하기보다 적극적인 인식과 대응이야말로 '자아 찾기'의 올바른 방향이라는 작가의식을 드러내는 것이라 할 수 있다.

(2) 아버지로 인해 몰락한 사회적 지위의 회복

박경리의 『토지』에는 처음부터 악한으로 등장하여 끝까지 그 성격을 버리지 못하는 인물들이 몇몇 있다. 최치수를 살해한 김평산도 그러한 인물 중 하나다. 몰락한 양반 김평산은 평사리 마을 사람들로부터 좋은 평가를 받지 못했다. 노름판에서 밤을 새기 일쑤였으며 생계를 위해 밤낮으로 길쌈을 하는 아내에게 손찌검을 하여 양반의 체통과는 거리가 먼 생활을 하면서도 양반의 위세를 부리면서 사람들을 무시하곤 하였기에 그는 "개다리 양반"으로 통했다. 그렇다고 하더라도 최치수를 살해하기 전까지는 가족에게 부끄럽고 수치스러운 존재는 아니었다.

"문 열어라!"
밖에서 평산의 노성이 울렸다.
"아, 아 아버지! 나, 나 나 살려주시오! 아이구우!"
함안댁은 더욱 세차게 매질을 하였다. 방문이 우지끈 넘어졌다. 거

복이는 넘어진 문을 밟고 비호같이 마당으로 뛰어나간다. 마당에 나
간 거복이는 뱅뱅이를 돌았다. 그러다가 쓰러지면서 거품을 물고 사
지를 파들파들 떨었다. 함안댁은 부러진 매를 든 채 멍하니 서 있
었다.

"무슨 짓이냐!"

평산이 고함을 질렀다.

"이년!"

부엌으로 쫓아간 평산은 물 한 바가지를 퍼서 기절한 거복이 얼굴
에 끼얹었다.

"나, 나 나 막딸네 코, 콩밭엔 안 들어— 가—."

거복이 입술을 달싹이며 말했다.

"뭐라구?"

"아, 아버지…… 코, 콩…… 내가 안 해—."

평산이 몸을 휙 돌리며 함안댁에게 따졌다. 1권. pp. 58-59.

평소에 손버릇이 나빴던 거복이가 막딸네로부터 도둑으로 의심받자 함
안댁이 거복에게 매질을 하고 있는 장면이다. 평산은 바로 "남자 없는 집"
막딸네를 찾아가 주먹질이며 발길질을 해대고 돌아온다. 평산은 아들이
도둑질을 한 것이 사실이든 아니든 면대에 두고 도둑으로 본 것은 양반의
권위에 모욕을 준 것이므로 마땅히 응징을 해야 한다고 생각한다. 이것이
평산의 잘못된 권위의식이라 하더라도, 그가 가족을 보호해야겠다는 의
식을 가지고 행동한 것이 아니라 하더라도, 그는 살인자가 되기 전까지는
가족을 지탱하는 구심점이었다. 평산이 최치수의 살인자임이 밝혀져 관
가로 끌려가자 함안댁은 목을 매고 자살했으며, 거복이와 한복이는 평사
리를 떠나야했다.

살인 죄인의 아들이라는 멍에를 쓰고 살아야 했던 거복이와 한복이는 헤어져 각각 다른 삶을 선택한다. 한복이는 "어머니 잠든 곳에 뿌리를 박고 살아야 한다."는 생각만으로 아이들에게 놀림을 당하고 어른들에게 모욕을 당하면서도 평사리로 되돌아온다. 하지만 거복이는 그가 살인 죄인의 아들임을 모르는 곳으로 갈 뿐만 아니라 김두수로 개명하기까지 한다. 그 아버지의 아들로서는 "사람 대우도 못 받고" "개걸이 천대를 받으며" 살아야 한다고 단정했던 것이다. 하지만 한복이는 착실하고 근면하게 일을 하면서 살아 평사리 마을 사람들로부터 다시 인심을 얻게 된다. 그렇다고 하더라도 떳떳하게 살아갈 수 있었던 것은 아니며, 아버지를 부끄러워하고 수치스러워하면서 "욕스러운 전사를 내 자신이 지워버려야 한다"고 생각한다. 이와는 달리 거복이는 살인 죄인으로서의 아버지를 기억하기보다, 그때 마을 사람들의 이기심이 남긴 상처를 기억한다. "약이 된다는 목맨 나무가 순식간에 몽다리로 변해버린 일", 어머니의 시신을 옮기는 데에도 "최 참판댁 눈이 두려워 삽짝들을 닫아놓은" 일, "비오는 날 개새끼처럼 쫓겨났던" 일 등 그때 일이 생각나면 "목구멍에 피가 올라오는 것" 같아 "죽은 송장이 되어도 고향에는 안 갈 것"이라고 결심하였던 것이다.

이처럼 다른 방식으로 아버지를 기억하는 두 아들은 다른 방식의 삶을 선택한다. 하지만 결과적으로 아버지가 남긴 상처는 대(對)사회적인 차원의 보상을 통해서 치유된다는 점에서 유사성을 지닌다. 다시 말해 아버지로 인하여 천대받는 삶을 살지 않으려 했던 것이든, 아버지의 죄를 지우려 했던 것이든, 두 아들은 모두 사회적 지위의 회복을 통해 뜻을 이루었다고 할 수 있다. 이것은 거복이는 꿈에 나타난 아버지를 통해서, 한복이는 길상이를 통해서, 그들에게 일어난 사건을 개인적 차원의 문제가 아니라 사회적 차원의 문제로 확대하여 인식하는 것과 맞물려 있다.

'이 천하의 못난 놈 같으니라구. 오죽이나 못났으면 계집이 쏘는 총을 맞아? 으응? 이 애비는 세상을 못 다 살았어도 포부만은 컸느니라. 대역도가 따로 있는 게 아니야. 사세가 불리하면은 대역도가 되는 것이요, 시운을 잘 만나면 용상에도 앉는 법, 그래 고까짓 계집년한테 총을 맞아? 이이잉? 대역도가 되기는커녕 두만강의 사공질도 못하겠다.'

'하지만 아버지 용상이 없어졌는데 대역을 한들 무슨 소용이겠습니까.'

'이놈아 용상은 만들면은 있는 것, 땅덩어리가 물 속에 가라앉더란 말이냐? 이 만주 벌판은 넓고 쓸 만하구나. 그깟 최참판 만석이 문제겠느냐?' 8권, pp. 349-350.

"……너의 아버지는 너 한 사람을 가난하게, 핍박받게 했지만 세상에는 한 사람이 혹은 몇 사람이 수천만의 사람들을 가난하게 하고 핍박받게 하고, 한다는 것을 왜 모르느냐 말이다! 지금 당장 목전의 원수는 일본이지만 따라서 너의 형도 목을 쳐야겠지만 제발 일하라 않겠으니 숨지만 말아라. 너의 자손을 위해서도. 너의 아버지의 망령을 평생 짊어지고 다니다가 너의 자손에게 물려줄 작정이란 말이야?" 12권, p. 392.

최치수 살인죄를 저지른 김평산이 거복이의 꿈속에 나타나서 '사세'나 '시운'에 의해 대역 죄인이 되기도 하고 왕이 되기도 하는 법이라고 말하고 있는 장면은 자신의 행동이 단지 개인의 도덕성이나 심성의 좋고 나쁨으로 판단될 문제가 아니라고 항변하고 있는 듯하다. 이는 독립군을 잡는 악랄한 조선인 순사부장이기도 한 거복이가 꿈을 통해 평소에 품고 있었던 죄의식을 세상탓으로 돌리는 자기합리화의 무의식일 수도 있다. 어찌 되었든 거복은 왜헌병 보조원 노릇을 하면서 몇 차례 죽을 고비를 넘겨가 며 아무도 무시할 수 없는 자리에까지 올라갔고, 일제시대에 아무것도 가진 것이 없는 조선인으로서 "계산이 빠른" 거복이가 현실적으로 성취할 수 있는 최상의 사회적 지위를 얻은 것이다. 한편 평사리에 정착한 한복은 독립자금을 만주로 나르는 임무를 맡게 되는데, 그곳에서 만난 길상은 혼란스러워 하는 한복을 꾸짖으며 의식을 깨우쳐준다. 만주에 온 한복은 그곳에서의 길상의 모습을 보면서 "선망의 감정이 치솟는 것을"느꼈다. 개인의 안위보다 대의를 위한 삶을 동경하게 된 것은 살인 죄인의 아들로 집 울타리 안에서 은둔하여 살아온 한복에게 큰 변화라 할 수 있다. 한복은 만주를 왕래하면서 가까운 주위 사람들로부터 인정을 받고 차츰차츰 자신을 회복해 나가고 있다. 훗날 한복의 아들 영호가 광주학생사건의 주모자로 경찰에 연행되자 온 마을 사람들이 그를 영웅으로 칭찬하고 한복을 영웅의 부친으로 대접하는 장면이 나오는데, 이로써 한복은 한층 더 자신을 회복하게 된다.

이처럼 거복이와 한복이가 아버지로 인해 받은 상처를 사회적으로 높은 지위에 오르거나 사회적인 활동을 함으로써 보상받고 있는 것은 개인의 삶이 사회·역사적인 삶과 긴밀하게 연결되어 있다는 작가의 세계관이 반영된 것이라고 할 수 있다. 또한 사회적 금기를 어김으로써 죄인이 된 아버지의 아들이기에 상처를 치유받기 위해서는 은둔이 아니라, 실추된 사회적 위상을 회복해야 한다는 작가의식이 담겨있는 것이기도 하다.

5. 아버지에 대한 기억

가족은 사회집단을 상징하는 알레고리적 담론의 집합체이며, 가족을 말하는 방식은 사회, 제도, 법률, 탄생과 죽음, 성, 이데올로기 등 사회와 존재에 대한 성찰과[48] 관련되어 있다. 이에 식민지 시대 근대 소설 장르가 일종의 "고아의식에 사로잡혀"[49] 있는 현상이 주목을 끌기도 했고, 이러한 아버지의 몰락과 아버지의 부정은 '아버지'로 대표되는 과거 혹은 전통과의 단절 통해 새로운 가치체계를 찾아나서는[50] 다음 세대의 노력 과정을 보여준 것이라는 연구가 있기도 했다. 또한 아버지와 관련한 문학 연구는 작가 자신의 친부에 대한 의식이나 성장소설의 모형을 분석하는 것으로 이루어지고 있다.[51]

박경리는 아버지에 대한 아픈 기억을 가지고 있다. 그의 아버지는 14세 때 네 살 연상인 어머니와 결혼하였으나 조강지처를 버리고 재혼을 하였으므로 그가 아버지와 함께 한 시간은 많지 않다. 박경리는 아버지에 대한 이야기를 거의 하지 않는다. 이러한 작가의 친부에 대한 의식을 그의 작품을 통해 분석해낸다는 것은 무리한 연구가 될 여지가 많다. 그럼에도 불구하고 언젠가 박경리 스스로도 말했듯이 그의 "문학 속에 잠재되어 있을 골수 같은 것을 찾기 위해 아버지에 대한 기억을 되짚어봐야" 할 것이다. 박경리는 〈한국일보〉 1984년 7월 1일자에 실린 「나의 문학적 자전」에서 이러한 말을 했으며, 다른 글에서 찾아보기 힘든 아버지와 관련된 이야기를 이 글에서 비교적 자세하게 하고 있다. 아버지의 성격이라든가 풍모, 일생 등만이 아니라, 아버지에게 대어들었다가 뺨을 맞았던 일까지 쓰고 있다. 그 일로 작가는 자존심에 상처를 입어 학교에 가지 않겠다는 고집을 부렸고 그로 인해 1년 동안 쉬었다가 다음 해 하급생들과 동급생이 되어 공부를 해야 했다고 고백한다.[52] 이러한 아버지에 대한 기억과 그의 바람은 그의 작품에 형상화된 몇몇 아버지를 통해 드러난다.

『단층』에서는 폭력적이었던 자신의 아버지와는 전혀 다른 자애롭고 섬세하며 권위적이지 않은 아버지로서 가장의 지위에 놓이는 근태를 통해 작가가 기대하는 아버지 상을 볼 수 있다. 이 작품은 폭압적인 정치가 횡행하던 시기에 발표된 것이어서 정치적인 아버지, 즉 국가 집권자의 폭력성을 우회적으로 고발하면서 변화를 촉구하는 작가의식을 보여준 것이라고 할 수 있다. 『토지』에서는 최치수의 죽음에도 불구하고 딸로서 상징적으로나마 가문을 지켜내는 서희의 집념에 훼손된 자존을 회복하려는 의지가 내재되어 있음을 보았다. 이는 최참판가의 사건과 대한제국의 역사적인 사건이 병치되어 있는 『토지』의 서술구조적 특성상 한민족의 자존을 강조하는 작가의 의식과 관련된 것임을 알 수 있다. 근태나 서희, 두 인물은 모두 폭력적이거나 무서운 아버지를 강하게 거부하였으면서도 아버지의 존재를 인정하고 아버지의 자리를 지키려 하였다는 점에서는 양가적인 의식을 가지고 있었다고 할 수 있을 것이다.

『단층』과 『토지』에서 북한에 살거나 살인을 하는, 즉 사회적 금기를 범한 아버지의 아들들은 그로 인한 운명적 삶에 저항하고자 한다. 『단층』에서는 개인의 안위에만 함몰되어 있었던 출세주의자 수용이 아버지에 대한 의식이 자신을 억압해 왔음을 깨닫고 정체성을 회복해가고 있다. 또한 수용은 사회적 이상과 사명에 대해 믿음을 나타내는 인물로 변화하고 있어서 사회현실에 대해 회피하기보다 적극적인 인식과 대응이야말로 주체적인 삶의 방향이라 여기는 작가의식을 엿볼 수 있다. 『토지』에서는 거복과 한복이 각기 다른 방식으로 사회적 지위를 회복하는데, 이는 사회적 금기를 어긴 아버지로 인해 실추된 사회적 위상을 회복하는 것이 은둔보다 상처 치유의 올바른 길이라 여기는 작가의식이 드러난 것이라고 할 수 있을 것이다.

제3장

폭력에 희생당한 자들의 원죄의식
−『재귀열』, 『내 마음은 호수』, 『노을 진 들녘』, 『김약국의 딸들』을 중심으로

1. 운명론적 세계관

박경리의 소설을 평가할 때에 가장 많이 언급되어온 것은 '비극적 운명론'이다. 김치수는 그의 "소설의 주요 테마 가운데 하나는 여인의 비극적 운명"이라고 하였으며,[53] 이덕화는 운명과 제도 사이에서 비극적인 사랑을 하는 여성의 운명이 『토지』 이전의 작품 세계라고 하였다.[54] 또한 윤지관은 그의 "운명론적 세계관이 역사 속의 개인의 삶을 때때로 추상화시키고" 있다고 하였는데,[55] 이러한 박경리의 '운명론적 세계관'을 불교의 윤회사상으로 분석한 연구가 이루어지기도 하였다. 안남연은 "박경리의 작품은 인과응보와 업이라는 불교적 윤회사상과 관련되어" 있으며 "전생에 지은 죄의 대가를 현생에 갚아가는 고통의 과정, 그것을 운명으로 수긍하는 토속적 정서를 박경리만큼 생생하게 그려낸 작가는 드물다."고 보았다.[56] 그렇다면 기존 연구자들이 박경리의 작품에서 읽어낸 그 '운명'이

라는 것은 무엇일까. 그 운명은 대체로 개인의 자유의지와는 상관없이 개인이 극복해내기 힘들 정도의 강한 힘으로 개인의 삶을 좌우하는 '거대한 무엇'이라고 할 수 있다. 그리고 그 '거대한 무엇'이 개인의 삶을 곤경에 빠뜨릴 경우 개인은 비극적 운명에 처하게 될 것이다.

박경리 소설에서 '비극적 운명'은 때로는 폭력에 의해 발생하기도 한다. 사실, "인간이 있는 곳이면 어디라도 폭력이 존재하는 비극적인 상황"임을 부인할 수 없을 것이다. "폭력은 인간들의 삶 속에 깊숙이 파고들어 그들의 삶과 하나가 되어 그들의 운명을 가리키는 공통의 지칭어, 나아가서는 그들이 물리쳐야 할 공적(公敵)이 된 지 이미 오래이다."[57] 따라서 사상이나 역사보다 생활이나 인간관계에 더 집중하고 있는 박경리의 작품에서 폭력적인 상황을 찾아보는 것은 어렵지 않다. 그 폭력적 현실을 드러낸 작품 중에서, 폭력에 의해 '비극적 운명'에 처한 자는 곧 '폭력 희생자'라고 할 수 있으므로 폭력에 희생되는 인물이 부각되어 있는 작품 『재귀열』(1959, 연재중편), 『내 마음은 호수』(1960, 연재장편), 『노을 진 들녘』(1961~1962, 연재장편), 『김약국의 딸들』(1960, 전작장편) 등을 연구 대상으로 삼고자 한다.

먼저 연구 대상 작품들에 나타난 폭력의 양상을 살펴보고, 폭력 희생자들의 공통적인 특성을 분석한 후, 그들이 희생자가 될 수밖에 없었던 희생 대상으로 분류된 '표지(標識)'는 무엇이었는지 파악해 보려고 한다. 이 '표지'와 관련하여 '원죄(原罪)'의 개념을 생각하지 않을 수 없다. 성서에 의하면 인간에게 부여된 최초의 '표지'는 하나님이 동생을 살해한 카인에게 남긴 표지이다. 동생 살해 사건은 인간 최초의 범죄로 인간의 세계가 사악한 세계로 가는 시발점이기에 이 사건을 "원초적인 죄로 제시"[58] 하기도 한다. 이렇게 카인의 범죄를 원죄로 보는 경우와 달리 그 이전에 발생한 아담과 하와의 죄를 원죄로 보는 경우가 있다. 아담과 하와는 선과 악을 알게 하는 나무열매를 먹지 말라고 한 하나님의 명령을 어기는 죄를 범하였으며, 인류는 이 원죄의 굴레로부터 벗어나기 위해 신의 구원을 기다려야만 한다는 것이다. 슈베펜호이저의 "원죄야말로 그리스도교 신학에서 지배의 수단으로 도입된 핵심개념"이라는 비판처럼,[59] 원죄의식을 부정적으로 볼 수도 있을 것이다. 왜냐하면 원죄의식이란 자신의 무고함과는 상관없이 어떤 죄에 연루되어 연대 책임을 지는 의식이라고 할 수 있기 때문이다. 본고는 이러한 원죄의식의 개념을 가지고 폭력 희생자가 지니고 있는 표지와 더불어 폭력 희생자에게 부여된 원죄의식의 양상도 함께 분석하면서 운명으로 통칭되는 '거대한 무엇'의 한 특질을 파악해 나갈 것이다.

2. 폭력의 재앙, 어둠 속 죽음의 위협

『김약국의 딸들』과 『노을 진 들녘』에는 폭력으로 인해 죽거나 실성하는 인물이, 그리고 『재귀열』과 『내 마음은 호수』에는 폭력을 당하며 죽음의 위협을 받는 인물이 등장한다. 이 작품들에 나타난 폭력은 인간으로서 최소한도의 존엄성마저 훼손할 뿐만 아니라 생존 자체를 위협하거나 불가하게 하는 포악하고 원초적인 폭력이다.

『김약국의 딸들』은 김성수의 다섯 명의 딸 용숙, 용빈, 용란, 용옥, 용혜 중에서 어린 용혜를 제외한 네 명의 딸들과 관련된 사건이 주된 이야기를 이루고 있다. 맏딸 용숙은 청상과부가 되어 어린 아들 하나를 두고 살면서 동네 병원의 의사와 불륜관계를 맺다가 '영아살해' 용의자로 몰리기도 하며, 서울에서 대학에 다니고 있는 둘째 용빈은 애인의 배신으로 슬픔에 빠지기도 한다. 이 두 딸의 고통스러운 상황은 소문이나 배신으로 인한 크고 작은 정신적인 폭력에서 빚어진 것이라고 할 수 있다. 폭력적인 상황이 가장 크게 부각되어있는 인물은 셋째 용란이며 그 폭력의 재앙은 어머니 한실댁에까지 미치게 된다.

용란의 남편 연학은 아편장이며, 성불구자였다. 그는 아편을 하기 위해 "닥치는 대로 들고 나가서 팔아먹"었을 뿐만 아니라, "밤낮 뚜디리 패"는 바람에 용란은 피멍이 든 채로 용숙 언니 집으로 도망을 다니기도 한다. 한실댁이 연학을 꾸짖고 말려도 소용없을 정도로 병적으로 구타와 폭언을 일삼아 거동조차 힘들어진 용란의 일상은 피폐하고 황폐해진다. 결혼하기 전 용란은 하인 한돌과의 정사로 소문이 나 있었는데, 그 때문에 용란과의 혼사를 원한다는 집안이 나타나자 한실댁은 제대로 알아보지도 않고 서둘러 용란을 시집보냈다. 한실댁은 불행한 삶을 살아가는 딸을 보면서 자신의 잘못이라 생각하고 "차라리, 한돌이 그놈하고나 맞춰줄거로" 하며 후회를 하기도 한다.

> "용란앗! 내다. 문 좀 열어랏!"
>
> "누고!"
>
> 바로 사립문 뒤에서 남자의 목소리가 났다.
>
> "아구짜꼬!"
>
> 혀가 안으로 말려든 듯한 소리는 틀림없는 연학의 목소리다.
>
> "아구짜고!"
>
> "누고?"
>
> "나다. 문 좀 열어주게."
>
> 한실댁은 사립문을 꼭 잡으며 안간힘을 썼다. 문이 쓱 열렸다. 시커먼 그림자—.
>
> "흐흐흐……."

웃었다. 한실댁은 머리 위에 무엇이 쏟아진 것을 느꼈다.

"아이구우!"

머리 위에 두 손을 얹었다. 그 손 위에 무엇이 또 쏟아졌다.

"아이구우! 사람 살려랏!"

한실댁은 푹 쓰러졌다.

이 소동에 깊이 잠들었던 한돌이와 용란이 깨었다. 그들은 도끼를 휘두르는 연학을 보았다. 끼둑끼둑 웃으며 그는 다가왔다. 한돌이의 눈이 쳐든 도끼에 못 박힌다. 도끼가 허공에서 돌았다. —(중략)—

용란을 놓친 연학은 으르렁거리며 막 담을 뛰어넘으려는 한돌에게 달려간다. 한쪽 어깨 위에 도끼날이 푹석 들어갔다. 연학이는 춤을 추듯 팔딱팔딱 뛰면서 쓰러진 한돌이를 찍는다.

예배당의 종이 울렸다. 둥글게 둥글게 원을 그리며 종소리는 퍼져 나가고 또 울리고—.

—『김약국의 딸들』, 마로니에북스, 2013, pp. 332–333.

김약국에게 혼쭐이 나고 도망을 쳤던 한돌이 돌아오자 용란은 몰래 집을 나와 북문 밖에 방을 얻어 한돌과 동거를 했다. 이 사실을 알게 된 한실댁은 그 둘을 도망시켜야겠다는 생각으로 패물을 싸가지고 비가 쏟아지는 밤길을 달려간다. 그러나 그곳에서 기다리고 있던 연학에 의해 죽음을 맞게 된다. 한돌 역시 죽임을 당하고 용란은 실성하여 '광녀(狂女)'가 되고 만다.

이러한 인간적인 삶의 종말이라고 볼 수 있는 '실성'이나 죽음과 같은 폭력의 극단적인 결말은 넷째 용옥에게도 일어난다. 용옥은 남편이 뱃일로 집을 비운 날 밤 시아버지로부터 겁탈을 당할 뻔하였다. 입을 막고 쓰러뜨리며 겁탈하려는 시아버지에 맞서 싸우면서 간신히 집을 빠져나온 용옥은 남편이 있는 부산으로 가기 위해 항구로 나간다. 시아버지는 그 곳까지 쫓아와서 "며느리년이 야밤중에 시애비 방에 들어왔다고 소문을 낼" 것이라고 협박한다. 절망적인 용옥은 배를 타고 부산에 도착하지만 남편과 길이 엇갈려 다시 통영으로 돌아오는 배를 탔다가 배가 침몰하여 죽음에 이르게 된다.

다음 작품『노을 진 들녘』은 영재와 그의 친구들을 중심으로 벌어지는 사건으로 구성되어 있으며, 특히 한 순간의 실수로 근친상간을 범한 영재의 서사가 큰 비중을 차지하고 있다. 공대 건축학과를 졸업한 후 대학연구소에서 일을 하고 있는 영재는 "주변에서 많은 기대를 걸고 있는 청년"이었다. 그는 해마다 여름이면 송화리 과수원을 찾아와 외할아버지 송노인과 외사촌동생 주실의 환영을 받으며 지내곤 했는데, 1959년 여름밤 천둥소리에 놀라 자신의 방으로 들어온 사촌여동생 주실을 범하는 죄를 저지르고 만다. 이 일로 주실은 임신을 하게 되고 주위 사람들은 모두 평소 행실이 단정치 못하였던 성삼을 의심한다. 성삼은 송노인의 과수원 일을 하였던 김판수의 외아들로 이전에 이미 주실을 성폭행하였던 일이 있었고, 영재의 아이임을 밝히기를 두려워하는 주실을 협박하여 다시 겁탈하기도 한다. 송노인은 성삼을 추궁하던 중 영재의 실수를 알게 되지만, 그것을 비밀에 부치기 위해 성삼과의 결혼을 추진한다. 성삼은 주실이 받을 많은 유산과 도련님 행세를 하는 영재를 "발아래 두고자 하는" 욕망으로 주실과의 결혼에 합의한다. 하지만 결혼 후 그는 더욱 광포해져 주실에게 가하는 폭력은 병적으로 변해간다.

"앗!"
무서운 광경이다.

거의 반나체가 된 주실은 입에 수건을 물고 쓰러져 있었다. 가죽 끈으로 후려치고 있는 성삼의 무서운 눈. 사람이 아니다. 야수다. 완전히 미친개의 눈이다.

"너 할아버지가 우리 엄마를 때렸지! 짐승처럼 말이야. 나도 너 할아버지처럼 이렇게, 이렇게 때려준다! 때려준다! 말을 해! 아가리를 열란 말이야!"

그 순간 꽝! 하고 별안간 소리가 나더니 유리창이 와그르르 무너졌다. 송 노인이 주먹으로 유리창을 친 것이다. 성삼은 가죽 끈을 늘어뜨린 채 시뻘건 눈을 들었다.

―「노을 진 들녘」, 마로니에북스, 2013, pp. 339―340.

성삼은 송노인이 폭력의 현장에 나타난 것은 주실이 발고를 했기 때문이라고 생각하며 "내가 때린다는 말만 해봐라. 죽여버린다."고 협박한다. 주실은 이러한 "성삼의 비뚤어지고 변태적인 성질" 때문에 "살아야 한다는 본능과 죽음에 대한 공포만이 남아" 있는 "말없는 개"와 같은 존재가 되었다. 한편, 주실이 성삼으로부터 매질을 당하고 있다는 것을 영천댁으로부터 들어 알고 있으면서도 아무런 조처를 취하지 않았던 송노인은 그 현장을 목격한 후 기절한다. 그리고 깨어난 뒤 마구간에서 목을 매달아 자살한다. 송노인의 죽음을 슬퍼하며 울음을 그칠 줄 모르던 주실은 "달이 차지 않은" 계집아이를 사산(死産)한다.

『내 마음은 호수』는 여성 소설가 혜련과 그의 시누이 명희, 두 기혼 여성이 겪는 사랑 이야기가 중심 서사를 이루고 있다. 혜련은 결혼 전 사랑했던 애인을 피란지 부산에서 다시 만나게 되자 혼란에 빠지고, 명희는 남편의 사촌동생 송병림을 만난 후 그 청년을 향한 사랑의 욕망을 품으면서 자살소동까지 일으킨다. 이렇듯 명희로부터 끊임없는 구애를 받는 송병림은 그녀의 어떤 유혹에도 흔들리지 않으며, 훗날 혜련의 딸 진수와 서로 진실한 사랑을 하게 된다. 이처럼 사랑의 서사로 보이는 『내 마음은 호수』에서 가장 큰 반전은 송병림이 정치적인 이유로 끌려가 고문을 당하는 것이다.

> 무지스런 고문이 시작되었다. 둘러싸인 사방의 콘크리트 벽에 병림의 이빨 사이로 밀려나오는 신음이 반향한다.
>
> ─(중략)─
>
> 몇 시간이 지났을 때 병림은 자기가 살아 있다는 것을 의식하였다. 동시에 전등빛이 얼굴 위에 내리쏟아졌다. 그는 나무 막대기처럼 감각을 잃은 손을 들어 눈을 가렸다. 끈적끈적한 피가 손바닥을 적신다.
>
> ─『내 마음은 호수』, 마로니에북스, 2014. p. 511.

> 물결 소리가 파도가 되어 싸아! 하고 머릿속에 밀려 들어왔다.
>
> "두 발만 쏘면 너는 이 강물을 따라 황해로 떠내려가는 거야. 그러면 되놈들이 건져서 장사 지내줄 거 아냐? 하하하……."
>
> 웃음이 멎었다. 동시에 총성이 울렸다. 총성이 메아리가 되어 건너편 강기슭에서 돌아왔다.
>
> 병림은 픽 쓰러졌다.
>
> "바보 같은 자식, 공포에 나자빠지다니 보기보담 쓸개가 적군."
>
> 사나이는 발길로 병림을 걷어찼다. p. 517-518.

이처럼 병림은 어느 날 아침 갑자기 하숙집으로 쳐들어온 사내들에게 강제로 알 수 없는 곳으로 끌려와 인간의 존엄을 지킬 수 없는 비참한 육체적인 고문을 당할 뿐만 아니라, 나약해지지 않을 수 없는 죽음의 위협을 당하기도 한다.

『재귀열』역시 두 여성의 사랑 이야기로 홀어머니와 사는 송우·난우 자매는 둘 다 불행한 과거를 안고 살아간다. 송우는 약혼자 강상훈이 학병으로 나간 사이 강상훈과 친하였던 문성환에게 강탈당한 후 임신을 하게 된다. 송우는 어쩔 수 없이 공산당원인 문성환과 결혼하여 평양에서 살다가 일사후퇴 때에 아이들을 데리고 남쪽으로 도망쳐 나온다. 그 길에서 또 다른 폭력을 당하고 아들을 잃게 되자 피폐해진 송우는 술과 담배로 세월을 보낸다.

한편 난우는 애인 석구가 6·25 전쟁 때 공산당원이 되어 북으로 떠나고, 학도병이었던 상철로부터 폭행을 당한다. 난우를 연모했으나 마음을 받아주지 않자 상철은 공산당이란 죄명으로 협박하고 권총으로 위협하여 정조를 빼앗는다.

> 난우는 사나이가 안내하는 대로 어느 방 앞에까지 다가갔다. 필경 그 방에 임신부가 누워 있는 모양이다. 그러나 방문을 열었을 때 뜻밖에도 그 방은 텅 비어 있었다.
>
> 난우는 멈칫하고 서버린다. 무언지 모르게 머리끝이 꼿꼿하게 서는 것을 느낀다. 난우는 뒷걸음질을 치면서 뒤에 선 사나이를 돌아다보았다. 사나이는 복잡한 웃음을 띠우면서 난우의 등을 와락 밀어 방안에 쓰러뜨린다.
>
> -『재귀열』, 지식산업사, 1980, pp. 246-247.

이처럼 조산원을 운영하는 어머니를 돕고 있던 난우는 서상철의 함정에 빠져 전쟁이 끝난 이후에도 다시 반복적으로 폭행을 당하는 비참한 상황에 처하게 된다.

『김약국의 딸들』・『노을 진 들녘』・『내 마음은 호수』・『재귀열』 등에 나타나 있는 이와 같은 광포한 폭력은 주로 어두운 밤이거나 어두운 공간에서 자행되고 있다. 어둠은 희생자가 자신도 모르게 함정 속으로 들어가게 하며, 도움을 요청할 수 없도록 고립시킨다. 한밤중 폭력자는 한낮에는 볼 수 없었던 괴기스러운 힘을 발휘하며, 희생자는 상대적으로 더욱 무력해진다. 하지만 시간의 흐름은 어두운 밤이 지속될 수 없도록 한다. 비록 폭력에 희생당하는 어둠의 시간이 있기는 하지만 이들 작품의 서사에서 결말은 언제나 희망을 제시하고 있다는 점도 주목해야 할 것이다.

3. 무고한 희생자에게 붙여진 표지(標識)

『김약국의 딸들』에서 죽음을 부르는 폭력을 당하는 두 딸, 용란과 용옥은 천진무구하거나 천사 같은 성품을 지니고 있다. 용옥은 독실한 크리스천이며 집안의 궂은일을 말없이 도맡아 하는 착한 품성을 지녔다. 조용하고 부모의 뜻을 거역하는 일이 없으며 아내, 며느리, 엄마, 딸로서 어느 역할도 소홀하게 하지 않아 없어서는 안 될 존재이다. 남편 기두가 자신을 사랑하지 않는다는 것을 알게 되어도 혼자 슬픔을 삭이며 감내할 뿐 불만을 드러내는 일도 없다. 하지만 용란의 경우는 다르다. 사실, 용란과 한돌의 정사는 구한말, 특히 통영이라는 변화가 더딘 항구 소도시 사회에서 벌어진 비도덕적인 사건임에 틀림없다. 여성이 결혼 전에 그것도 결혼이 불가한 신분이 다른 남성과 성관계를 맺는다거나 사랑을 한다는 것은 당시 그 사회에서는 용납될 수 없는 '죄'를 저지른 것이라고도 할 수 있는 일이었다. 그렇기 때문에 떳떳한 혼사를 할 수 없었던 것이다. 그럼에도 불구하고 용란이라는 인물과 그 사건에 대한 서술자의 진술은 부정적이지 않다. 용란은 "천진한 인간성"을 지닌 "아름다운" 외모의 인물이며 "자연 속에서 어떤 생물이 자라나듯이" 존재하는 인물이다. 그리고 그의 한돌과의 관계는 자연스러운 것이며 본능적인 것으로 진술되고 있다. 뿐만 아니라 지혜롭고 이성적인 성격의 용빈을 통해 그 본능에 따른 행동이 악행이라기보다 신선한 어떤 것으로 말해지기도 한다.

> "그 여자는 사랑을 느끼기보다 본능에 움직였어요. 거기 대하여 모욕을 느끼기보다 신선한……표현할 수 없군요. 바보처럼 천진한 그의 인간성에서 그렇게 느끼는지 모르겠어요."
> ─『김약국의 딸들』, 마로니에북스, 2013, pp. 119-120.

이와 같은 천진무구한 인물로 진술되는 용란은 남편의 병적인 폭력에 희생되어 광녀가 되고 어머니인 한실댁과 정인인 한돌이도 그 남편으로부터 죽임을 당한다. 여기서 희생자의 표지는 한실댁에게서 발견된다. 신수(身數)를 보러간 한실댁에게 점쟁이는 다음과 같이 예언을 한다.

> "당신 집에는 잡귀가 우글우글하구마. 맞아 죽은 구신, 굶어 죽은 구신, 비상 묵은 구신, 물에 빠져 죽은 구신, 무당 구신, 모두 떳들었 이니 집은 망하고 사람은 상하고 말리라." p. 290.

점쟁이가 한실댁에게서 읽어내는 이와 같은 표지는 궁극적으로는 이 집안의 가장인 김약국이 지니고 있는 표지이다. 김성수는 어릴 적부터 마을 사람들로부터 백모로부터 "구신이 붙었"다는 말과 "비상묵고 죽은 자식은 지리지(번식하지) 않는다"는 말을 들으며 자라왔다. 그가 결혼을 하여 가정을 이루면서 그것이 희석되는 듯하였으나 그의 아내인 한실댁을 통해 그 표지는 사라지지 않고 있음을 확인할 수 있는 것이다. 성수의 어머니가 비상을 먹고 자살을 하였기에 그의 피를 이어 받은 자식은 대를 잇지 못할 것이라는 '저주'와도 같은 속설은 김약국과 그의 자손들에게 소위 '나쁜 피'가 흐르고 있음을 각인시키는 것이기도 하다.

박경리의 작품에서 '나쁜 피'에 대한 강박은 자주 사용된다. 『성녀와 마녀』에서 작곡가인 수영은 성악가 형숙을 사랑하지만 수영의 아버지인 안박사는 형숙이 기생 어머니의 피를 물려받은 '나쁜 피'의 혈통을 가지고 있음을 언급하면서 그녀와의 관계를 청산할 것을 종용한다. 수영은 아버지의 뜻대로 하란과 결혼하는데, 형숙에 대한 사랑을 접지 못하고 결국에는 형숙 대신 총을 맞고 죽음에 이르게 된다. 『파시』에서 박의사는 아들인 응주가 명화와 결혼하고자 하자 명화가 미쳐서 자살한 어머니의 피를 이어받았다는 이유로 결혼을 반대한다. 명화의 어머니는 해방된 후에도 돌아오지 않는 남편을 기다리다가 미쳐서 자살을 했다. 명화는 결혼 반대 이유를 들은 후 어머니에 대한 강박관념으로 절망에 빠지고 바다에 투신 자살하는 망상을 하기도 한다.

이처럼 '나쁜 피'의 '저주'가 언급되고 있는 또 다른 작품이 『재귀열』이다. 재귀열에서 난우는 "자기네들 형제의 핏줄기 속에 씻지 못할 반역의 피가 흐르고 있는 것만은 틀림이 없다고 생각했다." 난우의 아버지는 일제시대에 "경부(警部)[60] 노릇을 하다가" 민중에 의해 타살되었다. 그러나 난우나 그의 언니인 송우는 "순진하고 아무것도 모르는" 어린 나이에 둘다 폭력에 희생되었다. 송우와 난우 자매가 당해야 했던 성폭력은 자신들의 의지와는 상관없이 벌어진 일이며, 예상조차 할 수 없었던 갑작스럽게 닥친 일이다. 문성환이 자신을 고향으로 데려다 주리라 믿었던 송우는 아직 어린 "순진하고 아무것도 모르는 계집아이"였다. 애인의 가까운 친구에게서 당한 배신은 정신적으로도 큰 타격을 주었기에 송우는 그와 어쩔 수 없이 결혼을 한 후에도 안식을 찾지 못하고 결국 두 아이를 데리고 남편을 떠난다. 송우는 다시 애인을 만나게 된 자리에서 "이 얄량한 자유를 위하여 내가 온 줄 아세요? 그까짓 사랑만 한다면야 빨갱이면 어떻구 노랭이면 어때요? 그러나 문성환은 내 원수거든. 그 원수를 나한테 베풀어 준 사람은 당신 아니요?"라며 원망한다. 난우 역시 자신의 뜻과는 상관없이 애인 석구와 헤어지고 동창 상철에게 협박당하면서 폭력에 희생되어야 했다. 석구는 6·25 전쟁 때 열렬한 공산당원이 되어 당의 여자와 떠나 버렸는데, 난우는 공산당이라는 죄명으로 협박하고 총을 겨누는 상철에게 강간당한다. 송우와 난우 자매에게는 일제시대 경부를 지내고 민중에게 피살된 아버지의 혈통 곧 "반역의 피"라는 표지뿐만 아니라 "빨갱이"라는 표지까지 붙여졌다. 송우는 열렬한 공산주의자인 남편(그녀를 폭행한 자)에게서 도망을 쳤으나 여전히 그녀는 빨갱이의 아내이며, 난우는 공산주의자가 된 애인이 버리고 떠났으나 빨갱이 애인이라는 협박을 받으며 폭행을 당하였던 것이다.

『내 마음은 호수』의 폭력 희생자 송병림도 "빨갱이"라는 표지가 붙여진 희생자이다. 『내 마음은 호수』의 송병림에 대해 박경리는 "인간적인 약점과 모순을 지니지 않는 미남은 네모난 평면"으로 그려져 강하게 부각되지 못하였다면서 아쉬움을 표하였다. 이러한 "실수의 원인은 작가 자신의 욕심이 과잉된 데서 오는 객관성의 결여와 지나치게 이상화하려는 데 있었다고 본다."[61] 이처럼 작가도 의식하고 있듯이 송병림은 완벽한 인간이다. 명희의 집요한 유혹에도 흔들리거나 실수를 범하거나 하지 않을 뿐만 아니라 명희를 곤란에 빠뜨리지도 않는 지혜로운 청년이다. 지적이면서 인간적인 면모와 수려한 외모까지 두루 갖춘 완벽한 인물이다. 하지만 그는 '빨갱이' 혹은 '괴뢰'로 몰려 고문을 당한다.

> "그러나 마지막으로 공식을 하나 알려주지. 빨갱이의 거물인 그대
> 의 형과 Y를 이어줄 사람은 누구겠나? 그대는 그 거물의 동생이요,
> Y의 애제자란 말이야. 그리고, 그 형과 Y는 빨갱이, 그렇다면 문제
> 는 자명하기 않을까?"
> ―『내 마음은 호수』, 마로니에북스, 2014, p. 510.

사실 송병림은 공산주의자, 소위 '빨갱이'가 아니었음에도 불구하고 북
한으로 간 공산주의자의 형제라는 이유로 '빨갱이'로 몰리고 있다. 이것
역시 '나쁜 피'의 강요에 해당된다. 송병림은 자신도 Y교수도 공산주의자
아님을 끝까지 주장하고 고문에 굴복하지 않음으로써 위기를 모면한다.

한편『노을 진 들녘』에서 폭력 희생자인 주실에게 붙여지는 표지를 발
견하는 것은 쉽지 않다. '비상 먹고 죽은 자식', '반역자의 피', '빨갱이'
등과 같이 폭력에 희생되는 이유라고 한다면 할 수 있는 그 무엇이 뚜렷
하게 나타나 있지 않기 때문이다. 주실은 그저 순진무구한, 비판적으로
본다면 너무 무지한 소녀일 뿐이다. 주실은 "송화리 과수원 밖의 세계를
구경한 일이 없다. 그의 친구는 거반이 동물이요, 산과 들과 물이 그가 사
는 세계였다." 성삼에게 처음으로 겁탈을 당한 후에도 주실은 굴욕이나
분노를 느끼지 않으며 여전히 산과 들을 뛰어다니고 물을 헤엄쳐 다닌다.
영재에게 겁탈을 당한 후 임신을 하게 되자 할아버지께 야단맞을 것만을
걱정하여 사촌오빠 영재가 시킨 대로 그 일에 대해 말하지 않는다. 영재
는 그 일이 있은 후 곧바로 서울로 돌아가며 연락을 하지 않는데, 이 때에
도 주실은 영재를 원망하거나 굴욕을 느끼거나 하지 않으며 발설하지 말

아야 한다는 영재의 말을 지키려고 애를 쓴다. 자신을 범하려는 성삼에게 임신한 상태에서 "또 애기를 배면 어떡해"라고 말하는 주실은, '국민학교'를 겨우 졸업했을 뿐 다른 교육은 일체 받은 일이 없는 무지한 인물이다.

이러한 주실이 주변 사람들로부터 촉망받는 지적인 젊은이, 그것도 사촌오빠인 영재로부터 폭력을 당하는 까닭은 여러 가지 복합적인 상황 때문이겠으나 표면적으로는 '진홍빛' 색채 이미지로부터 촉발된다.

> 진홍빛 수영복이 눈앞에 뱅뱅 돌고 있었다. 무르익은 사과 같은 것, 강렬한 향취. 영재는 그 진홍빛 수영복을 찢어버리고 싶은 충동을 느꼈다. 그 진홍빛 수영복이 아니더라면 현기증을 느끼지 않았으리라는 생각이 희미해진 이성 속에 일어났다.
> ─『노을 진 들녘』, 마로니에북스, 2013, p. 38.

주실이 입은 진홍빛 수영복은 영재가 선물한 것인데, 그것을 입고 물놀이를 하는 주실을 보다가 영재는 자신도 모르게 충동을 느끼게 된다. 주목할 만한 것은 『노을 진 들녘』에서 영재가 주실을 범하기 직전까지 진홍빛이나 핏빛, 혹은 빨간 색(닭의 벼슬이나 맨드라미 꽃, 빨간 벽돌의 집, 빨간 채송화, 빨간 낚시찌), 황혼 등이 빈번하게 나타나고 있으며 겁탈 이후에는 이와 같은 붉은 색의 묘사가 현격하게 줄어든다는 것이다. 물론 황혼과 붉은 색은 계속 등장하며 이 작품의 마지막 장면을 장식하기도 한다. 마지막 장면은 붉은 저녁 노을이 가득한 송화리의 들녘이다. 저녁 노을을 보면서 영재의 친구 동섭이는─주실에게 글을 가르치며 호감을 갖게 되는 인물이다─주실에게 "참 고운 놀이다."라고 말을 하며 걸음을 멈추게 한다. 한편, 주실을 범한 이후 영재는 '붉은 색채의 환상'에 시달리는데, 일혜가 신은 '빨간 샌들'조차도 그를 충동하는 등 "빨간 색채는 영재의 광포한 피를 흔들어놓았"다. 그렇다면 주실이 폭행의 희생을 당할 수밖에 없었던 표지는 '진홍빛'이었다고 할 수도 있을 것이다. 빨간색 계열 중 하나인 주홍색—주황보다는 노란색이 덜 섞인 색—에 대하여 괴테가 내린 평가는 의미심장하다. 장희창에 의하면 괴테는 "주홍색은 믿을 수 없을 정도로 마음을 동요시킨다. 그리고 상당한 정도로 상승된 이 색은 어둠을 내포하고 있다. 주홍색 천은 동물들을 불안하게 만들고 화나게 한다."고 하였다. 그리고 그의 작품을 무대에 올릴 때에 전쟁과 파괴의 악마가 등장하는 장면에서 주홍색 유리로 램프를 가리는 방식으로 연출하도록 공연지침을 내리기도 했다고 한다.[62]

4. 죄의 연대(連帶), 원죄의식의 강요

김성수(김약국)와 그 딸들의 불행은 성수의 어머니인 숙정의 비극적인 죽음에서 비롯된다. 숙정은 사주가 나쁘다고 하여 파혼당한 후 봉룡의 재취가 되어 성수를 낳았다. 그러나 숙정의 파혼자인 욱은 숙정을 잊지 못하여 결혼 첫날밤 신부를 내버려두고 뛰쳐나와 숙정을 찾아오는데, 봉룡은 욱을 보자 숙정을 의심하여 매질부터 한다. 도망치는 욱을 좇아 봉룡이 칼을 들고 숲속으로 들어갔을 때 숙정은 비상을 먹고 자살한다. 숲에서 돌아온 봉룡이 "피 묻은 칼을" 던져 놓고 잠이 들었다고 하였으니 정황상 욱을 죽였을 것이라고 짐작할 수는 있으나, 그 죽음에 대한 더 이상의 언급은 없다. 그가 죽었는지 도망쳤는지는 확실하지 않으며, 봉룡은 그 일 때문이 아니라 숙정이 죽었기 때문에 도망쳐야 했다. 숙정의 친정에서 문제 삼을 것을 염려하여 봉룡의 형 봉제가 노자를 챙겨 봉룡을 도망치게 한다.

이후 성수는 백부 봉제의 손에서 아들처럼 길러지는데, 백모 송씨는 그런 봉제를 못마땅하게 여긴다. 송씨는 숙정의 처참한 임종을 잊어버릴 수가 없었기 때문에 숙정과 닮은 성수에게 두려움을 느끼기도 한다. 송씨가 성수가 있는 곳에서 "비상묵고 죽은 자식은 지리지(번식하지) 않는다는데"라는 말을 되풀이 하는 것은 그 두려움을 표현하는 방법 중 하나이기도 했다. 이때에도 봉룡의 살인이 아니라 숙정의 자살을 문제 삼고 있는 것으로 보아 봉룡이 살인을 저지르지 않았던 것으로 볼 수도 있겠으나, 그 문제는 차치하고 타인의 살해 유무보다 자살을 죄악시하고 자살한 자에 대한 공포를 드러내는 사회적 담론의 이면을 생각할 필요가 있을 것이다. 자살은 '자유죽음'[63]이라고 명명하는 경우가 있을 정도로 자유에 대한 논란의 범주 안에 있는 것이기도 하기 때문이다.

　타인을 죽음에 이르게 하는 것은 분명 범죄이며 제도적으로 처벌을 받게 되어 있으나 자살의 경우는 다르다. 자살은 살해 당사자가 죽는 것이므로 처벌할 방법이 없으며 제도적으로 자살자에 대한 단죄는 불가능하다. 기껏해야 그 행위를 방조하거나 독려한 자에 대한 처벌을 할 수 있을 뿐이다. 『김약국의 딸들』에서 자살자 숙정의 아들이기 때문에 성수는 귀신이 붙었다는 저주 속에서, 자손을 번식시키지 못할 것이라는 신탁 아닌 신탁 속에서 살아야만 했다. 자살자에 대해 단죄하려는 '사회의 힘'은 무고한 성수에게까지 연대(連帶)하여 죄값을 요구하고 있다. 어머니의 자살과 그 죄값에 대해 익히 들어온 성수는 기우는 가세(家勢)에 대하여 "인력으로 못하"는 것이라고 말하며[64] 이에 수긍한다. 성수 역시 '자살은 범죄 행위'라는 지배담론의 사회에서 살아온 구성원이기 때문이다. 하지만, 김약국과 한실댁, 첫째 아들 용환과 넷째 딸 용옥이 죽고, 셋째 딸 용란은 광녀가 되었으나 희망의 여지가 없는 것은 아니다. 경제력이 뛰어난 용숙이 용란을 맡아 보살피기로 하고, 지혜로운 용빈은 용혜(김약국과 가장 닮은 막내)를 데리고 서울로 떠난다.

한편 『내 마음은 호수』에서 송병림에게 강요되고 있는 죄목은 '빨갱이' 혹은 '괴뢰'이다. 그는 형의 영향으로 의용군에 나간 전력이 있다. 일본에서 유학한 형은 코뮤니스트가 되어 이북으로 넘어간다. 하지만 송병림은 의용군에서 이탈해 나와 동굴에 숨었다가 유엔군이었던 강준의 군복을 얻어 입고 남한으로 오게 된다. 월남 후 그가 고문을 당하는 이유는 잠시 의용군에 가담했다는 사실 때문이 아니라, 그의 형이 공산주의자이기 때문이다. 공산주의 사상을 갖는다는 것은 남한에서 사상범이 된다는 것을 의미한다. 그런데 남한에 살지도 않는 형이 공산주의자라는 이유로 그 동생이 죄인으로 몰리고 있다. 송병림은 이러한 상황에 대하여 "어머니, 형님의 마음의 고향은 이북이었고 아버지의 고향은 이남이었습니다. 그분들은 밤낮 싸웠죠. ―(중략)―어머니하구 저는 왜 싸움을 하는가 싶어 늘 마음이 아팠습니다."라며 억울함을 호소하기도 한다.

"형은 공산주의자였습니다."

병림은 다소 마음을 놓았다. 형의 성분까지 알고 있는 것으로 보아 이미 충분한 뒷조사가 되어 있음이 분명하다. 그러나 의용군에 나간 일에 대하여 말이 없으니 그 비밀은 보존된 모양이라 생각한 때문이다.

―(중략)―

그의 공식은 병림에게 명확한 암시를 주었다. 간단히 말해서 병림은 괴뢰의 강요를 당하고 있는 것이다. Y씨를 몰아넣는 데 쓰이는 괴뢰이다.

―『내 마음은 호수』, 마로니에북스, 2014, p. 508.

이승만 정부가 그의 반대파인 Y교수를 제거하기 위하여 반공이데올로기를 정치적으로 악용하고 있음을 송병림이 깨닫는 장면이다. 여기서 꼭두각시를 뜻하는 '괴뢰'란 북한을 악의적으로 지칭하는 용어이다.[65] 1950년대 반공주의는 북한이 정식 국가가 아님은 물론 주체성이 없는 괴뢰라며 '북한괴뢰'로 부르도록 했다.[66] 당시 "이승만 체제의 반공은 '공산주의=야만=반민족'이라는 등식에 의해 내셔널리즘과 결합했다."[67] 이승만 정권은 정치적 생명을 이어나가기 위해 반이승만 세력을 억압하는 데에 반공이데올로기를 명분으로 내세웠던 것이다.[68] 한국전쟁이라는 직접적 체험은 이러한 반공이 정당성을 지닐 수 있는 원천을 제공하였다. 전쟁의 경험은 계급별, 정치집단별, 개인별로 상이한 것이었지만 전쟁의 참혹함은 남북한 양자에 대한 객관적인 이해보다는 상대방에 대한 적개심을 유발하게끔 하였다. 또한 "반국가적 요소의 완전소탕과 대공사찰"이 진행되는 과정에서 민중들이 느낀 이념에 대한 공포와 피해의식은 반공에 대한 수동적인 동의를 이끌어냈다.[69] 반공이데올로기가 현실의 모순을 은폐하고 그 지배구조를 정당화하는 데에 결정적인 역할을 수행하였다는 데에는 의문의 여지가 없을 것이다. 좌익이라면 그 가족, 친지까지 무조건 끌려가 고문당하고, '빨갱이 협조자'·'앞잡이'라는 누명을 쓰고 학살당하였다.[70]

『내 마음은 호수』에서 송병림 역시 북한에 있는 공산주의자 형 때문에 그 사회의 '권력자'의 정치적 목적에 의해서 북한에 대한 '동조자'·'협조자' 혹은 '빨갱이'로 누명을 쓰고 위험에 빠질 처지에 놓인 것이다. 박경리는 6·25 전쟁이 '이념전쟁'이었다고 전제하면서 그 이념으로 인해 북한이나 남한이 자유에 제한당하고 있는 현실의 문제를 피력한 일이 있다.

> "육이오는 두말할 것도 없이, 그 이면의 경위야 어찌 되었든 이념
> 의 전쟁이었던 것만은 부인할 사람이 없을 것입니다. −(중략)− 그네

들은 전체주의로써 이쪽은 개인주의로써 공방하는 중, 그네들은 전체주의 정치이념을 위해 개인의 봉사를 강요할 것이요, 이쪽은 이쪽대로 자유주의를 고수하기 위한 무장의 방법으로 제한된 자유는 필연적인 것으로 될 것입니다. -(중략)- 이 제한된 자유가 일상 생활을 얼마만큼 잠식해 들어가고 있는가 그것은 논의 밖으로 하고, 작가에게서 창작 행위에 얼마 만한 영향을 미치고 있는가, -(중략)- 이적행위라는 것으로 못을 박아 진실에 대한 소극적인 표현을 할 수밖에 없는 것도 자유주의 이념 밑에 사는 작가에겐 크나큰 고통이 아닐 수 없을 것입니다."

─『Q씨에게』, 솔출판사, 1993, pp. 70~71.

사실, 공산주의는 사상의 자유를 허락하는 국가에서는 '죄' 혹은 '적(敵)'의 개념과 무관하게 논의되는 사상이다. 하지만 남한에서 그것은 생명을 위협하여도 굴복할 수밖에 없는 죄목이 되고 있다. 이렇듯 "빨갱이는 죄인"이라는 지배담론의 사회에서 송병림은 사상의 자유를 주장하기 전에 의용군이었던 전력을 숨기고 싶어 하며 자신은 공산주의가 아니라 사회주의를 이상적으로 생각하고 있다고 말하기도 한다.

"날보구 빨갱이라구? 천만에, 나에게는 꿈과 낭만이 있어. 공산주의 사회에 있어서는 조직이, 자본주의 사회에 있어서는 금력이 인간을 기계화하구 있지만 인간은 결코 기계가 될 순 없다. 쌍방이 다 나의 꿈을 비웃을 거야. 그러나 인간은 꿈을 버리구 살 순 없어. 비록 유토피언 소셜리스트[空想的 社會主義]이며 그의 이상을 위한 싸움에서 패배했을지라두 영국의 로버트 오웬을 나는 존경한다."

─『내 마음은 호수』, 마로니에북스, 2014, p. 345.

송병림은 끝까지 결백을 주장하고 주위 사람들의 도움을 받아 위험에서 벗어난다. 그리고 진수와의 사랑을 이루면서 희망적인 미래를 기대한다. 6·25전쟁이 '이념전쟁'이기도 했기에, 그 이념과는 무관한 사람들에게 6·25는 더욱 혼란스럽고 납득하기 힘든 전쟁이었다. 『재귀열』에서 난우는 공산주의자가 된 애인에 의해 자신의 아버지는 '반역자'였다는 것을 각인하게 된다.[71] 그리고 애인이 떠난 후에는 애인이 공산주의자였다는 이유로 협박을 당한다. "괴뢰군이 남침"하였을 때에는 일제시대 경부(警部)를 지낸 아버지가 "민중에게 타살 된" 사건을 떠올리지 않을 수 없었으며, 국군이 들어왔을 때에는 "공산당이라는 죄명"으로 협박과 강간을 당하였던 것이다. 난우를 통해 『재귀열』에서는 지배하는 이념에 따라 죄목이 달라지고 있음이 확연하게 드러난다. 그리고 추궁하고 있는 그 '죄'라는 것이 난우 자신이 저지른 것이 아님에도 불구하고 죄값을 치르게 되는 상황 때문에 "신으로부터 저주를 받은 모양"이라고 자조 섞인 말을 하기도 한다. 그러나 "어느 누가 저를 강제로 지배한단 말"이냐면서 삶의 의지를 굽히지 않는다. 난우가 덧씌워진 죄인의 굴레를 벗어나려는 강한 의지를 보일 수 있었던 것은 그녀를 믿어주고 희생적으로 도와주는 외과 전문의 하영민이 있었기 때문이다. 결국 난우를 죽음의 위협에 빠뜨렸던 상철은 죽음의 종말을 맞으며 난우와 영민은 사랑의 결실을 이루게 된다.

『김약국의 딸들』, 『내 마음은 호수』, 『재귀열』의 경우는 희생자가 폭력적 상황에 처하게 된 근원을 의식하는 것으로 강요된 원죄 의식을 드러내고 있다면, 『노을 진 들녘』의 경우는 죄를 범한 자가 희생자의 피해를 목격하면서 자신의 죄를 인정함으로써 죄의 연대, 원죄의 대물림을 깨닫게 되는 과정을 보여준다. 송노인은 서울 토박이로 대학 농과를 졸업한 후 송화리에 내려온다. 그곳에서 과수원을 만들고 자기만의 세계를 만든다. 강저쪽 멀리 마을이 있고, "강 이쪽은 모두 송정주 노인이 경영하는 송화리 과수원의 영역에 속한다. 완전히 격리된 하나의 별천지였다." 이렇게 자기만의 별천지를 만들고 주실을 그곳에서만 자라게 했다. 초등학교를 졸업시킨 후에는 제도권 교육을 시키지 않아 주실은 마치 자연생물처럼 자랐다.

> '한 마리의 눈 먼 송아지……'
>
> 송 노인은 주실을 눈먼 송아지라 생각했다.
>
> '내가, 내가 그 눈을 막았구나! 불쌍한 것! 발바닥에 피도 안 마른 그것을 늑대 같은 그놈에게 주었으니, 세상에 둘도 없는 그것 하나를……'
>
> 송 노인의 눈에서 눈물이 두 줄기 흘렀다.
>
> '명만 길라고, 오래오래 살기만 하라고 짐승처럼, 수목처럼 자라라고 아아……'
>
> 송 노인은 흐느낀다. 아들과 딸, 며느리를 동시에 잃은 그의 슬픔이, 결국 그릇된 집착이 되어 오늘의 비극을 낳게 한 회한이 그의 가슴을 찢은 것이었다.
>
> ―(중략)―
>
> '누구의 죄냐! 다 이 할아버지의 죄로구나!'
>
> ⌐노을 진 들녘⌐, 마로니에북스, 2013. pp. 335-338.

송노인이 깨닫게 되는 자신의 죄는 '그것이 죄인가'라는 의문이 들기도 하는 것이다. 주실에게 교육을 시키지 않고 자신이 만든 '별천지' 밖으로 나가지 못하게 하였다는 것은 사회화를 거부한 것이며, 그것은 제도권에 대한 부정이라고 할 수도 있다. 공산주의자가 되거나 자살을 하는 것보다는 미약한 것이기는 해도 교육을 부정하는 것은 엄연히 지배담론에 대한 거부에 속한다. 할아버지가 지배담론을 거부한 대가로 손녀 주실은 남성들의 폭력 희생자가 되어야 했다. 송노인은 스스로 자신의 죄를 인정하고 목숨을 끊는다. 그렇게 함으로써 주실은 그 폭력적 상황에서 벗어날 수 있게 된다. 송노인이 죽은 후 주실은 범죄의 상징이라고 할 수 있는 근친상간으로 생긴 아이를 사산하게 되며, 송화리를 벗어나게 된다. 서울로 탈출한 주실은 아름다운 숙녀로 변모하게 되고, 동섭을 통해 교육을 받는다. 주실을 보호하기 위해 영재는 성삼을 껴안고 낭떠러지로 떨어져 죽음을 맞으며 동섭이 주실 곁을 지키게 된다. 사회적 금기를 깨뜨린 죄인들, 영재와 성삼까지 죽음으로써 죄값은 죄를 범한 자를 통해 모두 치러졌으며 무고한 주실은 죄의 굴레에서 벗어나게 된다.

5. 박경리 소설에서 '희생자'의 의미

폭력 희생자의 논의에서 문명과 종교의 기원을 '희생양' 혹은 '속죄양' 기제로 설명한 르네 지라르의 '희생양'의 의미를 언급하지 않을 수 없을 것이다. 지라르가 말하는 '희생양'이란 "한 사람에게로 보편적인 증오가 집중된 바로 그 죄 없는 한 사람"을 뜻한다.[72] 지라르에 따르면 신화란 공동체 입장에서 소수자 속죄양에 대해 가해진 집단 폭력을 정당화하고 은폐시키는 이야기이다.[73] 희생제의식은 희생제물을 상징적으로 살해하여 신에게 바침으로써 내부의 폭력을 외부로 분출시키는 구조를 가지고 있어 일시적으로나마 평화를 얻게 되며 내적 결속을 다지게 된다.[74] 성서에서 예수는 군중의 요구로 희생양이 된다. 당시 권력자는 빌라도였지만 "군중은 그보다 위에" 있었으며, "빌라도를 앞도하면서 제도도 밀쳐내고

서" 예수를 죄인으로 처단하는 데에 합세한다.[75] 이 지점은 박경리의 작품에 나타난 희생자의 성격을 규명하는 데에 중요한 부분이다. 박경리 소설의 '희생자'는 '빌라도'의 위치에 있는 '그것'에 의해 죄인으로 몰리고 군중에 의해 폭력을 당한다. '그것'은 지배담론이라고 할 수 있으며—이때 지배담론은 수적으로 우세한 담론이 아니라 권력자, 지배자의 담론이다—그 지배담론으로 인해 죄인으로 몰린 희생자의 희생을 보면서 군중은 평화를 얻거나 결속을 다지는 것이 아니라 오히려 공포에 떨거나 위축된다. 따라서 군중은 희생자가 그 죄의식으로부터 벗어나기를 바라며 그를 돕기도 한다. 군중의 도움으로 희생자는 그 죄의 굴레를 벗어날 수 있게 된다. 『김약국의 딸들』, 『내 마음은 호수』, 『재귀열』, 『노을 진 들녘』에서 희생자를 만드는 '빌라도'(지배담론)는 "자살은 죄악", "공산주의자는 빨갱이", "인간사회를 거부하는 것은 죄" 등으로 요약될 수 있을 것이다. 또한 폭력을 행하는 극단적인 군중은 연학, 기관원, 상철, 성삼 등이며, 도움을 주는 군중은 기독교인 케이트와 사상가 강극, 그리고 시인 강준과 의사인 사촌형 한석중, 의사 하영민과 동섭 등이다.

박경리는 전쟁미망인이며, 그의 남편은 6·25 전쟁 중에 좌익활동 혐의로 투옥되었다가 죽고 만다. 그후 박경리의 가족들은 '빨갱이 가족'이라는 표지가 붙어 온갖 곤욕을 치러야 했다.

> "… (생략) …국군의 입성은/ 또 한 번 세상을 바꾸어 놓고 말았다/ 빨갱이는 씨를 말려야 한다는/ 구호가 충천했고/ 사람들은 눈에 핏발을 세우며/ 부역자들을 잡아서 국군에게 넘겼다/ 무리 중에 가장 과격하고 앞장선 사람은/ 반장네 식구들이었다/ 우리 사정은 그들과 반대였다/ 직장으로 내려간 남편은/ 좌익이라 하여 인천서 체포되었고/ 빨갱이 가족인 우리가/ 무사하지 못할 것은/ 불을 보듯 뻔한 일

이었다/ 집은 적산으로 지목되어/ 가재도구 일체를 봉인했고/ 국군

이 총대를 디밀고/ 집을 비우라 했다/ …(하략)…"

―『버리고 갈 것만 남아서 참 홀가분하다』, 마로니에북스, 2008, pp. 67-68.

하지만 박경리는 이러한 남편과 관련된 일에 대하여 작품 활동을 하는 40여 년 동안 한번도 언급한 일이 없다. 『토지』 연재를 끝낸 후 인터뷰를 통해 조금씩 말하였으며 시 작품에 조금 남겼다. 그 시는 박경리가 눈을 감은 후 유고시집을 통해 알려졌다. 그는 남편의 사후로부터 50여 년이 지난 후에야 남편의 이력 때문에 늘 불안에 떨어야 했고, 딸이 연좌제에 걸려 미국에 가지 못했을 때에는 절망적이었다고 고백을 한다.

> "후손들에게 죄를 묻는 건 옳지 않은 일입니다. 연좌제죠. 딸이 미
> 국 가려고 할 때도 연좌제 때문에 못 갔어요. 그때 내가 참 많이 울었
> 어요. ―(중략)― 옛날엔 살인 죄인의 아들이라고 해서 핍박을 받았잖
> 아요. 『토지』에도 나오지만, 그게 인간의 기본권 침해예요. 아버지의
> 것과 아들의 것은 전혀 다르거든요."
> ―「황호택 기자가 만난 사람: 국민문학 『토지』의 작가 박경리」, 『신동아』, 2005년, 1월호.

남편을 죄인으로 만든 이념으로부터 자유롭지 못했던 작가는[76] 죄의 의미와 죄에 대한 연대책임에 대해 깊이 생각하지 않을 수 없었을 것이다. 때문에 김약국, 송병림, 난우, 주실과 같이 폭력에 희생되는 무고한 인물들을 통해 '원죄'를 물어 폭력을 가하는 사회의 부당함을 드러내려 했던 것으로 보인다.

박경리는 투르게네프의 장편소설 『처녀지』를 논하면서 현실주의자 솔

로민이 비록 이상주의자이자 로맨티스트로 화려하게 등장하였다가 자살로 극적인 삶을 마감하는 주인공 네지다노프 뒤에서 그림자처럼 슬며시 회색을 띤 아무런 특색도 없는 것처럼 존재하지만, 실상은 네지다노프가 솔로민을 위해 등장했던 것으로 보았다. 그리고 이것이야말로 작가의 "뛰어난 속임수"라고 하였다. 작품 전면에 화려하고 극적인 삶을 살면서 독자의 이목을 집중시키는 인물을 제시하고 그 이면에 눈에 띄지 않게 작가 자신이 지지하는 인물을 그려 넣고 있다는 것이다. 작품을 연구하면서 작가의 메시지를 읽어내고자 한다면 박경리의 이러한 지적을 기억할 필요가 있다. 작품 전면에 나타난 인물이나 서사에만 집중해서는 작가의 내밀한 음성을 들을 수 없기 때문이다. 박경리는 다작의 작가이다. 그러나 박경리의 작품세계는 몇몇의 작품을 대상으로 하여 단 몇 가지의 어구로 단정되기 일쑤다. 그의 많은 작품 속에 산재되어 있는, 내밀한 이면을 통해 드러내려고 했던 다양한 작가의 메시지를 읽어내어 그의 풍부한 작품세계를 구축하는 작업은 오늘날의 연구자들의 몫으로 남아 있다.

제4장

죽음에 대한 강박관념과 인간에 대한 연민

–『파시』,『김약국의 딸들』,「불신시대」,「인간」,「집」,「풍경A」

1. 한국전쟁 체험과 죽음

박경리의 단편·장편 소설들은 대부분이 50–60년대에 창작된 만큼 6·25 한국전쟁에서 비롯된 비극적 체험이 주조를 이루고 있으며 그것을 형상화하는 데에 '죽음 모티프'가 빈번하게 사용되었다. 한국전쟁의 체험은 전후소설부터 현재의 소설에 이르기까지 인위적인 재난의 상상력을 유발시켰으며 '죽음', '가치의 붕괴', '방향상실', '분열', '굶주림', '증오'와 같은 일련의 피해나 정서적으로 손상된 삶의 상황과 조건 등을 작품 속에 편재화하게 했다.[77] 또한 8·15 광복 이후 한국에 유입된 실존주의는 50–60년대 문학의 한 성향을 이루어 불안과 위기의식, 허무의지로서의 저항, 반사회성, 숙명적 고뇌, 실존과 본질에 대한 탐구 등을 불러일으켰다.[78] 박경리의 단편 장편소설에서 이와 같은 특징을 찾아보는 것은 어렵지 않다. 윤지관에 의하면 한국전쟁의 체험이 포함되어 있는 박경리의 소설 대부분이 전쟁의 정신적 상처를 극복하려는 인간의 의지에 초점을 둠으로써 한국전쟁을 심리적 외상으로 파악하는 탈역사적 태도를 취하고 있다. 그리고 이러한 특징은 운명론적 세계관으로 보이는 그의 소설이 개인과 사회 혹은 개인과 역사 사이의 갈등을 그리고 있다기보다 오히려 인간의 의지와 운명이 역사를 배경으로 벌이는 치열한 결전을 묘사하려 한 때문이라고 하였다.[79]

한편, 한국인의 전통의식에서 내세관은 사후의 세계인 저승을 이승의 연장으로 생각하여 죽음을 새로운 삶으로 인식한다. 또한 죽음을 현실적 삶의 한계상황에 대한 대안이나 출구로 여길 뿐만 아니라, 하늘이 준 복수(福壽)를 다 누린 후에 가야할 이승의 연장이 저승이라고 생각한다. 따라서 우리 조상들은 죽음을 편안하게 받아들여 왔다. 그런데 그 죽음이 원한을 낳으면 상황은 달라진다. 한국인의 전통적 무의식을 지배하는 무속신앙은 세계를 이승, 저승, 그리고 귀신의 세계 등으로 삼계(三界)로 나누며, 생전에 원한을 지닌 채 죽음을 맞이하면 그 원혼이 저승에 가지 못하고 귀신의 세계와 이승을 떠돌며 다른 사람들에게 질병과 재액을 끼친다고 믿는다.[80] 이러한 전통의식은 박경리로 하여금 남편과 아들의 죽음에 대해 강박관념을 가지게 하였을 것이다.

2. 암울한 시대 젊은이들의 방황

『파시』는 한국 전쟁 당시 수도였던 부산과 인근의 통영을 공간적 배경으로 불투명한 미래와 불안정한 현실 때문에 방황하는 젊은이들의 암울한 삶을 보여준다. 『파시』의 중심인물은 명화와 응주인데 이들은 명화 어머니의 불행한 죽음에 대한 강박관념으로 심한 갈등을 겪는다.

명화가 어머니의 죽음을 인식하게 된 계기는 웅주와의 결혼을 생각하게 된 때부터이다. 웅주의 아버지는 명화의 어머니가 '미쳐서 죽은 사람'이기 때문에 둘의 결혼을 반대한다고 했다. 미쳐서 죽은 어머니의 피를 이어받아 후세 역시 광인이 될지도 모르기 때문이라는 것이다. 그 후로 명화는 죽은 어머니에 대한 강박관념을 갖게 된다. 명화의 어머니는 해방된 후에도 돌아오지 않는 남편을 기다리다가 미쳐서 자살을 했다. 명화는 이러한 어머니의 죽음이 자신의 삶을 지배하리라고 생각하지 않았었다. 그러나 웅주의 아버지가 결혼 반대하는 이유를 들은 후 죽은 어머니의 환상에 묶여 절망한다.

> "아버님이 원하시는 대로, 아버님의 반대는 그럴 수밖에 없지 않아요? 아무리 좋은 분이라도, 이해가 많으신 분이라도 반대하실 수밖에 없을 거예요."
>
> ―(중략)―
>
> "우리 결혼해도 아이만 안 낳으면 되잖아?"
>
> 명화는 머리를 쩔쩔 흔든다.
>
> ―(중략)―
>
> "난 어머니의 환상을 떨쳐 버릴 수 없어요. 나도 언젠가 그렇게 될지도 모른다는 불안. ―(하략)―"
>
> ―『파시』, 마로니에북스, 2013, pp. 51-54.

명화는 어머니의 죽음에 대한 강박관념에 사로잡혀 물속에 투신하여 죽는 망상을 하기도 하는 등 자신의 불행을 운명적으로 받아들임으로써 슬픔에서 놓여나지 못한다. 이러한 운명론적인 태도는 명화가 고등교육을 받은 인물임에도 불구하고 한국전쟁이라는 시대적 상황을 인지하지 못한 채 개인적이며 비현실적인 삶을 살아가는 인물처럼 보이게 한다. 이 것은『파시』가 역사적인 사건을 배경으로 하면서도 역사의식이나 현실인 식과는 동떨어진 작품으로 평가받기 쉬운 결점이기도 하다. 그런데『파 시』에 등장하는 또 다른 인물은 현실의 상황과 긴밀한 연관을 맺으면서 시대적 상황을 잘 보여준다. 그 인물은 수옥인데, 수옥은 전쟁으로 가족 을 잃었을 뿐만 아니라 순결까지 빼앗긴 후 파렴치한에게 넘겨져 비참한 생활을 한다. 그러다가 웅주의 친구이기도 한 건실한 청년 학수를 만나 진실한 사랑을 하게 된다. 하지만 학수와의 행복한 삶도 잠시일 뿐, 학수 가 징집을 당해 전쟁터로 끌려 나가면서 수옥의 삶은 다시 한 번 위태로 워진다.

응주는 개인적 지향과 사회적 요구 사이에서 갈등을 겪는 인물이지만 적극적인 성격이 아니기 때문에 그 갈등이 크게 부각되지 못하고 있다. 웅주는 아버지가 반대한다고 할지라도 명화와 결혼해야 한다는 생각을 한다. 그러나 한편으로는 회의적인 생각을 품고 있다. 갑자기 전쟁터로 불려나가 죽게 될지도 모르는 불안한 현실 속에서 결혼이라는 것이 무슨 의미가 있는 것인지, 현재 상황에서 결혼에 대한 고민은 하찮은 것이 아 닌지 갈등한다. 한국 전쟁은 밀고 밀리는 전세를 거듭하며 3년 동안이나 지속되었다. 젊은이들 중에는 이데올로기적인 의분을 가지고 전투적으 로 전쟁에 가담하는 이들도 있고, 가족의 죽음에 대한 분노로 전쟁에 가 담하는 이들도 있었다. 그러나 이 전쟁이 동족끼리의 전쟁임을 알고 있거 나 전쟁에 절박한 심정으로 지원할 필요가 없는 젊은이들은 징집을 피하 고 싶어했다. 실제로 징집을 피할 수 있는 위치에 있는 젊은이가 있기도 했다. 응주는 아버지로부터 전쟁을 피해 유학을 떠날 수 있는 혼처를 권 유받고 다음과 같이 반발한다.

"물론 저는 애국자도 아니고, 민주주의를 수호한다는 숭고한 사명 감도 없는 인간입니다. 그리고 동족끼리 물어뜯는 이번 전쟁을 부정하고 더러운 싸움이라 생각하고 있어요. -(중략)- 그러나 저는 말려들어가지 않을 수 없습니다. -(중략)- 저는 아직 젊고 자존심도 있어서 꼬리를 감추고 달아나는 개 새끼처럼 되고 싶지 않습니다. 어쩔 수 없이 모두가 다 당하는 일이라면 저도 이곳에 남아서 함께 진흙 구덩이에 빠져서 싸우지 않으면 안 된다는, 그것만은 확실한 일입니다." pp. 312-313.

응주는 도피를 권하는 아버지에게 반발한다. 그렇다고 전쟁에 자원하여 나가겠다는 것도 아니다. 그의 생각은 명화와의 갈등으로 이어져 더욱 혼란에 빠진다. 응주는 신념을 가지고 전쟁에 참여하지도 않지만 전쟁으로부터 도피하고 싶지도 않으며, 명화와의 결혼에 확신을 가지고 있지도 않지만 그렇다고 명화를 떠날 생각도 없다. 그는 어떠한 행동도 취하지 못하면서 그러한 자신을 혐오하고 현실을 회의할 뿐이다. 결국 응주는 명화가 먼저 일본으로 떠난 후에야 군입대를 결정한다. 명화가 일본 밀항을 행동으로 옮긴 까닭은 응주의 아버지인 박의사로부터 사랑의 고백을 들었기 때문이다. 박의사가 지금까지 아들의 결혼을 반대하면서 명화 어머니의 비극적인 죽음을 내세웠던 것은 핑계에 불과했다. 그런데 명화는 그 말을 듣는 순간부터 그 죽음에 대한 강박관념으로 응주와의 결혼을 포기하고 일본으로의 밀항까지 생각했다. 그러다가 박의사의 고백을 들은 후 어머니의 죽음으로부터 벗어난다.

너무나 쉽게 타인에 의해 비극적 운명의 굴레에 빠지고 또 타인에 의해 그 굴레를 벗어나는 이 인물들은 젊은이들이다. 운명을 개척해나갈 기회도 가져보지 못한 젊은이들은 현실적 상황의 힘이 거대하게 압박해올 경우 그 힘에 위축되고 만다. 그러나 반대로 어떠한 압박도 없이 스스로 선택할 수 있는 자유를 허락한다면 기성세대의 상상을 뛰어넘는 도전적 삶을 살 것이다. 『파시』는 한국전쟁의 시기 능동적인 삶을 추진하기 힘들었던 젊은이들이 쉽게 운명론에 빠지고 주어지는 상황에 좌절하는 암울한 시대를 보여준다. 그럼에도 불구하고 젊은이들이기에 유연한 사고를 함으로써 동족상잔의 전쟁에서 아와 피아를 가르고 일방적으로 상대를 매도하는 어리석음을 범하기보다 지속적으로 의문을 제기한다. 그리고 끊임없이 삶의 방향을 모색해 나간다.

3. 비극적 죽음의 소용돌이와 생존 의지

『김약국의 딸들』은 김약국 성수의 불행한 가족사를 그리고 있다. 이러한 김약국의 비극은 유교적 질서의 무너짐이라는 역사적 의미와 연관시켜 생각할 수 있다. 그러나 김약국의 불행이 사회적인 인과관계에 의한 것이 아니라 어떤 초사회적이고 불합리한 운명의 힘에 의해 초래되고 있다는 강한 암시로 인해 그 역사성은 흐려져 버린다. 『김약국의 딸들』의 시대적 배경인 일제치하는 그 자체가 강압적이고 폐쇄적인 성격을 지니고 있으므로 등장인물들을 불행하게 만드는 거대한 강압적인 힘이 곧 시대상황을 암시하는 것이라고 볼 수 있다.

김약국의 불행은 어머니 숙정의 비극적인 죽음에서 시작된다. 숙정은 사주가 나쁘다고 하여 파혼당한 후 봉룡의 재취가 되어 성수를 낳았다. 그러나 숙정의 파혼자인 욱은 숙정을 잊지 못하여 결혼 첫날밤 신부를 내버려두고 뛰쳐나와 숙정을 찾아오는데 숙정은 그를 만나주지 않는다. 활터에서 돌아온 봉룡은 욱을 보자 숙정을 의심하여 매질한다. 도망간 욱을 좇아 봉룡이 칼을 들고 숲속으로 들어갔을 때 숙정은 비상을 먹고 자살한다. 이와 같은 숙정의 불행한 죽음을 아는 사람들은 그 비극을 잊지 못하고 어린 성수에게 불행이 계속될 것이라고 생각한다. 그런 이웃과 친척의 눈총을 받으며 외톨이로 자란 성수는 자신의 미래에 대한 꿈을 가질 수 없었다.

어머니는 죽고 아버지는 도망을 가자 성수는 백모로부터 저주의 주문과 같은 말을 들으며 자란다. 아들이 없는 백모 송씨는 남편이 성수를 친자식으로 여기는 데 대한 불만을 가졌다. 그리고 숙정의 처참한 임종 모습을 잊어버릴 수가 없었기 때문에 숙정과 닮은 성수를 보면 숙정의 망령을 보는 듯한 두려움은 느낀다. 이러한 불만과 두려움은 성수에게 잔인한 방법으로 발산되었다. 어머니 숙정을 무서운 요물처럼 이야기하거나 "비상 묵고 죽은 자식은 지리지(번식하지) 않는다는데"라는 말을 수없이 되풀이 하는 것이다. 이러첨 숙정의 처참한 죽음은 백모 송씨의 의식에서 떠나지 않았으며 성수를 압박하게 했다.

또한 동네 사람들도 숙정의 죽음에 대한 두려움에서 벗어나지 못한다. 폐가가된 숙정과 봉룡의 집을 도깨비집이라고 부르면서 그 근처에 가는 것도 무서워한다. 성수는 동네 사람들의 그와 같은 말을 들으면서 혼자 그 집에 우두커니 앉아 있곤 한다. 어린 성수는 그 집에 대한 무서움보다 부모를 만나고 싶은 마음이 더 간절했던 것이다. 성수는 자신의 부모에 대해 두려워하거나 죄악시하는 사람들 속에서 외톨이로 자라면서 불행을 자신의 숙명처럼 여기게 된다.

성수가 의지하던 유일한 사람은 사촌누이 연순이었다. 연순이 성수에게 항상 따뜻하게 해주었을 뿐만 아니라 그녀가 아버지와 닮았다는 말을 들었기 때문이다. 그런 연순과의 대화에서 숙정의 죽음에 대한 사람들의 인식이 성수에게 미친 영향을 알아볼 수 있는 부분이 있다. 어느 날 성수의 야윈 모습을 보고 연순이 걱정을 하자 성수는 자신에게 귀신이 붙었기 때문에 그렇다고 대답한다. "나는 구신이 붙었습니더. 동네 사람들도 그라고 큰 어무이도 안 그랍니꺼." 이 말은 백모와 동네 사람들이 품고 있는 불행하게 죽은 자에 대한 공포가 전이되어 성수로 하여금 그 불행을 자신의 숙명처럼 여기게 했음을 말해준다.

성수에게 일어난 첫 번째 불행은 결혼 후 얻은 첫 아들을 돌림병으로 잃은 것이다. 이것은 백모 송씨가 주문처럼 늘 말해오던 "비상 묵고 죽은 자식은 지리지 않는다는데"라는 말을 상기시켰다. 비상을 먹고 죽은 자의 자손은 대를 잇지 못한다는 속언에 대한 두려움이 사실로 일어난 것이다. 그 후 성수는 딸만 다섯 명을 둠으로써 결국 대를 잇지 못한다. 송씨의 세대가 지니고 있었던 미신적인 강박관념이 단순한 공포 심리에 그치지 않고 사실이 됨으로써 그 속언은 더욱 강력하게 영향을 미치게 된다.

성수의 아내 한실댁은 신수를 보러 점장이에게 갔다가 청천벽력 같은 말을 듣는다.

> "당신 집에는 잡귀가 우글우글하구마. 맞아 죽은 구신, 굶어 죽은 구신, 비상 묵은 구신, 물에 빠져 죽은 구신, 무당 구신, 모두 떳들었 이니 집은 망하고 사람은 상하고 마리라."
> ─「김약국의 딸들」, 마로니에북스, 2013, p. 290.

여기에서 맞아 죽은 귀신이란 봉룡의 칼에 맞아 죽은 욱을 말하는 것이며, 굶어죽은 귀신이란 고향을 떠난 후 소식이 없는 성수의 아버지 봉룡을 가리키는 것이고, 비상 먹은 귀신이란 성수의 어머니 숙정을 말하는 것이다. 그리고 물에 빠져 죽은 귀신이란 얼마 전 성수가 운영하던 어장에서 배가 침몰하여 죽은 선원들을 가리키는 것이다.

성수는 백부의 뒤를 이어 관약국(官藥局)을 운영하다가 약국을 그만두고 어장을 시작했다. 빚을 내어 '모구리(잠수업)' 어장을 시작했는데 배가 출항한 날 바로 풍랑을 만나 선원들이 떼죽음을 당했다. 그 후 김약국은 전에 없던 흉어를 만나기까지 하여 어장은 점점 운영하기 어려워진다. 그러나 성수는 어장 운영을 중단하지 않는다. 성수는 이런 불행도 자신의 운명처럼 받아들이는 것이다. 어장의 중단을 종용하는 기두에게 성수는 "인력으로 못하네. 그냥 계속 하게."라고 말한다. 기울어가는 가세를 일으켜볼 생각도 노력도 하지 않는다. 성수는 그것을 운명으로 여겼다. "귀신이 붙어 있다"고 들으면서 자란 성수의 체념인 것이다. 전수자는 「박경리 소설의 비극성」에서 김약국의 성격이 의욕적이지 못한 것을 "운명적으로 비극적인 성격"을 타고 났기 때문이라고[81] 하였으나, 그것보다는 어릴 적부터 주위 사람들로부터 경계되고 부정적으로 불린 영향 때문이라고 보아야 할 것이다. 다시 말해 그의 비극적인 성격은 어머니의 처참한 죽음 이후 주위 사람들과 김약국 자신이 가지고 있는 불행한 죽음에 대한 강박관념으로부터 비롯된 것이다.

점장이는 이 외에도 무당 귀신이 떠돌고 있다고 하였는데, 이는 셋째 딸 용란과 관련되어 있다. 성수는 용란을 어장 책임자 기두와 결혼시키려고 한다. 그런데 용란은 하인의 아들인 한돌과 이미 정을 통한 사이였다. 성수는 한돌을 마을에서 내쫓고 용란을 출가시키지만, 용란은 곧 친정으로 도망쳐온다. 그녀의 남편은 성불구자였으며 아편장이어서 용란에게 아편 살 돈을 구해오라고 매질을 하곤 했다. 점장이가 말한 무당 귀신은 한돌의 죽은 생모를 가리키는 것인데, 그녀의 죽음에 대한 자세한 서술은 없었으나 한돌이 불행하게 죽음을 맞이함으로써 또 하나의 원혼을 만들게 된다.

이렇게 많은 귀신이 집안에 떠돌아다니니 한실댁도 곧 죽음을 맞게 되리라는 점장이의 예언 때문에 한실댁은 '가장례식(假葬禮式)'을 치른다. 점장이는 한실댁이 이미 죽은 듯 가장례를 치러야 죽음을 피할 수 있을 것이라 하여 그 말을 따른다. 그러나 가장례식도 한실댁의 죽음을 막지 못했다.

한실댁의 사위 연학은 아편에 쓸 돈을 구하려고 도둑질을 하다가 유치장에 갇힌다. 그때 용란과의 정사 소문으로 쫓겨났던 한돌이 돌아와 용란과 동거를 한다. 한실댁은 용란을 집으로 데려 오려다 실패하자, 연학이 유치장에서 나와 용란을 죽이는 꿈을 꾼다. 한실댁은 놀라서 용란을 한돌과 함께 도망시켜야겠다고 결심한다. 비오는 밤 한실댁은 패물을 싸들고 동구밖 용란이 머물고 있는 집으로 찾아갔는데, 숨어 있던 연학을 만나 도끼로 살해되고 만다. 연학은 도망치는 한돌이 역시 도끼로 살해한다. 용란은 달아나지만 정신을 놓고 미쳐버리고 만다.

김약국의 집안에는 이 외에도 불행이 계속된다. 첫째 용숙은 어린 아이를 살해한 혐의로 구속되고, 둘째 용빈은 파혼을 맞게 되며, 넷째 용옥은 물에 빠져 죽게 된다. 그리고 김약국 성수가 위암으로 종말을 맞는다. 이렇듯 비극적인 사건이 계속 되는 가운데 그래도 김약국의 다섯 딸 중 네 명의 딸이 살아남는 것은 의미심장하다. 용숙과 용빈, 용란, 그리고 막내 용혜도 살아남는다. 용혜는 독립적인 인물로 등장하기보다는 용빈이 공부시키는 어린 여동생, 김약국의 아버지 봉룡을 닮은 딸, 김약국이 그리워하는 사촌누이 연순을 닮은 딸로 등장한다. 첫째 용숙은 청상과부가 되어 유부남과의 구설수에 휘말리기도 하지만 재물에 강한 집착을 보여 김약국의 몰락 속에서도 재력으로 살아남는다. 또한 유일하게 지적인 면모를 갖춘 딸 용빈은 대학을 졸업한 후 교편을 잡으며, 그 학교에 용혜를 입학시켜 끝까지 가족을 돌본다.

1962년 전작 장편소설로 발표된 『김약국의 딸들』은 불행한 죽음을 맞은

자와 그 원혼에 대한 두려움으로 불행을 타개할 어떠한 노력도 하지 않고 소극적인 행동으로 일관함으로써 운명론에 얽매인 비극적인 삶을 보여준다. 그러나 한편으로는 죽음의 위협 속에서도 생존력을 발휘하는 다양한 성격의 삶을 보여줌으로써 생명에의 의지와 삶에 대한 희망의 끈을 놓지 않는다.

4. 인간에 대한 회의 혹은 연민

「불신시대」는 전쟁의 폭력성으로 남편을 잃고 현실의 타락성으로 아들을 잃어버린 한 여인이 세계의 폭력성에 의해 망가진 당대인들의 고통을 대변하고 그에 맞서 '생명에의 항거'를 보여준 작품으로[82] 평가되는데, 주인공이 '생명에의 항거'를 결심하기까지에는 죽음에 대한 강박관념에 시달리는 과정을 겪어야 했다.

「불신시대」는 제목에서 시사하고 있는 바와 같이 여주인공 진영의 시각을 통해 거짓과 허위, 불신으로 가득찬 현실을 보여주고 있다. 진영은 9. 28 수복 전야에 유엔군의 폭격으로 남편을 잃었다. 악몽에 시달리며 전쟁을 겪은 진영은 전쟁이 끝난 후에는 무책임한 의사들에 의해 아들을 잃는다. 그녀의 아들은 머리를 다쳐 병원으로 옮겨졌다가 엑스레이도 찍어보지 않고 약을 준비해 놓지도 않은 채 마취도 없이 수술을 하는 의사들에 의해 "도수장 속의 망아지"처럼 비참하게 죽어간 것이다. 실제로 박경리는 사고로 어린 아들을 잃었으며, 「불신시대」이외에 「암흑시대」(1958)에서도 사고를 당한 아들이 의사들의 잘못으로 병원에서 죽어가는 과정을 지켜봐야 했던 어머니의 비통한 심정을 담아 놓았다.

진영은 아들이 죽은 후 꿈속에서 얼굴을 온통 붕대로 감고 있는 아이의 모습을 보기도 하고, 수술실에서 아이가 울고 있는 듯한 환청을 듣기도 하여 잠을 이루지 못한다. 그러다가 여유로운 마음이라도 생기면 죽은 아들에게 부끄럽다고 생각한다. 진영은 아들의 불행한 죽음으로 고통스러운 나날을 보내다가 성당에 나가기도 하고 절을 찾기도 한다. 아들이 저승에서라도 평안하게 지내고 있다는 위안을 받고 싶었던 것이다. 그러나 그녀는 교회의 헌금주머니, 시주받은 쌀을 팔고 가는 여승, 주사약의 분량을 속이는 병원, 가짜 의사, 주지승의 탐욕 등을 접하면서 인간사회에 대한 불신만 커진다. 그리고 누구에게든 위안을 받으려 했던 자신을 돌아보게 된다.

> "모든 괴로움은 내 속에 있었다. -(중략)- 결국 나는 나를 속이려
> 고 했다. 문수는 아무 곳에도 있지 않았을 것이다."
>
> —「불신시대」, 『단편집 불신시대』, 지식산업사, 1987, p. 23.

결국, 밖으로부터 위안 받을 수 있다고 생각한 것은 자신의 착각이었음을 깨닫는다. 돈으로 수수료를 지불함으로써 '죽은 아이와의 중계'를 부탁하여 아이의 불행한 죽음에 대한 위안을 삼으려고 했던 자신의 잘못을 깨달은 것이다. 죽음은 보편적인 이해나 그럴듯한 이유를 들어 죽음에 대한 망각을 지지해주는 위로에 의해서가 아니라 죽음을 확실한 것으로 깨닫는 자기현현(自己顯現)을 통해서만 극복될 수 있는데,[83] 진영 역시 그 어떤 위로가 아니라 아들 문수의 죽음을 확실한 것으로 받아들임으로써 그것을 극복하게 된다. 진영은 절에서 문수의 사진과 위패를 되찾아 가지고 나와 불에 태우면서 허위와 불신에 가득찬 세상을 이겨보리라는 다짐을 한다.

"내게는 다만 쓰라린 추억이 남아 있을 뿐이다. 무참히 죽어버린 추억이 남아 있을 뿐이다."

진영의 깎은 듯 고요한 얼굴 위에 두 줄기 눈물이 흘러내리고 있었다.

겨울 하늘은 매몰스럽게도 맑다. 잡목 가지에 얹힌 눈이 바람을 타고 진영의 외투 깃에 날아내리고 있었다.

"그렇지. 내게는 아직 생명이 남아 있었다. 항거할 수 있는 생명이!" p. 29.

이와 같이 「불신시대」에서 죽음에 대한 강박관념을 극복하는 데에는 현실인식이 중요한 역할을 하고 있다. 현실에서 부딪치는 불합리하고 비윤리적인 일들을 인식함으로써 죽음에 대한 냉철한 사고를 하게 되고 그로인해 강박관념으로부터 벗어날 수 있었던 것이다. 「불신시대」는 불행한 죽음에 대한 고통과 슬픔을 어떤 장치를 빌려 위로 받으려다가 그것의 허상을 깨닫고 죽음을 직시하게 되는 과정을 보여준다. 그리고 생명의 가치를 깨달음으로써 불합리하고 비윤리적인 현실에 대해 능동적으로 대처해나가려는 의지를 담고 있다.

단편 「인간」은 독재자에 대해 항거하던 민중의 영웅이 이기적인 목적으로 부패한 행동을 저지르고 처형되는 이야기이다. 여기서 주목을 끄는 것은 민중의 영웅을 자처하는 사포의 죽음과 온화한 심성의 소유자였던 노민의 죽음이 대비적으로 나타나 있는 점이다. 1966년에 발표된 이 작품에는 구체적인 시대적인 배경이나 지명이 나오지 않는다. 그러나 1960년의 4. 19 혁명과 1961년의 5. 16 쿠데타 체험이 반영되어 있음을 쉽게 알 수 있다. 독재자를 굴복시킨 국민들의 단결, 새로운 내각의 구성, 다시 붙어 닥친 자유의 통제, 혁명을 완수하기 위한 새로운 독재 등은 그것을 충분히 짐작할 수 있도록 한다. 하지만 이 작품에서 보여주고자 하는 바는 정치적인 상황에 맞춰져 있지 않다. 혁명의 당위나 혁명의 의미 따위를 부각시키지 않고 죽음의 두려움 앞에서 약하기 때문에 추할 수밖에 없는 인간의 모습에 초점이 맞춰져 있다.

사포는 재능있고 능력있는 자였으며 독재자 처단에 앞장서면서 민중들로부터 애정과 신뢰를 받은 인물이다. 그러나 그는 이기적인 갈망에서 민중을 배반하며 도발성을 절제하지 못하고 자만심에 빠져 있다. 신의를 지키지 않고, 자만하고, 비굴한 그의 추한 모습은 죽음 앞에서 더욱 극대화된다. 그는 체포된 후 "동물적인 공포와 절망에서 광태를 부렸다." 재판이 결정된 후에는 자살을 기도했으나 목숨에 대한 집착을 버리지 못했을 뿐만 아니라 당장의 고통을 견뎌내지 못하여 오히려 추한 모습으로 목숨을 애걸하였다. 사형장에 도착해서도 광태를 멈추지 않은 사포와 달리 노민은 시종일관 침묵한다. 노민은 무죄였음에도 그것을 알리고자 애쓰지 않는다. 친구 사포를 냉정하게 저버리지 못하는 따뜻한 인간애 때문이다. 사포의 구출 요청에 무관심하였던 사람들이 아무런 요구도 하지 않는 노민을 위해 구명운동을 펴는 것은 그의 인간관계와 성품을 잘 보여준다.

「인간」은 신의를 쉽게 저버리는 파렴치한 인물이 죽음에 직면하였을 때 공포를 이기지 못하고 추한 행동을 하게 되는 모습과, 이와는 달리 끝까지 신의를 저버리지 않은 인물이 죽음에 초연함을 보여줌으로써 인격과 죽음에 대처하는 모습을 연관시켜 놓았다.

한편 「집」은 위기에 처했을 때 가족을 버리고 혼자 도망한 사람과 도망가는 사람을 바라보고 있어야 했던 버려진 사람의 심정이 대비적으로 나타나 있는 아주 짧은 단편이다. 죽음을 예감할 수 있는 위기가 닥쳤을 때 가족을 돌보지 않고 이기적인 행동을 취한 인간에 대해 비판적인 시각을 드러내면서 그것이 곧 인간의 한 속성이기도 하다는 회의적인 태도를 보여주고 있다.

연숙의 양장점에서 일하는 옥은 임종을 앞둔 외삼촌의 이야기를 꺼낸다. 6·25 한국전쟁 이전 가족을 데리고 남하하려다가 발각되어 위기에 처하자 가족을 버리고 혼자 도망 온 외삼촌은 죄책감에서 벗어나지 못하고 결국 폐인이 되었다는 것이다. 옥의 말을 들으면서 연숙은 과거를 회상하게 된다.

> 돌연 그의 눈앞에 불기둥이 솟았다. ―(중략)― "여보!" 남편의 허리를 두 팔로 껴안았다. 몸을 흔들며, 소리지르며 일어난 남편은 뒤에서 거머잡은 손을 뿌리치고 창가로 뛰어갔다. "여보!" 뒤쫓아서 다시 남편의 허리를 껴안았다. 그는 다시 떠밀고 몸을 흔들었다. 나자빠져서 몽롱해진 눈에 딱 창문턱에 발을 걸치는 남편의 옆얼굴이 보였다.
>
> ―「집」, 『현대문학』, 1966. 4, p. 80.

불이 나자 붙잡은 연숙을 떨쳐버리고 혼자 창문을 넘어 도망가려던 남편은 서까래가 무너져 결국 죽게 되었고 연숙은 소방대원에게 구출되었다. 연숙은 "깊이 사랑하고 축복받은 결혼"이었음에도 불구하고 죽음 앞에서 돌변한 남편의 모습을 잊지 못하고 있다. 옥이 들려주는 다음의 말은 죄책감에 빠진 외삼촌의 심정을 나타낸 것이지만 작중인물들이 하나의 진리처럼 공통적으로 인정하고 있는 인간관을 담고 있는 것이기도 하다.

> "외삼촌은 곧잘 이런 말을 했어요. 인간이란 별것 아닌 동물과 매한가지라구요. 덫에 걸린 새끼나 여편네를 내버려두고 달아나는 이

리하고 조금도 다를 게 없다는 거예요. 다르다면 다만 있었던 일이
머릿속에 남아서 아무리 쫓아내려 해도 쫓아낼 수 없는 그 정도라
나요? p. 80.

　인간에게 있는 강한 생존본능은 동물과 다를 바가 없으며 아내와 자녀
에 대한 사랑이 죽음 앞에서의 공포나 생존본능을 넘어서지 못한다는 것
이다. 이러한 생각은 곧 인간에 대한 회의적인 태도를 지니게 한다. 사랑
하고 결혼하고 혈연관계가 되는 가족이라 할지라도 인간은 자기만을 위
한 이기적인 행동을 할 수 있다는 일말의 가능성이 인간에 대한 신뢰를
허무하게 만드는 것이다. 그러나 인간은 동물과 달리 있었던 일을 기억하
고 생각하고 후회하고 고통스러워한다. 연숙 역시 과거의 경험 때문에 이
기적일 수 있는 인간을 인식하고 있는 사람이다. 그리고 있었던 일을 잊
지 못하기 때문에 예전처럼 일상적인 생활을 누릴 수 없게 되었다.
　니체는 "진정한 인식, 진리에 대한 통찰은 인간으로 하여금 행동을 촉
구하는 모든 동기를 없앤다. 인간은 한번 진리를 직시한 이상 그리고 그
것을 의식하고 있는 한 도처에서 존재의 공포나 부조리를 볼 뿐이다."[84]라
고 하였다. 연숙이 죽음을 앞에 두고 목격한 것은 어쩌면 하나의 불변하
는 진리이기도 한 인간의 이기성이었고 그것을 의식하면서 더 이상 그 이
전과 같은 일상생활을 이어갈 수 없게 된다. 기쁨이나 슬픔, 행복이나 좌
절, 혹은 희망 따위를 느낄 수 없게 된 것이다. 연숙은 지난 십년 동안 한
채의 집을 완성하는 데에만 온 힘을 기울였다. 그 일에 몰두하면서 그 일
이 끝나지 않기를 바랐으며, 그 일이 끝나자 허무를 느낀다. 그녀는 싸우
고 사랑하면서 북적거리며 살아가는 아랫마을 사람들을 보면서 그런 생
활을 그리워한다.

「집」은 죽음의 위기에 처했을 때 가족으로부터 버림을 당한 사람에 초점을 맞춰 동물과 같은 생존본능으로 죽음 앞에서 이기적일 수 있는 인간에 대한 회의를 드러내고 있다. 「집」과 더불어 박경리의 단편소설 가운데 인간에 대한 회의를 우회적으로 담아낸 작품 「옛날이야기」(1967)와 「밀고자」(1970)도 주목할 필요가 있다. 「옛날이야기」에서는 일제치하에서 투철한 항일의식과 민족의식을 가졌던 청년이 해방 이후 정치활동을 하면서 투옥되기도 하고 한국전쟁 중에 활약을 하기도 하였으나, 반공포로로 석방되어 집으로 돌아온 후에는 모든 것에 무관심한 삶을 살고 싶어 하게 되었다는 이야기를 하면서 인간에 대한 불신과 역사에 대한 회의를 드러낸다. 또한 「밀고자」에서는 거짓 밀고자를 통해 인간을 이기성을 극대화한다. 박경리의 작품세계에 나타난 도덕적이고 운명론적인 세계관은 바로 인간에 대한 불신과 회의에서 비롯된 것이라고 할 수 있다. 그러나 그 허무의식 속에서도 끈질긴 모색과 극복 의지를 보여줌으로써 희망을 버리지 않으려는 작가의식을 찾아볼 수 있다.

「풍경A」(1965)는 인간의 추한 이기성이 부각되면서 인간에 대한 회의를 불러일으키는 작품들과는 달리, 죽음에 대처하는 아름다운 인간의 노력을 보여줌으로써 깊은 연민을 불러일으키는 단편이다. 작품 내 관찰자를 통해 병든 애인에게 정성을 다하는 우체국 직원의 모습은 아름답게 그려진다. 관찰자인 영숙은 시골에 있는 절에 쉬러 왔다가 서울로 돌아가는 데에 필요한 송금을 기다리느라고 우체국에 앉아 있는데, 그 사무실에서 내다보이는 시골 풍경은 아름답고 정겹다.

> 소나기는 이내 멎고 물방울이 달린 나뭇잎에 햇빛이 비친다.
> 물방울이 반짝인다.

인조치마를 걷어 올려 양 어깨를 감싼 아낙이 한 사람 서 있다.

하얀 고무신에 모시 고의바지.

갖가지 빛깔과 모양이 크레용으로 이겨 놓은 아이들 그림같이.

가게의 여러 가지 빛깔이 참 아름답다. 크림통, 머릿기름, 분갑,

머리빗-.

―「풍경A」, 『박경리 단편선』, 서문당, 1978, p. 40.

이 외에도 다채로운 색채 이미지를 통해 마치 회화처럼 시골의 한 풍경을 정겹게 묘사하고 있다. 우체국 직원인 청년은 병든 애인의 약값을 모으기 위해 주말에도 애인을 만나러 가지 않는다. 진주까지 오가는 차비를 아끼려는 것이다. 청년은 인편으로 약값을 보내면서 가을까지는 애인의 병이 나을 것이라는 희망을 품고 있다. 그런데 어느 날 갑자기 비보를 접하게 된다. '하얀 얼굴'에 '가늘고 하얀 팔'을 가진 우체국 청년의 모습은 가냘픈 인상을 주어 더욱 애처롭게 느껴진다.

"응 그래 뭐? 오늘 난 못가. 삼칠이한테 돈하고 편지 부쳤다.
요다음 토요일에 갈께."

"뭐 봉애가 뭐?"

사무원의 얼굴은 창백하게 변했다.

"죽었다고……." p. 46.

병든 애인을 위해 정성을 다하는 가냘픈 청년의 모습은 따스한 풍경이나 생기 있는 사람들, 장가갈 준비를 하는 신랑의 모습 등과 대조되어 잔잔한 연민을 불러일으킨다. 그리고 결국 애인의 죽음이라는 비보를 듣게 되는 청년을 통해 그의 슬픔에 깊게 공감하게 함으로써 인간을 향한 애정

을 회복시킨다.

박경리는 한국전쟁 때에 폭격으로 남편을 잃었고, 그 후 사고로 아들을 잃었다. 동족상잔의 비극이었던 한국전쟁으로 인간의 이기를 경험하고 가족의 죽음을 겪으면서 글쓰기에 전념한 박경리의 작품 속에 죽음이 산재해 있는 것은 당연한 것인지도 모른다. 그는 죽음을 통해 불합리한 세계를 나타내고 죽음을 통해 불안의식을 드러낸다. "인간의 실존은 불안, 곤궁, 죽음 등을 기초로 정립"되는[85] 것인데, 박경리의 작품 속에는 바로 이러한 불안이나 곤궁, 그리고 죽음에 대한 인식이 두드러지게 나타나 있다. 그러나 박경리 소설의 특징은 이러한 실존의식과 관련된 불안의식에 압도되는 것으로 끝나지 않는다는 사실이다. 「풍경A」에서는 참담한 죽음이 아니라 동정과 연민을 불러일으키는 죽음을 보여주고 있어 작가의 휴머니즘을 엿볼 수 있다. 박경리 작품 세계의 특징은 불합리한 세계를 뛰어넘으려는 인간의 끈질긴 의지를 보여주고, 인간에 대한 회의적인 인식을 가지고 있으면서도 그것을 극복해보고자 하는 내밀한 모색을 지속하면서 인간에 대한 연민을 드러낸다는 데에 있다.

제2부

자유를 향한
노정과 작가의식

제1장

작가로서의 고뇌와 깨달음
－『기다리는 불안』, 『Q씨에게』, 『거리의 악사』, 『원주통신』

1. 수필집의 발간

박경리의 수필집은 1966년부터 2007년까지 문학강연 채록문 연재를 묶은 것과 중국 기행문까지 포함해서 총 13권이 발행되었다. 『기다리는 불안』(현암사, 1966)을 시작으로 『박경리의 문학적 인생론: Q씨에게』(현암사, 1966), 『거리의 악사』(민음사, 1977), 『박경리 수상집: Q씨에게』(풀빛, 1979), 『박경리 문학전집16: Q씨에게』(지식산업사, 1981), 『원주통신』(지식산업사, 1985), 『만리장성의 나라』(동광출판사, 1990, 나남, 2003), 『Q씨에게』(솔, 1993), 『꿈꾸는 자가 창조한다: 박경리의 원주통신』(나남, 1994), 『문학을 지망하는 젊은이들에게』(현대문학사, 1995) 『문학을 사랑하는 젊은이들에게』(현대문학사, 2003), 『생명의 아픔』(이룸, 2004), 『박경리의 신원주통신: 가설을 위한 망상』(나남, 2007) 등 13권이다. 여기에서 내용의 가감이 전혀 없으나 출판사를 달리하여 재발행된 풀빛출판사본 『Q씨에게』를 기왕의 『Q씨에게』와 같은 책으로 보고, 또 표제를 개제(改題)하고 구성에 약간의 변화를 주었을 뿐 내용은 다르지 않은 『문학을 사랑하는 젊은이들에게』를 동일출판사(현대문학사)에서 기왕에 발행되었던 『문학을 지망하는 젊은이들에게』와 같은 책으로 본다면 수필집은 총 11권이 된다. 『Q씨에게』는 이 외에도 동일한 표제로 두 번 더 각기 다른 출판사에서 발행되었다. 지식산업사본의 경우는 전집에 속한 것인 만큼 이전에 발행된 세 권의 수필집(『기다리는 불안』, 『Q씨에게』, 『거리의 악사』)에 다른 글까지 조금 추가한 가장 많은 분량의 수필집이며, 솔출판사본은 지식산업사본의 "Ⅰ. Q씨에게"와 "Ⅱ. 속Q씨에게"만 묶은 수필집이다.

따라서 첫 수필집인 『기다리는 불안』과 첫 전작 수필집인 『Q씨에게』, 그리고 『거리의 악사』와 두 권의 『원주통신』을 살펴본다면 작가의 문단 데뷔 이후부터 『토지』 집필 시기까지의 중요한 수필을 대부분 다루는 것이 될 것이다. 박경리의 수필 연구는 거의 찾아보기 힘든 상태여서 이 글은 박경리 수필 연구의 기초가 될 것이므로, 필요한 정보의 확인과 각 수필집의 특성을 짚어보는 데에 의미를 두고자 한다.

2. 나와 사회에 대한 비판적 관심

『기다리는 불안』은 문단 데뷔 이후인 1957년부터 1966년까지 신문이나 잡지에 기고하였던 소설 이외의 글 중에서 선별하여 묶은 수필집이다. 표제 '기다리는 불안'은 1962년 3월 27일 〈동아일보〉에 실린 짧은 글의 제목에서 따온 것인데, 이 글에서 작가는 여행지로 가기 위해 버스 정류장에서 버스를 기다리는 동안의 불안한 심정을 말하면서 "하나의 상태에서 다른 하나의 상태로 옮겨가는 그 과정"을 두려워하는 자신의 성격에 대해 토로하고 있다. 수필집 곳곳에서 이처럼 자신의 성격에 대해 고민하는 작가를 발견할 수 있다. 친하지 않은 사람과 대화하는 것을 고역으로 여기고(『여름 어느 날』), 가까이 지내는 지인들이라 할지라도 동정 받는 것을 고마워하지 못하고(『식구와 두 개의 외곽』), 친구들이 몸이 약해서 오는 신경쇠약이라고 말할 정도로 사람들의 생각 없는 처사에 자주 울분이 일어나기도 한다(『신경쇠약』). 또 속옷까지 신경 썼던 '신경질'이며(『여자의 마음』), 망신당할까봐 섣불리 말하지 못하는 '무언벽'(『말이 없는 사람』)도 있었는데, 이런 자신에 대해 '허영의 소치'니 '소심'이니 하며 비난하기에 여념이 없다. 그래서 때로는 "자학 속에서 세월이 흘러갔다"며 "나를 올해는 그토록 미워하지 말자"는 염원을 갖기도 한다(『해마다 봄이 오면』).

그러나 탄식하거나 단순히 위로하는 것에 그치지 않고, 문학의 길에서 이런 '자학'의 성격을 발전적인 방향으로 받아들이고자 한다. "자학이란 거역을 당한 자의식의 항거 형태"이므로 자학이 자학으로 그치지 않는다면, 그 항거 정신은 바로 "창조의 의지"가 될 것이라 생각하기 때문이다(『해마다 봄이 오면』). 자신이 작가라는 의식은 이처럼 스스로 단점으로 여겼던 성격까지 긍정적인 방향으로 이끌어가게 하는 원동력이 되고 있음을 알 수 있다.

한편, 〈동아일보〉에 실린 「기다리는 불안」의 삽화 역시 작가의 이름으로 되어 있는 것이 흥미롭다. 작가는 여학교 시절 미술학교에 가고 싶다는 희망을 가지기도 했을 만큼 그림에 관심이 많았다. 이 수필집에 실린 「모녀상(母女像)」에는 딸과 함께 앉아 그림을 그리고 있는 작가의 모습이 담겨 있다. 중학교 2학년인 딸 영주의 "스케치"를 보고 따라 그리면서, 딸의 따끔한 평을 귀담아 들으며 딸의 재주에 흐뭇해하는 어머니의 마음이 느껴진다. 하지만 작가는 딸에게 미안해한다. 6살 때부터 놀라운 그림 실력을 보여주었던 "사내 동생"의 죽음 때문이다.

그는 아홉 살 때 교회당이랑 개랑 누나의 얼굴, 그런 그림들을 수 없이 그려 놓고 죽었다. 영주는 그 후 혼자서 눈물이 방울방울 지는 공주그림을 그렸다. 그러한 영주가 지금은 여학생이 되어 미술을 한 답시고 실속 없는 내 주머니를 털어 간다.

그러나 나는 그의 작품에 대하여 언제나 남보다 무관심하다.

내 마음 속에 그의 동생에겐 어림도 없지 하는 서글프고 가슴 저리 는 추억이 있는 때문이다.

—「모녀상」, 「기다리는 불안」, 현암사, 1966, p. 214.

그림은 작가에게 죽은 아들을 떠올리게 한다. 작가는 죽은 아들 생각 때문에 살아있는 딸에게 마음 놓고 사랑을 표현하지 못한다. 이러한 어머니의 마음은 『토지』에서 윤씨 부인을 통해 드러나기도 했다.[86] 이 시기의 글에는 아들을 잃은 아픔이 산재해 있다. 「독백」, 「사진과 죽음」, 「산이 보이는 창에서」, 「빛과 서재와」, 「신경쇠약」, 「세월」, 「자화상」 등에서 그것을 발견할 수 있는데, 특히 「세월」에는 그 아픔이 분노나 절망 뒤에 가려져 있지 않고 그대로 절절하게 나타나 있다. 6·25 전쟁 피난길에서 세 살짜리 아들을 얼게 했던 일까지 떠올리며 자책하는가 하면, 온순하고 다정하였을 뿐만 아니라 공부도 잘 하고 그림도 잘 그렸던 아들에 대한 그리운 마음을 눈물겹게 표현하였다. 심지어는 일간지에서 아들을 닮은 고아 사진을 보고 곧 고아를 얻어 길러야겠다는 결심을 보이기도 한다. 수필 「세월」과 소설 『불신시대』(1957)·「암흑시대」(1958)를 비교해 보면 「사소설 이의」에서 작가가 왜 이 소설들을 "해부실에 들어간 아이의 사체에다 칼질을 다시 하는 행위"로 쓴 것이라 했는지 짐작할 수 있다. 현실에 대한 냉철한 문제의식이 담겨 있는 소설에 비한다면 수필은 다분히 죽은 아들을 잊지 못하는 어머니의 눈물 그 자체이다.

이 시기의 글들이 지금까지 살펴본 것처럼 작가 자신과 가족에 관련된 것만 있는 것은 아니다. 4.19혁명 당시 발표한 「어린 비둘기를 더 이상 욕보이지 말라」(《조선일보》 1960. 4. 24)는 제목의 약 2000자에 달하는 이 장황한 호소문을 주목해 보아야 한다.

이 땅에 피를 흘리고 유명을 달리한 어린 영혼들의 명복을 빌며 지금 시내 각 병원에서 생사경을 방황하고 있는 청소년들의 처절한 고통 앞에 이 값싼 어른들의 눈물을 뿌린다. ―(중략)― 그들은 적색분자의 앞잡이도 아니요 사리사욕에 눈이 어두워 거리로 뛰어나간 것도 아니다. 그들은 계산이 없는 애국심과 마산에서 비참히 살해된 학우에 대한 우애 그것이 그들을 호소의 길로 달리게 했던 것이다. ―(중략)―

부정부패라는 기름에다 불을 지른 것은 두말할 것도 없이 경관의 발포였다. 이 나라의 순진한 학생들은 '데모'로써 호소했지 결코 시초에 또 먼저 폭력을 자행하지 않았던 것이다. ―(중략)― 지금 이 순간에도 살벌한 병실에서 숨을 거두는 학생이 있을 것이다. 그러나 우리는 냉정한 방관자일 수밖에 없단 말인가. ―(중략)―

끝으로 부탁하고 싶은 것은 모진 비바람에 시달린 어린 비둘기들을 더 이상 욕보이지 않게 계엄사령부에서 최선을 다해주었으면 하는 것이다. 국민은 군대를 신뢰하고 있다. pp. 55-58.

어린 학생들의 순수한 죽음을 슬퍼하며 더 이상의 희생은 막아보겠다는 강한 의지가 담겨 있는 글이지만, 아직 이승만의 하야가 결정되지 않은 시점에 발표되었다는 점을 염두에 둔다면 다분히 정치적인 성격의 글이라고 해도 과언이 아닐 것이다. 이승만의 하야는 이 글이 발표된 후 이틀 뒤인 4월 26일에야 결정되었다. 작가는 「자기 문학의 재비판」에서 "4·26"이 지나자 문인들이 우후죽순처럼 학생들을 찬양하고 민주주의를 구가하는 글을 쏟아내고 있다고 비판한다. 그리고 "반독재를 규탄하는 필화로써 투옥되었다는 말도 듣지 못"했다면서, 문인들도 구름 위에 사는 선인이 아닌 이상 사회에의 봉사가 필요하다고 주장한다. 어용문학이든 순수라는 미명하의 현실도피든 모두 인정할 수 없다고 강경한 입장을 밝히기까지 한다. 또 「망각」에서는 하와이로 떠났던 이승만의 환국설에 대해 고국에 묻히기를 원하는 그런 "낭만적"인 생각을 버려야 한다고 일침을 가한다. 이처럼 정치적으로 강경한 입장을 나타내는 글은 이후의 수필집들에서는 찾아보기 힘들다.

이 시기의 수필들, 『기다리는 불안』에 실린 수필들은 자기 자신이든 현실 사회이든 문제가 보이면 가차 없이 비판하고 있다. 그것은 상처 입은 자의 서투른 대응으로 볼 수도 있겠으나, 역으로 생각해 보면 삶에 대한 강한 의욕으로 볼 수도 있을 것이다.

3. 작가노트 혹은 문학수첩

『Q씨에게』는 서간체로 쓴 전작 수필집이다. 탈고한 날짜가 1966년 11월 8일인데, 내용으로 짐작건대 1965년 낙엽이 떨어지는 늦가을부터 시작하여 1년여의 시간 동안 집필을 한 듯하다. 「산다는 것」을 보면 크리스마스 카드와 연하장을 받고 따스한 정에 보답하지 못한 괴로움을 말하고 있다. 박경리의 장례미사를 접전했던 정의채 몬시뇰은 그에게 크리스마스카드를 보냈던 일화를 말한 적이 있다.[87] 또 작가가 영세를 받게 된 과정을 말해주기도 했다. 정의채 몬시뇰은 1964년 〈동아일보〉에 연재하고 있는 소설 『파시』를 읽은 후 박경리를 만났으며 자청해서 6개월 간 교리를 가르쳤다고 한다. 그런데 영세를 받기 2주 전 죽음에 대한 고민에 답을 얻지 못하였다며 포기하였다가 그 후 영세를 받았다고 한다.[88] 가톨릭 종교 월간지 『경향잡지』를 보면 박경리가 영세를 받은 것은 1966년 12월이다. 그렇다면 『Q씨에게』를 집필하고 있을 당시 혹은 그 전에 가톨릭 교리를 공부하였고 영세를 받을 것인지 고민하였을 터인데, 『Q씨에게』에는 "며칠 동안 인간과의 관계, 종교문제, 내 성격 같은 것을 많이 생각"했다(『휴일』)고만 했을 뿐 이와 관련된 다른 말은 없다.

『Q씨에게』를 보면 박경리는 절제와 자기검열이 강한 작가이다. 종교나 정치와 관련한 작가의 입장을 찾아보기 힘들다. 『Q씨에게』 집필 시기인 1966년 3월 20일자 〈조선일보〉 1면에는 "국군월남증파(國軍越南增派) 동의 안"을 심의하는 국회 "방청기"를 기고한 작가를 발견할 수 있다.[89] 하지만 『Q씨에게』에서만큼은 직접적으로 혹은 에둘러서라도 문학과 관련된 이야기를 하고자 했다.

작가는 시간이 "지리하다"고 하면서도 한편으로는 앞으로 남은 시간을 10년, 20년 세어보며 초조해 한다. 초조한 까닭은 "아직 할 말을 못하고 살아왔기 때문"이다(『Q씨에게』). 그것이 소설인지 정치적인 발언인지 아니면 여타 다른 말과 글인지 정확하게 알 수는 없다. 그러고 보면 『Q씨에게』서만 절제와 자기검열을 하였던 것은 아닌 듯하다. 이때까지의 글에서 남편이나 아버지와 관련한 이야기를 거의 찾아볼 수 없다는 점은 작가가 자신의 글을 얼마나 통제하고 있는 것인지 반증해주는 것이기도 하다. 아버지와 관련한 글은 훗날 『원주통신』에 가서 쓰고 있으며, 남편과 관련한 자세한 글은 끝까지 쓰지 않았다. 다만 인터뷰를 통해 그에 관한 이야기를 들을 수 있을 뿐이다.

『Q씨에게』는 문학이란 무엇인가, 작가란 무엇인가, 언어란 무엇인가, 어떻게 작품을 쓸 것인가에 대하여 깊은 고민을 담은 '작가노트'라고 할 수 있다. 또한 『Q씨에게』는 '문학수첩'이라고 해도 과언이 아닐 정도로 세계적인 문호들의 작품에 대한 분석과 비교 평가, 성찰 등으로 채워져 있다. 그러면서 자신이 창작했던 작품에 대하여 부연설명을 하기도 하고 집필 당시의 심경이나 상황을 되돌아보기도 하였다. 박경리는 작가수업의 기간을 가지지 못한 채 문단에 데뷔한 자신에게서 문학 공부의 결핍을 느꼈다. 그래서 "작가수업이란 나에게 있어서 이제부터의 문제"라고 생각했다. 그 작가수업의 흔적을 『Q씨에게』에서 발견할 수 있다.

박경리가 많은 작품들을 언급하면서 고민하고 있는 가장 큰 문제는 '자유'이다. 그는 작가의 자유(표현의 자유)와 작품 속 등장인물의 자유로 나누어 생각해보고 있는데, 결국 침범해서도 안 되고 침해할 수도 없는 예술의 자유를 주장하기에 이른다. 샤르트르의 경우 소설의 형식을 빌려 철학을 표현하고자 하였으나 그의 미완의 소설 『자유의 길』을 보면 작중인물이 작가의 조종에 순응하고 있는 것으로 보기 힘든 점이 있고, "문학인 이상 철학에 눌려질 수는 없는 것"(선택)이라고 하였다. 또 입센의 작품 중에서 사회문제·여성문제를 제기한 『인형의 집』보다는 진실을 고민하는 "인간의 소리가 깊은 곳에서 들려오는" 『유령』을 높이 평가하였다(두 여인상). 박경리는 수전노 "프로할징"(쁘로하르친)과 영웅 나폴레옹을 동격에 놓고 상상할 수 있는 작가의 자유, 도덕이나 법률의 규제에서 이탈하여 인간 본질을 보고 느낄 수 있는 작가의 자유(작가의 가치관)를 원했다. 그리고 자신의 신념에 위배된 행동을 할 수 없어 모친의 마지막 부탁이었던 기도를 끝까지 거부하였던, "스스로 현실로부터 자신을 추방하여 문학에 전념하는 것을 현실과 대결하는 방법으로" 삼았던 제임스 조이스를 주목하였다. 이것은 현실도피와는 분명 다른 것이다. 박경리는 당시 "처해 있는 현실이 작가에게 무엇인가 요망하는 미련을 버리지 못하게" 하고(『문학의 자리』) 있음을 잘 알고 있었다. 작가들 역시 정치적인 문제를 공통으로 고민하고 있음을, 이것이 "작가의 자유와 가장 깊은 연관이 있는 것"임을 알고 있었다. 그리고 "이적행위라는 것으로 못을 박아 진실에 대한 소극적인 표현을 할 수밖에 없는 것"은 작가에게는 크나큰 고통이라고 하였다(『자유2』). 따라서 그는 작가의 자유를 침해할 경우 정치적으로 보이는 언행도 마다하지 않았을 것이다.

자유의 문제와 함께 박경리의 머리를 떠나지 않았던 또 하나의 문제는 '언어'였다. 그는 "언어의 마성(魔性)"이라는 말을 자주 하였다. 인간관계(인간과 인간 사이의 관계뿐만 아니라 "나와 나 사이"까지─『왜 쓰는가』)에서 언어는 필수불가결한 것이지만 "아이스케이크의 빛깔 그 느낌조차" 표현하지 못하는(『장마 끝의 생각』) 언어의 특성상 오히려 그 언어로 말미암아 거리를 인식하게 되고 그로써 관계의 골이 더 깊어진다고 보았다. 그러나 그럼에도 불구하고 언어만이 그 관계를 회복할 수 있는 유일한 희망이기에(이율배반적인 가능성─『왜 쓰는가』) 언어에 사로잡히지 않을 수 없는 것은 "언어가 지닌 숙명적인 마성"(『Q씨에게』)이라 하였다. 이처럼 언어의 문제에 골몰하고 있는 까닭은 무엇보다 표현하고 싶은 것을 다 표현할 수 없기 때문이라고 할 수 있다. 자기 내부의 문제이든, 외적인 상황의 문제이든, 언어 자체의 문제이든, 어쨌든 작가는 무엇인가 언어로 표현하는 데에 심한 장애를 느꼈던 것으로 보인다. 그런데 훗날 그는 작가란 바로 이 지점에서 출발하는 것이라는 깨달음을 얻는다.[90]

4. 『토지』 집필 시기의 어려움

민음사에서 발행된 수필집 『거리의 악사』는 앞의 두 수필집 『기다리는 불안』과 『Q씨에게』의 내용이 대부분 차지하고 있으며 8편의 글—「빙벽에 걸린 자일처럼」, 「비리가 진실되는 이치」, 「12년 만에」, 「서문이라는 것」, 「일상의 행위」, 「일상의 행위」, 「인간에 대한 사랑」, 「싸움」, 「자기처리」—만 새롭게 들어가 있다.

> Q씨, 언어의 마성을 생각했던 시절이 예술에의 끝없는 행로였다면 지금은 인간의 마성, 原罪를 생각하는 그것은 더한 불행인지 모르겠고, 또 내 고립의 청산인지 모르겠고, -(중략)- 지성인들은 애매하게 사유하고 적당한 선에서 문제를 절단하고 있다는 생각이 들지는 않아요? Q씨, 애매하고 적당하게 하는, 그 애매함에 인간 마성이 숨쉬고 있는 것이나 아닐는지요. 애매함이 正當으로 둔갑하고 질서로 둔갑하고 누구를 쳐부수고 매장하는 무기로 둔갑하고 보이지 않는 법률로 둔갑하고, 강자가 약자를 짓밟는 방편, 정신적 살해, 무엇이든 어떠한 악도 합리화할 수 있는 그 애매모호한 유령 말입니다.
> ─『거리의 악사』, 민음사, 1977, pp. 21-22.

위의 인용문은 『Q씨에게』에게 이후 지난 10여 년 동안 작가에게 어떤 변화가 일어났는지를 알 수 있게 해준다. 1971년도에 작가는 유방암 수술을 받았는데, 수술을 받은 지 보름 만에 퇴원하여 붕대를 감은 채로 『토지』 원고를 썼다(「빙벽에 걸린 자일처럼」). 1974년도에는 사위가 쫓겨 다니는 동안 딸이 첫 아이를 낳았다. 곧 사위가 피검되어 산후 조리도 제대로 못하고 교도소를 찾아 뛰어다니는 딸을 보며 손자를 업고 『단층』 원고를 썼다. 사위가 사형선고에서 무기선고로 그리고 무기형을 확정받기까지 사계절이 지나갔으며, 이러는 동안 그는 "작가의 임무를 까마득히 잊었다"(『비리가 진실되는 이치』)고 했다. 언어의 마성을 생각할 겨를도 없이 지내야 했던 시기였다고 했지만, 이 시기 『토지』 1부와 2부, 그리고 몇 편의 장편소설을 연재하고 있다. 어려운 상황에서 창작을 했던 만큼 고갈되어 가는 상태를 뚜렷하게 자각하고 있으며 자신감을 잃기도 한다. 하지만 문단데뷔 시절부터 그때까지 작가가 고뇌하며 얻은 깨달음—분노와 불안 그런 것들이 자신에게는 "창작의 활력소였다는 것"—이, 그리고 자신의 눈빛이 "이 세상을 하직하는 그날까지 타고" 있기를 바라는 마음이(『12년 만에』) 그 어려움을 견뎌낼 수 있게 해준다.

1980년 박경리는 "딸아이와 손자가 남편도 없이 애비도 없이 시가에 살고 있었기에 울타리라도 되어" 주고자 원주로 내려간다. 원주에 내려온 이유는 이때까지만 해도 『토지』 집필에 몰두하기 위해서인 것으로 알려졌으나, 훗날 『다시 Q씨에게—망상의 끝』(『현대문학』 2000. 9—수필집 『박경리 신원주통신: 가설을 위한 망상』에 수록)이라는 글에서 이사한 사연을 솔직하게 밝혀 놓았다.

『원주통신』은 작가가 원주시 단구동으로 이사한 1980년부터 1985년까지 각종 신문에 기고하였던 글을 모아 1985년 지식산업사에서 발행한 것과 『박경리의 원주통신—꿈꾸는 자가 창조한다』라는 표제로 1994년 나남출판사에서 발행한 것이 있다. 나남에서 출간된 것은 지식산업사 발행본에 세 편의 글—한림대학교 한림과학원 주최로 열렸던 세미나 발표문과 연세대학교 원주캠퍼스 국문과에서 강의하였던 "한국문학의 이해" 강의 채록문, 그리고 「삶의 진실」이라는 단문—을 추가였을 뿐이다. 그런데 나남본에서 유독 주목을 끄는 부분이 있다. 지식산업사본에는 없었던 「작가의 말」이다.

> … 우물가에 가서 펌프질을 하여 겨우 물 한 바께스를 길어오는데
> 그만 눈밭에 미끄러지고 말았다. 물은 다 쏟아지고 나는 미끄러진 자
> 리에 퍼질러 앉은 채 소리를 내어 울었다. 허허로운 벌판에 사람이라
> 곤, 사람의 흔적조차 찾을 수 없었지만 그러나 자연의 영신들은 내
> 어리광스런 울음의 소리를 들어주었다.
>
> ―「박경리의 원주통신-꿈꾸는 자가 창조한다」, 나남, 1994, p. 13.

『원주통신』은 "원시림에 내동댕이쳐진 한 마리 작은 짐승 같았"던(「작가
의 말」) 작가가 자연에 적응해 가면서 자연으로부터 위안과 깨달음을 얻고
자연과 조화를 이루어가는 모습이 담겨 있다. 하지만 이 과정 역시 쉽지
만은 않았다. 작가는 농약을 쓰지 않고 쓰레기를 버리지 않으면서 원시
적 생명을 살려보려는 사투를 벌이기도 한다. 정릉 시절에도 생명을 살리
려는 노력을 기울이지 않은 것은 아니다. 뒷산에서 어미와 떨어진 꾀꼬리
새끼를 데려다가 곤충을 잡아주며 보살폈지만 과식하여 죽고 말았던 경
험은(「환상의 새」) 『토지』에서 길상의 경험으로 형상화되기도 했다. 『원주통
신』에서 볼 수 있는 원주의 자연은 『기다리는 불안』에서 볼 수 있는 정릉
의 자연보다 더 광활하고 원시적인 것으로 보인다. 정릉은 인간의 삶 속
에 자연을 일부 들여놓는 정도인 듯한데, 원주는 자연의 삶 속에 인간이
들어가 발을 들여놓은 것으로 보인다. 연꽃을 심어 놓은 웅덩이에 날아오
는 '환상의 새', 들고양이, 비둘기, 올챙이, 냉이, 고추, 뜰, 흙, 별…… 인
간을 받아주는 이 자연 속에서 안식을 찾는다. 비록 고달픈 노동을 해야
하지만 자연 속에서의 노동은 외로움이나 한탄이 뒤따르지 않고 오히려
상처받은 영혼이 치유되는 느낌을 받는다(「치유 받은 내 영혼」). 그래서 이제야

학창시절 가장 큰 영혼의 상처를 주었던 아버지에 대해 털어 놓을 수 있게 된다. 「나의 문학적 자전」에는 아버지에 대한 가장 상세한 이야기가 담겨 있다.

5. 아름다운 기억

근래에 출판되어 널리 읽히고 있는 『생명의 아픔』과 『가설을 위한 망상』에는 원주에서 얻은 생명과 관련된 지혜가 담겨 있다. 이 지혜를 알아보는 일은 문학 강연문인 『문학을 지망하는 젊은이들에게』와 중국 기행문인 『만리장성의 나라』를 살펴보는 일과 함께 과제로 남게 되었다.

지금까지 살펴본 수필집의 내용 중에 아름다운 기억으로 남은 세 가지 이야기가 있다. 첫 번째는 겨울밤 전차 안의 두 주정꾼 이야기이다. 주정꾼 중 한 사람이 사과장수를 보고는 사과를 사서 둘이 나누어 먹는다. 먹다가 사과 하나를 더 사더니 전차 운전사가 있는 곳으로 휘청거리면서 간다. 그리고는 사과를 먹으라고 내민다. 사과를 받아들고 먹지는 않는 운전사에게 집에 있는 딸 생각일랑 접어두고 먹으라고 채근한다. 운전사가 사과를 한 입 베어 물자 전차 안의 사람들 얼굴에 미소가 가득해진다(『겨울밤』). 두 번째 이야기는 버스 안에서 일어난 일이다. 말 못하는 남편과 수화로 대화를 나누고 있는 여성이 있다. 출근 시간 버스 안이라 몹시 혼잡한 가운데 한 노인이 버스에 오른다. 그 노인을 본 남편은 손으로 아내의 무릎을 치면서 가까이 앉게 하고 노인을 가리킨다. 아내는 사람들을 헤치고 겨우 노인의 옷을 잡아당겨 자리에 앉기를 권한다. 부부는 몸을 웅크려 노인이 앉을 수 있는 자리를 만든다. 노인이 걸터앉은 후에야 부부는 편안한 표정을 짓는다(『차중에서』). 세 번째 이야기는 거리 풍경이다. 늦가을 낙엽이 휘날리는 아침, 둑 밑 가느다란 길을 따라 중년이 채 못 되는 남자와 빨간 자켓을 입은 여자, 예닐곱의 여식과 여남은 살의 여식이 일렬로 오순도순 걷고 있는 농촌 가족의 풍경이다(「온유한 모성은 어디로」). 박경리의 눈에 담긴 따뜻한 사람들의 이야기는 비록 적은 분량이지만 마음속에 오래도록 여운을 남기고 있다. 그도 그랬을 것이다. 인간사회에서 그가 마음이 따뜻해 진 경우는 비록 작은 숫자에 불과했겠지만 자연이 준 감동보다 더 오래도록 깊이 마음에 남았을 것이다. 박경리는 인간계에서 돌아가야 할 고향 천상의 세계를 그리워하며 노래를 읊었던 시인이 아니라, 자연의 세계에서 인간계를 그리워하며 말을 걸었던 소설가였다.

제2장

소설가 주인공 소설에 나타난 작가의식
– 『내 마음은 호수』, 『영원한 반려』, 『겨울비』를 중심으로

1. 문학에 대한 작가의 목소리

박경리는 그의 유명세 때문에 어떤 작가들보다도 자주 인터뷰와 강연 등을 통하여 '문학'과 '작가'에 대한 견해를 직접적으로 언급해야 했다. 작가의 이러한 언급은 당시의 상황에 따라 작가의 생각이 가감되기도 혹은 윤색되기도 할 수 있으며, 작가의 위상에 걸맞은 독자가 요구하는 답변으로 채워질 수도 있어 작가의 창작 동기나 문학에 대한 솔직한 견해가 완전히 드러나는 것은 아니다. 박경리 역시 문학 강연 같은 장소에서 왜 작가가 되었느냐는 질문을 받고서는 지극히 상식적인 대답을 한 적이 여러 번 있다고 고백하기도 하였다. 문학 연구에 있어서 작가의 작품 외적 발언이 도움이 되기도 하나 때로는 장애가 될 수도 있는 것이다. 이 글에서는 현장성이 강한 인터뷰나 강연이 아니라 에세이와 소설, 특히 소설가가 주인공으로 등장하는 장편소설 『내 마음은 호수』, 『영원한 반려』와 중

편『겨울비』를 중심으로 하여 작품을 통해 드러나는 작가의 문학관과 세계관을 알아보고자 한다.

소설가가 주인공으로 등장하는 소설을 '소설가소설'이라고도 한다.[91] 이는 '예술가소설'에서 파생된 용어로 예술가소설이란 예술가를 주인공으로 하여 예술가 자신의 사명과 창작의 문제, 그리고 자신이 처한 현실 사회와 관련한 문제를 다룬 소설을 말한다. 예술가소설(Künstlerroman)이 교양소설 혹은 성장소설(Bildungsroman)의 하위 장르로 규정되기도 하는 독일문학의 경우와 한국문학에서의 예술가소설은 그 의미가 좀 다르다. 한국문학의 경우 예술가소설이 모두 성장소설은 아니기 때문이다.[92] 근대 이후 한국문단에서는 1920년대에 처음으로 예술가소설이 집중적으로 발표되었다. 화가나 음악가, 문인 등을 주인공으로 하는 "예술가소설을 쓰는 작가들은 특히 소설가나 시인을 주인공으로 설정함으로써 자기반성을 꾀하거나, 원론개진을 통해 보다 무게 있는 자아영상을 갖추어 보려 하거나 자신이 놓여 있는 불우한 상황을 고백해 보이려고" 했다.[93] 염상섭, 현진건, 박태원, 이상으로부터 이청준, 최인훈을 거쳐 함정임, 구효서, 양귀자, 이인성 등 많은 작가들이 소설가를 주인공으로 하는 고백체 소설을 발표해왔다. 예술가로서 작가 자신의 근대적 자아에 대한 탐구가 내면의 발견을 이루게 하는 고백체 양식을 통해 완성된 것이 근대 이후 한국문학의 소설가소설의 시작이라 할 수 있겠다.[94] 때문에 소설가소설은 사소설로 분류되기도 한다.[95]

박경리의 소설가 주인공 소설은 앞서 잠시 언급한 작가들과는 달리 고백체 양식을 취하지 않고 있다. 소설가가 주인공으로 등장하지만 그를 작가 자신과 일치하는 환경과 상황으로 설정하지 않고, 음악가나 화가를 등장시키는 여타 예술가소설처럼 허구적 인물로 설정하고 있기 때문이다. 『내 마음은 호수』(《조선일보》1960. 4. 6. ‒ 1960. 12. 31. 연재 총269회)에서 소설가인 주인공 유혜련은 40대 여성으로 6·25 전쟁 이전에 이미 소설가로 이름이 널리 알려져 있으며 대학생인 딸을 둔 것으로, 『영원한 반려』(《조선일보》1965. 11.23.-1966.9.13. 연재 총250회)에서[96] 주인공인 소설가 신병구는 남성으로 대학에 출강하고 있으며 어머니가 다른 남매가 있는 것으로, 『겨울비』(『여성동아』 1967. 11. - 1968. 6. 연재 총8회)에서 주인공인 소설가 최한섭은 남성 전업작가이며 후손이 없는 것으로 설정되어 있다.

박경리는 남성작가들에게는 "사소설이라는 딱지"를 붙이지 않으면서 주로 여성작가에게 사소설이라는 지적을 하는 당시의 평단에 이의를 제기하면서 "소재가 신변에서 왔다고 하여 아주 협소한 뜻의 사소설이라 한다면 저항을" 느끼지만 "모방이 아닌 바에야" "자기의 체험을 바탕으로 하지 않았던 작가는 없을 것"이라고 하였다.[97] 그러면서 플로베르가 한 유명한 말 "마담 보바리는 나 자신이다"라는 말을 빌려와 『신 교수의 부인』(『영원한 반려』와 동일작)의 "신교수는 나다"라고 했을 적에 주위 사람들이 어리둥절해 하고 모델이 된 남성이 있었을 것이라고 추측하는 데에 웃음이 났다는 일화를 소개한 적이 있다. 박경리는 문단활동 초창기에 발표한 단편소설에 대해 당시 '신변적 사소설'이라는 평가가 있었고[98] 최근의 연구까지도 그러한 견해에서 크게 벗어나고 있지 않아 "'사소설'이라는 규정은 박경리 초기 단편의 세계가 가진 의미를 충분히 검토하는데 장벽이 된다"는[99] 지적이 있기도 했다. 그럼에도 불구하고 박경리의 초기작은 "작가의 체험이 작품의 다른 요소보다도 두드러지는 전후문학의 특징을 전형적으로 보여"주는[100] 소설임은 분명하다.

그런데 초기단편이든 장편이든 작가의 개인적 체험을 그대로 담아 사소설적이라는 평가를 받은 작품들은 오히려 그 지적이 무색할 정도로 주인공 직업이 소설가인 경우는 찾아보기 힘들다.[101] 그리고 그의 소설가를 주인공으로 하는 소설은 사소설로 접근하기 어려운 장치가 설정되어 있다. 앞서 언급했던 것처럼 고백체로 씌어졌으며 작가들의 현재 상태를 짐작케 하는 '소설가소설'과는 작품의 성격이 다르다. 그럼에도 불구하고 이 소설가 주인공 작품들 속에는 박경리의 다른 작품들과는 달리 문학과 작가 그리고 작가가 처한 현실에 대한 견해가 많이 나타나 있으므로, 그 것을 통해 박경리의 문학관과 세계관을 추정해보는 것은 의미있는 작업 이 될 것이다.

2. 정치적 현실의 불안과 문학의 무용(無用)

문예지나 시사지 혹은 지역신문 등에 작품을 발표해오다가 처음으로 전국 일간지인 〈조선일보〉에 『내 마음은 호수』의 연재를 시작할 당시인 1960년 4월, 박경리는 지역신문인 〈대구일보〉와 여성월간지 『여원』에도 『은하(銀河)』(1960. 4. 2.-5. 26.)와 『성녀와 마녀』(1960. 4-1961. 3)의 연재를 각각 시작하고 있었다. 다니던 신문사를 그만두고 경제적으로 어려운 상황에 처해 있었던 박경리는 장편 『표류도』(1959. 2-11)가 큰 반향을 일으켜 많은 격려가 쇄도하고 매스컴을 타기 시작했으며 조선일보사와 여원사의 요청 으로 연재소설을 쓰게 되었다고 한다. 그러나 이러한 상황을 박경리는 기 쁘게만 받아들이지는 않았다.

이러한 결과는 과연 나에게 무엇을 주었을까? 자기혐오가 따르는 게적지근한 안도였을 것이다. 다만 가족들 얼굴에 떠도는 불안의 그 림자를 볼 수 없다는 것만으로 자위를 삼았던 것이다. 이러한 세속적 인 성공이 나하고 무슨 상관이겠는가. 내 문학하고 무슨 상관이겠는 가, 내 인생하고 무슨 상관이겠는가 하는 의심과 자문자답은 나를 허

황하게 흩뜨려놓고 보다 깊은 고독과 사람을 만나기 꺼려하는 경향
을 짙게 했을 뿐이다.

─「Q씨에게」, 지식산업사, 1981, p. 144.

경제적으로 어려웠던 상황을 벗어나게 된 것에 대한 가족들의 안도만
을 위안으로 삼을 뿐 독자들의 뜨거운 반응이나 유명세를 오히려 불편하
게 여기고 있다. 그러한 상황을 따라갈 수밖에 없는 자신에게 '혐오'를 느
끼기도 하고 "세속적인 성공"이 "내 문학하고 무슨 상관"이냐는 반문을
하는데, 이를 통해 박경리의 창작 동기는 '독자'도 '성공'도 아닌 다른 무엇
임을 짐작하게 한다.

비슷한 시기에 연재를 시작한 이 세 작품은 모두 여성을 주인공으로 하
는 낭만적 사랑을 그린 소설, 즉 애정소설이라고 할 수 있다. 『은하』의 경
우는 "애정이 비극적으로 종결되던 이전 소설과 달리" 여성이 기혼자임
에도 불구하고 진실한 사랑을 추구하여 "적극적인 애정 실현"의 가능성
을 시사해주는 작품으로,[102] 『성녀와 마녀』는 여성을 남성중심적 사고 혹
은 가부장적 이데올로기에 근거하여 이분법적으로 평가하고 타자화하는
당시 사회를 비판한 작품으로 평가할 만하다. 『내 마음은 호수』 역시 기
혼 여성을 주인공으로 하여 진정한 사랑의 의미와 그 사랑을 실현해 가는
과정을 담고 있다. 이 여성 주인공은 소설가이기는 하나 작품 중반 이후
부터는 문학과 관련한 언급을 거의 찾아보기 힘들고 그 주변 인물들의 행
동, 특히 딸을 사랑하는 송병림이라는 20대 청년의 행동이 더욱 비중 있
게 다루어진다. 『영원한 반려』나 『겨울비』와 비교해 볼 때 『내 마음은 호
수』는 소설가를 주인공으로 하는 소설 중에서 가장 미약하게 예술가소설
의 특징을 보인 작품이라고 할 수 있다.

『내 마음은 호수』의 시대적 배경은 6·25 전쟁 기간에서부터 전쟁 직

후까지이다. 부산 피란지에서의 사건과 서울로 돌아온 이후의 사건이 주를 이룬다. 이 작품의 첫 장면에서 주인공 유혜련은 시누이인 문명희로부터 '왜 문학을 하는가'라는 질문을 받는데, 그는 그 이유를 "권태" 때문이라고 말한다.

> "언닌 너무 자기 자신을 구속하고 학대하고 계세요. 좀 더 자연스럽게 감정을 개방하셔야지. 건방지다고 생각하시겠지만 언니의 생활 감정이나 소설 속의 모랄은 이미 낡은 거예요."
>
> 말씨만은 조심스러웠지만 상당히 신랄한 비판이다.
>
> "자신을 개조해야 할 아무런 동기도 이유도 없군요. 나는 다만 이 지루한 시간을 어떻게 보낼까 생각하고 있을 뿐입니다."
>
> 명희는 좀 어이없다는 듯 혜련을 쳐다보다가,
>
> "그럼 언닌 왜 문학을 하세요! 문학을 하는 목적이 뭐예요?"
>
> "무서운 권태에서 놓여나기 위하여."
>
> 대답은 이내 돌아왔다.
>
> "권태, 권태?"
>
> ─『내 마음은 호수』, 마로니에북스, 2014, p. 9.

유혜련의 작품은 "궁상맞고 청승맞고, 무슨 초상화처럼 조용한 여자만 등장"하여 독자가 "우울해지고 도리어 피로를" 느끼게 되는 "절망의 문학"으로 평가되고 있다. 시누이나 딸 등 가까운 사람들은 작품 성향을 좀 바꾸라고 권하기도 하지만, 유혜련은 독자들의 어떤 평에도 개의치 않는다. 그가 작품을 쓰는 이유는 독자들에게 위안이나 감동을 주기 위해서가 아니라, 아무런 삶의 의미도 기쁨도 찾지 못하는 자신의 인생에 주어진 시간을 감당하기 위해서다.[103] 유혜련은 "죽음도 아니요, 삶도 아닌"

"이유도 목표도 없이 방황하"며 때로는 "일종의 자실 상태"에 빠지기도 한다. 이러한 상태에 놓이게 된 것은 전쟁으로 인한 개인적인 상처에 그 원인이 있다.

> 육이오사변 때의 일이었다. 진수는 그날 밤의 일을 잊을 수 없다. 아버지가 이북으로 납치되어 간 날 밤의 일이었다. 멀리에서 포격 소리가 들려오고, 하늘에는 비행기 폭음이 온통 천지를 뒤흔들고 있었다. 그러나 넓은 집 안에는 죽음과 같은 침묵이 흐르고 있을 뿐이었다. 혜련은 빚어놓은 석고상처럼 우두커니 혼자 앉아 있었다. 슬픔도 기쁨도 아무 감정도 없는 밋밋한 얼굴을 하고서 혼자 앉아 있었다. p. 51.

남편이 이북으로 납치되어 가고 남은 가족만 부산으로 피란을 와야 했던 혜련은 "전쟁이 나고, 사람이 수없이 죽어가"는 상황에서 문학이란 "대단찮은 것"이라고 생각한다. 그리고 "문학보다 인생이 더 중요하다"는 말을 하기도 한다. 때로는 왜 문학을 하느냐는 질문에 "인생을 잃었기 때문에"라고 답하기도 한다.

『내 마음은 호수』 연재를 시작한 지 얼마 지나지 않아 4·19혁명이 일어난다. 박경리는 4·19 혁명 당시 어린 학생들과 젊은 청년들의 민주주의를 향한 의거가 헛되지 않도록 할 것을, 더 이상 자녀들의 죽음이 발생하지 않도록 할 것을 호소하는 장문의 글 「어린 비들기를 더 이상 욕보이지 말라」(《조선일보》 1960. 4. 24. 4면)를 싣기도 한다. 이 글은 연재 중인 『내 마음은 호수』 18회와 같은 면에 실려 있으며, 박경리는 소설 연재가 끝난 후 "4·19가 터지면서부터 나는 줄곧 창작행위에 대한 일종의 불신에 빠져 있었다." "이 진실 앞에서 소설 따위는 햇볕을 잃은 한갓 장식에 지나지 못하였다."[104]고 말하기도 하였다. 박경리 자신이 남편을 잃었던 6·25 전쟁뿐만 아니라 4·19 혁명까지 경험하면서 불안한 정치적 격변기에 문학을 무용한 것으로 여기게 된 그의 생각이 작품 속 소설가 혜련에게서도 발견된다. '권태' 때문에 작품을 쓴다는 위의 인용문이 연재될 당시에는 아직 4·19가 일어나지 않은 상태이지만, 소설 전체를 통해 혜련이 소설을 무용하게 여기는 것은 변하지 않는다. 결국 혜련은 소설을 쓰지 않게 된다.

『내 마음은 호수』에서 혜련이 사랑하는 남편을 잃었기 때문에 인생을 잃은 것이라고 생각하는 것은 아니다. 삶이란 자기기만 속에서 살아지기 마련인데, 생사를 넘나드는 전쟁의 경험을 통해 삶의 진실을 보았기 때문에 삶을 살아갈 방법이며 의욕을 잃어버렸다고 여기는 것이다. 아마도 그것은 "거짓된 판단을 단념하는 것은 삶을 단념하는 것이나 다름없으며, 그것은 삶을 부정하는 것이다."라고 말한 니체의 뜻과도 상통하는 것이리라.[105] 그는 남편을 사랑하지 않았고, 또 누구에게나 그렇게 보여졌기에 생사를 알 수 없는 남편에게 더욱 미안함과 죄책감을 갖게 되었다.[106] 『내 마음은 호수』는 소설가인 혜련과 음악가인 영설의 예술적 성취 과정이나 예술가로서의 갈등보다 그들의 사랑이 중심서사로 자리잡고 있어 예술가소설의 특성은 미약한 편이다. 물론 예술가소설과 애정소설의 문학적 우열을 말하는 것은 아니다. 이덕화는 여성작가들이 낭만적인 사랑 이야기를 쓰는 까닭에 대해 다음과 같이 말한 바가 있다. "1950, 60년대 여성작가의 대부분, 임옥인, 손소희, 강신재, 한무숙, 한말숙, 박경리조차 낭만적 사랑을 주요 소재로 작품화하고 있다. 어느 시대를 막론하고 여성작가들이 낭만적 사랑에 집착하는 것은 여성의 정체성과 관련이 있다. 여성들은 가정에서나 사회에서 한 인격적 개체로서보다는 소품화되어 소외를 경험하는 동안 자신의 정체성에 심한 혼란을 느낀다. 그럴 때 가장 인격적 개체인 자기의 존엄성을 인정받을 수 있는 길은 낭만적 사랑을 통해서이다."[107)

두 사람의 사랑은 혜련의 남편 명구에 의해 깨어졌고, 명구가 실종된 상태에서 영설의 구애를 다시 받아들이기까지 우여곡절을 겪는다. 무엇보다 혜련의 마음을 열게 한 것은 죽음에 대한 예감, 얼마 남지 않은 자신의 시간이다. 혜련이 앓고 있던 지병이 악화되고 영설과 화해를 이룬 후부터는, 『내 마음은 호수』에서 이 두 사람의 비중이 약해지며 청년 송병림이 부각된다. 이 송병림을 통해 작가의 정치적인 관점이 드러난다.

> 유혜련과 이영설(사십대) 문명희와 강준(삼십대)을 부정하고 현실에서 밀어내는 일에 비교적 용이하게 붓이 넘어갔으나 시시(始始)부터 긍정하며 무한한 희망을 걸었던 새 세대 문진주와 송병림에 와서 나는 실패하였다고 생각한다. 가장 깊은 애정을 경주(傾注) 하였음에도 불구하고 그들은 강하게 부각되지 못하였으며 인간적인 약점과 모순을 지니지 않는 미남인 병림은 네모난 평면이었고 사기 없이 귀엽기만 한 진주는 동그라미의 평면이었다. 이러한 실패의 원인은 작자 자신의 욕심이 과잉된 데서 오는 객관성의 결여와 지나치게 이상화하려는데 있었다고 본다. 4·19의 감격의 파도는 지나갔다. 그 줄기찬 아우성도 사라졌다. 지금 나는 심한 낙망과 차가운 실존 속에 서 있다.
>
> ─「무거운 여운─「내 마음은 호수」를 끝내고」, 〈조선일보〉, 1961. 1. 6.

위의 인용문을 보면 박경리는 의도적으로 송병림을 부각시키려 했던 것 같다. 그것은 아마도 『내 마음은 호수』 연재를 시작한 지 얼마 지나지 않아 4·19혁명이 일어난 것이 큰 영향을 미친 듯하다. 4·19의 경험은 청년들에 대한 희망을 갖게 하였고 그것은 『내 마음은 호수』의 송병림을 형상화하는 데에 애정을 쏟도록 한 것으로 보인다.

송병림은 등장인물 중에서 유일하게 유혜련의 작품을 긍정하였던 인물이다. 그는 "절망은 절망대로 표출"하는 것이 좋은 것이라며 창작을 그만두려는 혜련을 만류하기도 한다. 송병림은 형의 영향으로 6·25 전쟁이 발발한 후 의용군으로 출병하기도 하였으나 회의를 느끼고 도주하였다. 그러나 휴전 후 서울로 돌아와 대학에 복학하여 소모임 활동을 하다가 불순세력으로 몰려 아무도 모르게 끌려가 고문을 당하게 되는데, 이것은 월북한 형과 정치인 Y씨와의 관계 때문이다. 송병림이 끌려가는 상황의 긴장과 그가 고문을 당하며 겪는 고통과 갈등, 그리고 무고한 사람을 좌익세력으로 몰아 목숨을 위협하고 반정부적인 인사를 좌익세력으로 조작하려는 정부기관의 행태가 실감나게 그려져 있다.

『내 마음은 호수』에서 주인공인 소설가는 6·25 전쟁 기간 중 문학을 무용한 것으로 여기게 된다. 박경리는 전쟁을 배경으로 하는 이 소설을 연재하던 중 많은 젊은이들의 희생이 있었던 4·19 혁명을 목도한 후 정치적 어려움을 당하는 청년을 형상화하고 부각시키려 했다. 소설 속 소설가는 더 이상 창작을 하지 않았고 소설가로서의 삶에 대한 고뇌는 없었다. 인간의 생사를 좌우하는 정치적 사건들을 겪으면서 박경리는 무기력함을 느꼈고, 그러한 상황에서 문학은 대단한 것이 아니며 인생을 걸 만큼 중요한 것도 아니라는 생각을 작품에 나타내었다.

3. 자본주의적 속물성과 대립하는 작가의 개성

『영원한 반려』는 1979년 영서각에서 단행본으로 발행할 때 붙여진 이름이며 연재 당시의 제목은 『신 교수의 부인』이다. '영원한 반려'라는 제목에는 두 가지 뉘앙스가 있다. 박경리는 피란시절 헌책방에서 메레즈코프스키의 평론집 『영원의 반려』를 사서 감동 깊게 읽었던 추억이 있다. 투르게니에프, 곤자로프, 톨스토이, 도스토예프스키, 푸쉬킨 등의 작품에 대한 평론이었는데 "메마르고 암담했던 그 시절" "영원한 반려 같은 느낌"을 준, 원작보다 아름다운 평론으로 기억하고 있다.[108] 이렇게 좋은 기억과는 반대로 이 제목에는 평범한 사람들이 생각하기 힘든 작가만이 생각하는 역설적 의미가 담겨 있다. 박경리는 수필집에서 "명성을 얻고자 하고 화려한 생활을 하고자 하고 지성으로 세련되기를 바라고 영원한 반려를 원하는 이것을 이른바 허영"이라고 하였다.[109] 여기서 '허영'으로 지목한 것은 자본주의적 속물성이라고도 할 수 있는데, 류보선이 박경리의 작품은 초기에서 후기에 이르기까지 자본주의화한 현실과 그 속에서의 운명을 집중적으로 탐색하고 있다고[110] 지적한 것과 궤를 같이하는 것이다. 박경리는 모든 가치가 교환가치로 환원되는 자본주의의 경제적인 체제뿐만 아니라 무한경쟁을 유도하고 명성과 물질을 얻는 성공을 신화화하는 자본주의적 가치관을 정신적 고양이 고갈된 '허영'으로 보았다. 『영원한 반려』에서 인간 존재의 본질인 고독을 두려워하여 '영원한 반려'를 원하는 '신 교수의 부인'은 이 '허영'을 성격화한 인물이다.

소설가 신병구는 대학에 가끔 시간으로 강의를 나가고 있으니 사실 엄밀한 의미에서 교수는 아니다. '교수의 부인'은 강여사가 꿈꾸는 것이다. 고리의 이자놀이를 하고 어떤 인간관계에 있어서도 실리적이고 계산적인 강여사는 남편이 학위를 받고 교수가 되기를 바란다. 교수가 되어 위대한 교육자나 학자가 되어주기를 바라는 것이 아니라, 경제적인 안정과 더불어 동기들 사이에서 자신의 위신을 세우기 위한 필요로 그것을 바란다. 그런 아내에게 신병구는 "만일 어느 미친놈이 나한테 학위를 준다면 나는 그것을 진흙탕에 내던져 밟아 문드러버릴 게요. 왜냐하면 나는 학자가 아니기 때문이야. 나는 쟁이바치야. 굶어죽기 꼭 알맞은 쟁이란 말이야!"라고 화를 내며 분노한다. 신병구는 거리의 소음보다도 아내의 잔소리를 더욱 시끄러운 소음으로 여긴다. 그는 아내로부터 벗어나고 싶어하지만, 온전한 정신 상태에서는 그 뜻을 이루지 못한다. 결국 신병구는 미쳐버리는데, 이복형제인 신병옥은[111] 강한 소유욕을 보이는 강여사로부터 벗어날 수 없었고, 그 때문에 글을 쓸 수가 없어져 형이 미쳐버린 것이라고 생각한다. 신병구는 정신을 놓은 후 "전쟁도 없고, 세금장이도 없고, 우편배달부도 없는" 새 집에서 "대작을 쓸 작정"이라며 기뻐한다.

> 강여사가 내리누르는 힘이 본능적인, 너무나 본능적인 것이었다면 신병구씨에게 있어서 사회란 비정으로 조직화한 올가미였는지도 모른다. 이 양극 속에서 문학이라는 자기 성벽을 쌓아올리다 무너진 지금 그는 정상의 상태로 성 밖에 나올 수 없었던 것은 어떤 필연일 것이다. −(중략)− 망가뜨리는 한이 있어도 예속시킬 수밖에 없는 인간들의 조직 그리고 자기의 성에서 나온 신병구씨는 이제 비극에서 놓여났을 뿐 아니라 강여사의 영원한 반려자가 될 것이다.
>
> ─「영원한 반려」, 지식산업사, 1987, p. 431.

강여사는 사실 독특하고 유일한 악마적 개인이라기보다 비정한 조직, 이 사회를 상징하는 인물이라고 할 수 있다. 신병구는 특이한 아내 때문에 괴로웠다기보다 아내로 대변되는 이 자본주의 사회에 휩쓸려 자신의 주체성을 상실하게 될 위협을 느껴 고통스러웠다. 그리고 스스로를 지키기 위해 '문학이라는 자기 성벽'을 쌓아보았지만 결국 미쳐버릴 수밖에 없었던 것이다. 자본주의 사회에서 자본주의적 속성을 거부하고 그것으로부터 완전히 자유로운 개인은 드물다. 그 자유는 예술가만이(그것도 일부만) 누릴 수 있는 것인지도 모른다. 신병구가 자본주의적 속물성을 나타내는 강여사를 완강하게 거부하고 "현실에 적응하기 어려"웠던 까닭은 그가 진정한 예술가이기 때문이다.

> 「신 교수의 부인」에 있어서 그 부인은 현실에 적응하기 어려운 다분히 천재적인 기질과 나르시시즘에 빠진 신교수에게 인간의 벽일 수도 있고, 사회의 벽일 수도 있을 것이다. 영웅의 시대도, 천재의 시대도 가버린 오늘날, 신교수의 개성이 마지막 저항으로 보이는 것은 이 순간에도 공리(功利)의 물결 속을 떠내려가면서 느끼는 우리들의 저항의식 때문일까.
> ─「작가의 말」, 〈조선일보〉, 1965. 10. 24.

『신 교수의 부인』은 연재가 시작되기 전부터 "여류문학상 수상작가가 보내는 회심의 역작"[112]이라며 홍보의 글이 실리기도 했는데, 그 중에는 위에 인용한 「작가의 말」도 실려 있어 작품에 대한 창작 의도를 엿볼 수 있다. 여기에서 박경리는 신병구를 "천재적인 기질과 나르시시즘에 빠진" 인물, 다시 말하자면 "현실에 적응하기 어려운" 예술가로 보았다. "신 교수의 개성"이란 "예술가의 개성"에 다름 아니며, 그것은 오로지 공명과 이익에만 가치를 두고 있는 이 사회에 대한 저항의식을 대변한다.

이동하에 의하면 서양 지역이나 비서양 지역이나 근대의 문학 예술인들은 끊임없이 자본주의 체제에 대한 비판을 시도하는데 그 이유는 자본주의 체제가 "인간해방의 드라마가 전개될 수 있도록 만드는 공적을 이룩하기는 했지만" 여러 문제점도 드러내기 때문이다. 특히 "자본주의 체제가 경쟁과 대립과 적대를 그 본질적인 요소"로 삼고 있다는 점, "개인주의와 물질주의의 문제", "인간의 궁극적인 자유에 대한 이념을 충족시켜주지 못한다"는 점 등이 예술가들이 주목하는 문제들이라고 하였다. 때문에 일군의 예술가소설에서는 공통적으로 '자본주의 체제 속에서 승리를 거두고 있는 속인들에 대한 비판'이 나타나는데, 앞의 이유와 더불어 (A. 하우저의 말을 빌려) '진리를 소유하고 있다고 믿는 계급'이 '경제적 정치적 모든 실권을 소유한 계급'에 대해서 느끼지 않을 수 없는 '질투와 선망과 증오'를 또다른 이유로 들었다.[113] 예술가의 개성은 근본적으로 자본주의 사회에 적응하기 힘들며 더 나아가 자본주의적 가치에서 승리한 자들에 대한 반감을 가질 수밖에 없다는 것이다.

예술가에게 이 자본주의적 속물성이 지배하는 사회는 타락한 현실이며 이러한 현실에서 자존을 지키기 위해서는 이 현실을 거부할 수밖에 없다. 그러나 이 사회에는 진정한 예술가만이 존재하는 것이 아니다. 사회적 지위와 경제적 권력으로 예술가라는 허울을 쓴 예술가들이 허다하다. 박경리는 그의 작품 곳곳에서 이러한 인물을 형상화하면서 잘못된 문단 풍토를 성토하는 데에 주저하지 않는다.

박경리는 작품 활동 초기에 여성 문인들을 보면 '연애하는가'하고 농담을 건네는 남성 작가들이 많았다며 당시 문단의 풍토에 대해 언짢은 마음을 표현하기도 했다.

박경리: 이것은 여류작가에 공통된 것은 아니고 개인적으로 느낀 일인데 여자가 남자작가들이나 남성 속에 끼우면 즐거운 모양이에요. (하략)

한무숙: 그런데 나는 참 둔한가 봐요. 농담이 [유−모아]로 들려요.

박경리: 제가 성질이 못되어서 그렇게 감수하는지 몰라도 아무튼 농담은 좋지 않아요. 길에서 만나면 [요새 연애하는가?]라고 꼭 남녀

관계를 결부시켜서 말하는 것은 참 좋지 않습니다.

―「두 여류수상작가의 대담」, 『여원』, 1958년 4월호.

사실, 1950년대 당시 상당히 많은 여성작가가 활동했고 문단은 이들에 대해 많은 관심을 가졌지만 남성작가와 대등한 관심이 아니라 '여류문사'로 지칭하며 별도로 취급하였다. 이러한 문단풍토에 대한 비판은 '문인행세'를 하는 허영을 지닌 인물들의 등장에 잘 나타나 있다. 『내 마음은 호수』에서 시인 김서보와 박현주는 진정한 문인이라기보다 문인행세를 하며 남녀의 연애 감정을 유희로 여기는 인물이다.[114] 자유로운 열정의 분출을 때로는 긍정적으로 그리고 있음에도 불구하고[115] 이 인물들은 부정적으로만 묘사되고 있다. 또한 『영원한 반려』에서 김영미는 "활자화될 이름 석자가 풍기는 지성이나 미장원에서 열심히 닦는 용모나, 화려하고 값진 의상과 장신구를 전시할 장소를 얻"고자 소설가가 되려는 야심을 지닌 인물이며, 그의 남편 윤필구는 "자신의 값어치를 올리기 위한 겉치레와 곰팡 냄새나는 족보에의 동경과 학벌에 대한 열등감" 때문에 "대학 중퇴라는 간판"에 미모인 김영미를 후처로 맞이하여 "소설가로 등장시키려는 노력"을 아끼지 않는다는 점에서 "신흥 귀족병"을 앓는 인물이다. 신병구는 도의적 판단 없이 "이득을 줄 것이냐 손해를 끼칠 것이냐"를 기준으로 인간관계를 맺는 영미를 창부 같다 생각하기도 한다. 『겨울비』에서 "문학소녀 행세를 하는 순자" 역시 소설가 최한섭에게는 "창부가 될 수 있는 그런 유의 여자"로 여겨진다.

『영원한 반려』의 주인공인 소설가에 의하면 예술가에게 이 사회는 자본주의적 속물성으로 가득찬 타락한 현실이며, 이 사회 조직은 그를 얽매어 창작을 불가능하게 하는 족쇄이다. 따라서 예술가는 이 사회에 적응할 수 없으며 현실로부터 벗어날 수 있기를 갈망할 수밖에 없다. 『내 마음은 호수』·『영원한 반려』·『겨울비』 등 박경리의 작품에서 쉽게 찾아볼 수 있는, 돈을 벌기 위해 글을 쓰는 작가들이나 명성을 위해 혹은 유희로써 문인행세를 하는 사람들에 대한 반감은, 장사치와 같은 문인과 허영에 불과한 글쓰기를 용납할 수 없는 예술가로서의 강한 자의식을 보여주는 것이다.

4. 고독, 예술가로서의 선택적 고립

『영원한 반려』에는 소설가 신병구가 읽는 책의 내용 중에 "새로운 작품을 마음에 그리기에는 첫째 고통을 견디지 않으면 안 된다는 생각에서 우리들은 언제나 작품에 착수하는 것을 겁낸다"고 한 프루스트의 말이 담겨 있다. 신병구는 제자인 혜화에게 사람은 누구나 "착하고 순결하고 용기" 있는 것을 추구하지만 그것이 밖에서 좌절되었을 때에 자기의 내부에서 찾아보려는 노력을 하게 되는데, 그것의 한 표현이 예술일 것이라고 말한다. 그러면서 결국 내부에서 그것을 찾을 수 없을 것이라는 비관적 전망 속에서도 자신은 계속된 싸움을 할 것이라고, 다시 말하자면 자기 내부에서 "추악하고 이기적이고 가엾은 것"들이 "승화될 때"까지 싸움을 계속할 것이라고 의지를 밝힌다. 바라는 이상을 자기 밖에서 찾지 못하고, 자기 외부의 대상과는 늘 마찰을 일으키는 이 소설가는 외부에 두었던 시선이나 갈등을 자기 내부로 돌린다. 그리고 창작은 자기 내부에서 일어나는 지속적인 싸움, 끝을 알 수도 없고 승리를 예견할 수도 없는 지난한 싸움의 결과물이다. 그러므로 창작은 고통스럽고 때로는 착수에 앞서 두려움을 느끼기도 하는 것이다.

『겨울비』의 최한섭 역시 신병구와 다르지 않다. 그는 아내를 대상으로

했던 갈등을 접고 문학에 몰두한 것은 그 갈등의 대상을 자신으로 옮긴 것과 마찬가지라고 생각한다. 그러면서 스스로 자신을 "내면으로만 눈길이 돌려지는 작가"라고 말한다. 최한섭의 작품은 앞서 살펴보았던 혜련이나 신병구의 작품과 마찬가지로 "선을 무방비 상태로 방치해두는" 읽고 나면 "기분이 나빠지는" 작품이다. 이런 점에서『내 마음은 호수』의 혜련과『영원한 반려』의 신병구와『겨울비』의 최한섭, 이 세 작가의 작품 성향은 비슷하다. 그의 작품에는 "모두가 잿빛 옷을 입은 듯 음산하고 교활하며 폐쇄적인 인물들, 광물질적인 미소가 번득이는" 인간들이 등장하는데 최한섭은 "그것들에 생명을 넣으려고 발버둥"치며 고통스러워한다. 때문에 최한섭은 극한의 고독을 느낀다.

> 최한섭씨는 자신이 폐허에 서 있다는 느낌이 들었다. 물결치듯 인간들이 흘러가는데, 어깨가 닿고 옆구리가 닿고 서로 인간의 냄새를 맡으며 가는데 소통되지 않는 마음을 호주머니 속에 담뱃갑 집어넣듯 집어넣고, 기름을 짜듯이 글을 쓰는 자기 자신을 폐허에 서 있는 해골바가지같이 문뜩문뜩 생각하는 일이 더러 있었다.
> ─『겨울비/환상의 시기』, 지식산업사, 1980, p. 74.

사람들 사이에서 서로 부대끼며 어우러져 살아지지 않는, 그렇게 살아가는 평범한 사람들과 "소통이 되지 않는 마음"을 감추고 창작을 하는 소설가의 삶은 생동감 있고 생명력이 충만한 인간의 삶과는 거리가 먼 것처럼 여겨지는 것이다. 『겨울비』는 사십 칠세의 전업작가 최한섭이 주인공으로 등장하며, 사건의 대부분은 이 인물의 행동과 의식에 따라 진행되는 서사의 구성을 취하고 있다. 박경리 소설에서는 보기 드물게 '소설 속 소설'이 일부 나오는데, 그 소설의 제목이 바로 이 작품의 제목과 동일한

『겨울비』이다. 그 '소설 속 소설' 『겨울비』의 내용은 최한섭 자신이 처한 상황을 상당부분 그대로 반영하고 있다. '소설 속 소설'의 '나' 역시 소설가이며, 아내와의 사이에서 일어난 문제에 대한 '나'의 입장은 책을 읽지 않는 아내라도 다른 사람을 통해 이 소설에 관해 이야기를 듣게 된다면 최한섭 자신의 생각임을 뻔히 알게 될 내용이다. 최한섭은 스스로 작성한 원고를 읽어보고는 "졸렬한 짓"이라며 둘둘 말아버린다. 또 '소설 속 소설'의 내용이 구체적으로 나타나 있지는 않지만, 등장인물 중 하나인 '산장의 미소년'은 지금 최한섭이 관심을 가지고 있는 청년이다. 최한섭이 딸처럼 생각하는 처조카 영난은 소설 속에 등장하는 '바이롱'을 만났다며 호들갑을 떠는데, 그렇게 독자가 쉽게 알 수 있을 정도로 작가의 주변 인물이 작품에 유사한 캐릭터로 등장하고 있는 것이다. 이처럼 최한섭의 일상생활이며 사소한 경험은 그의 창작활동과 상당부분 겹쳐져 나타나며 그 때문에 『내 마음은 호수』나 『영원한 반려』보다 소설가의 예술가적 면모를 많이 보여주는 작품이 『겨울비』이다.

최한섭은 글을 쓰기 위해 외딴 산장을 찾아가는 등 스스로를 외부 세계와 격리시킨다. 자신이 추천한 젊은 작가와도 관계를 맺으려 하지 않는, "글쓰고 내 혼자 놀기도 하고 생각하는 시간조차 모자라서 신경질이" 나는, 대인관계 따윈 전혀 마음에 두지 않는 에고이스트이다. 페리 앤더슨은 예술가란 "자신의 순수한 내면의 삶을 찾아 세상에 등을 돌리는 운명을 서원한 은둔자"라고[116] 하였다. 현실에서 환멸을 느끼고 현실을 부정하면서 그 세계로부터 벗어나고자 하는 초월에의 욕망이 예술을 낳는다고 할 수 있다. 비어슬린에 의하면, 예술가의 사회와의 불화와 소외는 낭만적 예술가의 특성이기도 하다. 이들은 예술의 삶과 일상의 삶이 서로 결합되거나 화합될 수 없다고 느낀다.[117] 사회에 잘 적응하지 못하는 고독한 천재 예술가는 서구 낭만주의 문학에서 쉽게 찾아볼 수 있다.

한국문학의 경우 1920년대부터 "춘원류의 대승적 작가의식(예: 조선민족에 대한 봉사, 조선과 조선민족 지위의 향상에 기여)"은 거의 나타나고 있지 않다. 1920년 대의 예술가소설을 살펴보면 작가들은 대부분 예술가의 "보다 가치 있는 자아를 추구하려 하는 구도자적 자세"를 강조한다.[118] 박경리의 문학관도 이와 크게 다르지 않다. 박경리는 정치적인 혹은 그 외의 현실 문제에 참여하여 직접 행동으로 옮기는 경우는 있어도 현실 참여문학에 대해서는 완강히 부정적인 입장을 나타내고 있다. 앞서 잠시 언급했듯이 박경리는 4·19가 일어나자 그와 관련된 호소문을 신문에 기고하기도 하였고, 『신교수의 부인』을 연재하고 있는 중에 월남 전쟁에 국군을 증파하기로 한 정부의 결정에 논란이 일자 '월남 증파 동의안'을 심의하는 국회본회의를 방청하면서 「나의 방청기」를 작성하여 조선일보 1966. 3. 20. 1면에 싣기도 하였다. 이 외에도 훗날 박경리는 환경보존문제와 관련한 행동을 보여주었다.

그러나 그는 문학을 목적의 도구로 쓰는 것에 반발하며 "작가는 영웅이 될 수도 없고, 지도자가 될 수도 없"다고 단호히 말한다. "능력적으로도 그렇거니와 그런 의식에 만일 사로잡힌다면 그것은 작품 행위에 있어서의 신앙적인 마음가짐을 버릴 수밖에" 더 있겠느냐고 반문한다.[119] 이 말 속에는 창작 행위에 신앙적인 마음을 가지고 있었다는 뜻이 담겨 있다. 『겨울비』의 최한섭도 "문학을 신앙처럼 생각할려고" 한다. 그러나 마음처럼 그것이 쉬운 일이 아니며 자신의 "문학의 자세가 마치 반석 위에나" 놓여 있는 것처럼 확고한 듯이 말한 것에 회의를 품기도 한다. 하지만 결국 그가 추구하는 작가로서의 삶은 문학을 신앙처럼 생각하는 구도자의 삶이다.

『겨울비』는 최한섭이 호기심을 가졌던, 더 나아가 "냉소"가 빠지지 않았던 그에게 "인간의 신비스러움을 애정 비슷한 것을 느끼기 시작"하게 해준 산장의 청년 실이가 사실은 최한섭의 아들이었다는 결말을 맺고 있다. 최한섭은 학병으로 떠나기 전날 밤 욕망을 충족하기 위해 하숙집의 여자 순임과 잠자리를 했고 "책임감도 회한도 없이 허무를 씹으며 죽음의 길"로 떠났다. 그는 그 이후 순임을 잊었고 자신의 아들이 있으리라고는 생각하지도 못했다. 그런데 실이가 최한섭의 아들이라는 결말은, 작품 속에서 최한섭 스스로도 생각하고 있듯이 "소설치고도 이처럼 교묘한 통속소설은 없"는 결말이다. 이 통속으로부터 조금이나마 벗어나기 위해 해피엔딩을 피한 듯 산장의 여주인인 순임은 아들에게 이 비밀을 말하기에 앞서 자살을 선택한다. 그리고 이 결말은 박경리 작품 성향으로 언급되기도 하였던 '비극적인 인간의 운명'을 드러내게 된다.

『영원한 반려』에서 소설가 신병구는 현실 부적응자였으며 결국 정신을 놓고 말았다. 아내와 가족 혹은 지인들과 얽힌 일상으로 고통스러워하고 이해관계가 족쇄처럼 얽혀 있는 사회를 혐오하면서, 외부 세계로부터 벗어나 자기 내부로 침잠하여 자기의 세계를 창작할 수 있기를 바랐으나 뜻을 이루지 못하고 미치고 말았다. 하지만 『겨울비』에서 소설가 최한섭은 부정한 아내에게 분노하지도 않고, 타인의 삶을 가십거리로 여기는 인간 군상들로부터 그저 도피한다. 그의 관심은 오로지 자기 내부에 있으며, 어떤 이유에서든 문학을 향한 확고한 의지를 가지고 있다. 그는 전업작가로서 창작을 위해 일상으로부터 고립되기를 자처한다. 그는 주변 사람들에게도 "오직 글을 쓸 수 있는 것만이 그분을 위한 구원의 길"처럼 여겨질 정도로 문학에만 매달려 있다. 문학을 신앙처럼 여기는 삶, 『겨울비』의 최한섭이 바라는 삶이자 박경리가 추구한 삶이었을 것이다.

5. 왜 쓰는가?

무엇을 써야 할 것인가? 누구를 위해 써야 할 것인가? 이 질문은 '왜 쓰는가?'라는 질문과는 차이가 있다. 전자의 두 물음은 작가의 사회적 사명과 책무가 전제되며, 후자의 물음은 그것으로부터 조금은 자유롭기 때문이다. 지금까지 살펴본 박경리의 소설가 주인공 소설 『내 마음은 호수』, 『영원한 반려』, 『겨울비』에서 소설가들은 자신에게 전자의 질문을 하지 않는다. 주위의 인물들 또한 그 질문을 하지 않는다. 질문은 '왜 쓰는가?', '왜 문학을 하는가?'에 집중되어 있다. 박경리는 이 질문에 사회적 요구, 혹은 독자의 요구에 부응하는 대답을 하는 것이 힘들었다고 했다. 그래서 인터뷰나 문학 강연 등 현장에서 이 질문을 받을 때에는 지극히 상식적인 수준에서 대답할 수밖에 없었다고 했다. 왜냐하면 이 질문에 대한 대답은 언어로는 표현할 수 없는 것이었으며, "너무 많이 생각했으면서도, 부스러기 같은 대답을 많이 가지고 있으면서도 그것을 반죽할 수 없었고 그 부스러기만 가지고는 무슨 쓸모가" 있을까 생각했기 때문이라고 했다.[120]

많은 작가들이 소설가를 주인공으로 한 작품을 창작할 때 고백체 양식을 선택했던 것과는 달리, 앞서 살펴본 것과 같이 박경리는 작가와 작품 내 소설가의 거리를 의도적으로 벌려놓고 3인칭 서술 양식을 선택한다. 그리고 작가의 자기반성적 사고를 드러내지도 않고 작가의 사명에 대해 말하지도 않으며 독자를 의식하거나 가르치려 하지도 않는다. 유인순에 의하면 80년대의 예술가소설에서 작가는 예언가로 혹은 지도자나 심판자로서의 역할을 하기도 했다. 그리고 독자들의 반응에 민감하게 반응하거나 독자들의 능동적인 역할을 기대하기도 했다.[121] 박경리의 소설가 주인공 소설은 이러한 예술가소설과는 다른 특성을 보인다. 문학은 불안한 정치적 상황 속에서는 무용한 것이며, 작가는 이 사회를 위해 혹은 독자를 위해 창작하지 않는다. 오히려 작가는 자본주의적 속물성으로 가득찬 이 사회를 벗어나고 싶어 한다. 예술가로서의 자의식은 허영과 타협하거나 현실적인 생활에 적응하는 것을 용납하지 않는다. 작가는 타락한 외부 세계로부터 스스로를 고립시키고 숭고한 예술가로서 자기 내면세계에 몰두하여 치열한 자기와의 싸움을 벌이고자 한다.

박경리의 작품 연구에서 인간의 소외와 자존에 대한 문제는 자주 거론되는 주제이며 많은 연구가 있었다. 박경리 스스로가 소외와 자존을 언급하고 있을 뿐만 아니라, 그의 작중인물들이 자주 보여주는 특징이기도 하기 때문이다. 이덕화는 박경리의 초기 작품에 등장하는 인물들이 대개 전쟁 중에 가장을 잃음으로써 가족 상실을 경험하고 그로 인한 소외감과 가난으로 인한 불안감, 공포감을 느꼈으며 그런 가운데 인간으로서의 자존을 지켜야 한다는 문제가 복합적으로 결합되어, "타락한 현실을 거부하는 것만이 자신의 자존을 지키는 유일한 길"로 생각하여 "현실과 담을 쌓고 고독을 추구"하고 있다고 하였다.[122] 그가 지적한 박경리 초기 작품에 등장하는 전쟁미망인의 선택, 즉 "타락한 현실을 거부"하고 "고독을 추구"하는 것은 『영원한 반려』와 『겨울비』에서 소설가 신병구와 최한섭이 추구한 삶과 일부 상통하는 부분이 있다. 물론 그 이전 과정은 동일하지 않다. 사회로부터의 소외를 경험하고 인간으로서의 자존을 지키기 위해서가 아니라, 사회의 속물성을 혐오하고 예술가로서의 자의식 때문에 스스로를 고립시고 창작에 몰두하고자 하였다.

사회로부터의 소외감, 사회에 대한 혐오, 타락한 현실에 대한 거부, 자존을 위해 선택한 고독, 작가로서 선택한 고립. 박경리의 작품 속에 등장하는 전쟁미망인의 삶과 소설가의 삶은 연결되고 겹쳐지면서 전쟁미망인으로서, 작가로서 박경리가 걸어간 오랜 시간 동안에 겪었을 삶의 변화와 작가의식을 변모를 드러내고 있다.

제3장

박경리의 글쓰기에 나타난
정치적 감각과 역사의식
-『내 마음은 호수』, 『노을 진 들녘』을 중심으로

1. 작가의 독서체험과 역사의식

박경리는 자신의 독서체험과 관련한 인터뷰에서 정치사상 서적을 탐독하였던 경험을 이야기한 일이 있다. 여고시절에는 주로 문학작품을 읽었으나 결혼 후 남편이 소장하고 있는 서적이 주로 사상 관련 서적이어서 그 당시 독서를 통해 "역사의식을 깨치게 되었"고, 마르크스와 바쿠닌 등의 사상을 두루 접하였다고 하였다.

> "영주 아버지는 사상 관련 서적을 주로 갖고 있었지요. …… 인천으로 이사한 뒤 조그마한 책방을 냈어요. …… 나는 여고시절 공부도 신통치 않았던 터라 눈에 뜨이지 않는 평범한 학생이었지만, 史學만큼은 잘했어요. 인천시절의 책읽기에서 차츰 역사의식을 깨치게 되

었지요. 일본판 『세계사대계』를 읽으면서 제국주의의 뜻을 알게 되었고, 마르크스와 바쿠닌 등의 사회주의 사상을 두루 접하게 되었지요. 결코 체계적인 것은 아니었다고 생각해요. 영주 아버지는 인천 전매국에 다녔어요. 당시 친구들 중에는 사회주의 사상에 친근감을 느낀 사람들이 많았지요. 사상에 대한 관심은 자연스럽게 마련되어 있었다고 봐야지요."

—『작가세계』, 1994년 가을호, p. 56.

하지만 그의 문단 데뷔작이나 초기 몇 년 동안의 작품은 대부분 "개인적 비극의 체험에 바탕을 둔 사소설(私小說)"로[123] 규정될 정도로 역사의식 혹은 정치사상과는 거리가 먼 작품들로 평가되고 있다. 김우종은 1966년 당시의 글에서 그때까지 발표된 박경리의 작품 대부분이 사소설이며 "대외적인 관심보다는 대내적인 관심이 언제나 앞설 만큼 자신의 문제가 긴급"한 작가라고 하였다. 또 김치수는 박경리의 초기 단편들이 불행한 여성들의 삶을 "주로 개인적인 차원"에서 다루고 있으며, 『김약국의 딸들』(1962)에 와서 그것이 가족과 사회의 차원에서 다루어지게 된다고 하였다.[124]

처음으로 정치적 성격을 띤 코뮤니스트 '기훈'을 주인공으로 등장시킨 장편소설 『시장과 전장』(1964)은 출간되자마자 백낙청으로부터 쓴소리를 들어야 했다. 그는 "작중인물로서 지영이 살지 못하는 것은 작가와의 거리가 너무 가까운" 때문일 것이라고 지적하였다. 반공법이 존재함에도 불구하고 공산당 간부이자 빨치산을 주인공으로 내세운 용기는 가상하나 기훈이라는 인물은 "모순된 여러 요소의 복합으로 인하여 독자가 알아보기조차" 어려우며 이 "혼란의 실마리는 작가 자신의 일관된 구상과 지적 파악이 모자라는 데 있지 않은가 싶다"고 신랄하게 비판하였다.[125] 이에 대해 박경리는 이례적으로 조목조목 반박하는 글을 곧바로 기고하여 정

치적 사상과 관련한 문제에 예민하게 반응하는 모습을 보이기도 했다. [126)

흔히 대하역사소설로 소개되는 박경리의 대표작 『토지』 역시 연재 당시부터 역사의식과 관련하여 많은 논의가 있었다. 송재영은 『토지』 1부에 대하여 작가의 역사의식이 너무 상식적인 테두리에 머물고 있어 역사소설로서 문제가 있음을 지적하였다. [127) 또한 김철은 『토지』에서 역사는 배경으로서만 존재할 뿐이며 그의 역사의식은 운명과 동의어라고 비판하였다. [128) 하지만 임헌영은 "풍속사적 관심과 역사적 변혁주체 세력의 형성과정, 그리고 등장인물 개개인에 대한 전형성 부여"라는 세 가지 요소를 비교적 균형 있게 다루고 있는 역사소설로 평가하였다. [129) 임헌영보다도 더욱 긍정적으로 『토지』를 역사소설로 평가한 이는 이태동이다. 이태동은 3부까지 발표된 『토지』에 대하여 논의하면서 박경리의 투철한 역사의식으로 『토지』에는 "역사적 힘의 창조자로서 혹은 역사적 힘의 산물로서의 인간은 물론 진보하는 사회의 일부분으로서의 인간"이 뚜렷하게 묘사되어 있다고 하였다. [130)

박경리는 수많은 작품을 남겼으나 앞서 살펴본 『토지』와 『시장과 전장』 이외의 작품들은 역사의식과 관련하여 아예 언급조차 되지 않았다. 그동안 『토지』와 초기 단편들, 그리고 몇 편의 장편소설에 연구가 집중되어 있었기 때문이기도 하며, 그 연구들조차 여성주의적 관점이나 가족 혹은 사랑이라는 테마로 분석하는 데에 관심이 기울어져 있었기 때문이기도 하다. 모든 작가에게 역사의식이 논점으로 부각되는 것은 아니다. 하지만 박경리의 경우 한국 역사의 반세기를 다룬 『토지』라는 걸작을 남기면서 그의 정치성이나 역사의식에 대한 분석이 작품세계를 규명하는 데에 중요한 과제가 되고 있다.

조남현이 말한 바와 같이 역사의식이란 사회의식 혹은 시대의식이라고 할 수도 있으며 그럼에도 불구하고 간단하게 정의내리기 힘든 용어이다.

"역사의 진행에 대한 적극적 관심 정도로" 말할 수 있는가 하면, 그보다 더 무게가 실린 "역사를 움직이는 힘에 대한 파악이나 미래에 대한 통찰력"으로 볼 수도 있다.[131] 천이두는 특히 작가의 역사의식이란 "작가가 자기의 시대현실에 대하여 간직하는 일정한 관점"이라고 하면서 "작가의 시대의식 내지 역사의식은 작가의 개성이나 취향에 따라서 강약의 차이가 있을 수 있고 또 적극성이나 소극성의 차이는 있을 수 있으나, 결국 필연적인 것"으로 보았다.[132] 그렇다면 역사의식이란 한 개인이 자신이 살고 있는 동시대의 정치·경제·문화 등 사회 전반에 대한 의식이거나, 혹은 역사의 변혁 주체에 대한 통찰력일 수 있다. 여기에 구중서가 말한 역사의식, 즉 "과거 역사 내용에 결부하여 앞으로의 역사적 사명"을[133] 더하여 생각해 볼 수 있을 것이다. 이러한 역사의식은 어떤 작가이든 한두 작품을 통해 쉽게 파악될 수는 없는 것이다.

따라서 이 글은 동시대 정치적 현실에 대한 즉각적인 행동과 의식, 다시 말해 정치적 감각을[134] 분석하면서 박경리의 역사의식을 살펴보고자 한다. 특히 한국의 역사에서 그 이전에는 경험해 보지 못하였던 '아래로부터의 혁명' 4·19가 일어난, 그리고 박경리가 문단활동을 왕성하게 펼쳤던 1960년을 전후로 하여 그의 글쓰기 행적을 추적해 나가면서 정치적 감각과 역사의식을 파악해 보고자 한다.

2. 세 가지 색깔의 글

박경리가 문단에 데뷔할 당시에는 두 번의 추천작을 발표해야 소설가로 인정하는 관례가 있었는데, 그의 두 번의 추천인은 모두 김동리였고 발표지는 월간 『현대문학』이었다. 당시 문단에 상당한 영향력을 지니고 있었던 김동리는 이른바 '순수문학'을 주장하였고, 『현대문학』지는 조연현이 주간으로 있으면서 '순수 문예지'를 고수하였다. 1960년 4·19 혁명이 일어나자 신문이나 잡지 등 각종 언론 지면에서 그와 관련한 글을 쏟아내었으나, 당시 『현대문학』에서는 그런 글을 찾아보기 힘들 정도다. 1960년 6월호에는 사장이었던 이구종의 「학생의거와 문학인의 새로운 각오」라는 아주 짧은 글이 권두언 격으로 실려 있을 뿐이다. 『현대문학』은 7월호에 와서야 김양수가 쓴 「격동기의 문학행동─비평적 단상 이편」에 젊은 세대의 문학자들이 자유정신의 기수가 되어 줄 것을 당부하는 내용을 완곡하게 싣고 있다. 또한 당시 일간지나 여타 잡지에서 대부분 '사월혁명'으로 언급하였던 것을 '학생의거'로[135] 표현한 것도 이 문학지의 성격을 짐작하게 한다. 당시 재야의 장준하가 정치적인 글뿐만 아니라 시와 소설, 에세이 등을 실으면서 종합교양지를 표방하며 발행한 월간지 『사상계』 1960년 6월호는 "민중의 승리 기념호"로 발행되어 거의 4·19 혁명 관련 특집으로 내용을 다 채웠다. 이것과 비교하면 그 상반된 잡지의 성격이 극명하게 드러난다.[136]

박경리는 1955년에서 1959년까지 총 14편의 단편소설을 발표하였는데, 『현대문학』에 8편, 『사상계』에 1편, 그리고 『신태양』, 『자유공론』, 『한국평론』, 『여원』 등에도 단편소설을 발표한다. 1960년에는 장편소설만 발표하였으며 이후 몇 년 동안 거의 장편소설 연재에 힘을 쏟았다. 그런데 단편소설의 경우 발표한 지면의 성격과는 상관없이 개인적인 불행한 사건으로 인해 "증오와 환멸"을[137] 품는 여성이 주인공이거나[138] 가난과 소외로 인해 피폐해진 남성이 주인공이거나[139] 인간의 존엄성이 훼손당하는 현실사회에 대한 문제의식을 드러내는 소설을 쓰고 있다. 그렇다고 하더라도 이 단편들에서 당시 정치적인 구체적 상황에 대한 징후를 읽어 내기는 어려우며 역사적인 견해를 발견하기도 쉽지 않다. 1960년에서 1963년까지

4년 동안 단편소설은 두 편만 발표하였는데, 이 중 「귀족」(『현대문학』 1961. 2)의 중심인물 민여사에 대한 진술이 약간의 정치적인 성격을 띠고 있는 점을 예외적으로 볼 수도 있을 것이다. 일제시대부터 4·19 혁명이 일어난 시기까지 항상 '대세'의 편에 서서 귀족으로 살다 간 개인의 허위의식에 대한 비판이 담겨 있는데, 그렇다면 인간의 존엄성에 대한 고민을 담았던 단편소설들의 특징에서 크게 벗어나 있는 것은 아니다.

한편, 이 시기 중·장편 소설들은 얼핏 보면 통속적인 대중소설·연애소설의 특징을 보이기까지 한다. 첫 번째 장편소설인 『애가』(1958)는 전쟁으로 갑자기 입대한 애인을 두고 아버지의 친구와 결혼한 여성, 전쟁 중 소위 '양공주'였던 애인의 과거 때문에 괴로워하다가 항구 소도시의 순진한 여성과 결혼한 남성을 둘러싼 애정의 갈등을 다룬다. 또한 첫 번째 중편소설인 『재귀열』(1959)은 폭력으로 사랑을 강요하는 남성과 의협심이 강한 지적인 남성, 그리고 어머니의 일을 물려받아 산파 일을 하는 여성 사이의 삼각관계가 주된 이야기이다. 대중적으로 박경리의 이름이 알려진 것은 1959년 『현대문학』지에 두 번째 장편소설 『표류도』를 연재하면서부터이다. 『표류도』는 전쟁미망인인 현회가 유부남과 사랑하게 되면서 겪는 갈등을 다루었는데 연재하면서 독자의 격려가 쇄도하였고 매스컴을 타기도 하였다고 한다. 이 작품으로 1959년 내성문학상을 수상하게 되었으며, 이후 신문사와 잡지사에서 소설 연재 요청이 쏟아졌다.

1960년에는 4월 『은하』(〈대구일보〉 1960. 4. 1-1960. 8. 10),[140] 『내 마음은 호수』(〈조선일보〉 1960. 4. 6-1960. 12. 31), 『성녀와 마녀』(『여원』 1960. 4-1961. 3) 등 동시에 3편의 연재를 시작하여 『푸른 운하』(〈국제신보〉 1960. 9. 6- 1961. 4. 9)까지 중·장편소설 총4편을 발표하였고, 1961년에는 연재 중인 소설에다가 『암흑의 사자』, 『노을 진 들녘』을 추가 연재하여 역시 4편을, 1962년에도 연재 중인 소설에 추가로 『가을에 온 여인』, 『그 형제의 연인들』, 『재혼의 조건』

을 연재하여 5편을 창작하였다. 이후 1967년까지 1년에 두세 편의 중·장편과 서너 편의 단편을 발표하면서 두 편의 전작 장편소설 『김약국의 딸들』(1962)·『시장과 전장』(1964)을 출간하는 그야말로 왕성한 창작활동을 하였다. 비록 자조적으로 말하기는 하였으나 박경리 스스로도 많은 연재소설을 쓰면서 경제적인 어려움을 벗어나게 되고 "세속적인 성공"을 이루기도 하였다고 말할 만큼 짧은 기간 동안 적잖은 분량의 소설을 발표하면서 사회적 지위를 얻게 된다.

박경리의 장편소설은 대부분 남녀의 사랑이 중심 플롯으로 펼쳐지고, 그의 단편소설에서는 찾아보기 힘든 성적인 묘사가 종종 등장하기도 한다. 이러한 특징은 당시 연재소설이 신문이나 잡지의 독자를 확보하는 중요한 상업적 기능을 하였다는 점을 염두에 두고 보아야 할 부분이다. 작가는 연재지면의 특성을 고려하지 않을 수 없고 박경리도 그런 어려움을 토로하기도 하였다. 박경리는 『노을 진 들녘』의 연재를 끝낸 소감을 피력하는 자리에서 "연재의 성격이 가지는 여러 가지 제약과 광범위한 독자층의 상태 등을 염두에서 지워버릴 수 없었던 것도 뒷맛 사나운 일이었다."고 고백하고 있다.[141] 박경리의 장편소설 연구가 주로 여성의 주체성이나 낭만성 등에 대한 분석으로 이루어지고 있는 것은 이러한 연재소설의 특성 때문이라고도 할 수 있다. 하지만 보조 플롯들을 통해 드러나는 작품의 여러 특징을 찾아내어 다양한 관점에서 의미를 살펴볼 필요가 있다.

박경리는 이 당시 소설가로서만 글을 쓴 것이 아니었다. 그는 유명 소설가와 알려지지 않은 신문 기자라는 두 가지 신분으로 활동하였다. 그는 1959년부터 3년여 동안 〈서울신문〉 문화부 기자를 지냈으며 "필명으로 '다치기레'(해설 박스기사)를 혼자 쓰다시피" 하였다고 한다.[142] 이 신문에 쓴 기사는 개인적인 견해가 담긴 글이 아니라 단순히 지식을 전하는 해설의 성격을 띤 글이었던 것으로 보인다. 〈서울신문〉은 여권인 자유당을 지지하는 신문이어서 4·19혁명 당시 사옥이 불태워지고 일시 정간되는 수모를 겪는데, 박경리는 이때 〈서울신문〉 기자 활동을 하면서 한편으로는 〈조선일보〉에 4·19혁명에 희생된 어린 학생들의 죽음을 슬퍼하는 장문의 글을 박경리의 이름으로 기고하고 있다.

> 이 땅에 피를 흘리고 유명을 달리한 어린 영혼들의 명복을 빌며 지금 시내 각 병원에서 생사경을 방황하고 있는 청소년들의 처절한 고통 앞에 이 값싼 어른들의 눈물을 뿌린다. −(중략)− 그들은 적색분자의 앞잡이도 아니요 사리사욕에 눈이 어두워 거리로 뛰어나간 것도 아니다. 그들은 계산이 없는 애국심과 마산에서 비참히 살해된 학우에 대한 우애 그것이 그들을 호소의 길로 달리게 했던 것이다. −(중략)−
> 지금 이 순간에도 살벌한 병실에서 숨을 거두는 학생이 있을 것이다. 그러나 우리는 냉정한 방관자일 수밖에 없단 말인가.
> −〈조선일보〉, 1960. 4. 24.

「어린 비둘기를 더 이상 욕보이지 말라」는 제목의 약 2000자에 달하는 이 장황한 호소문은 〈조선일보〉 1960년 4월 24일자 신문 연재 중인 『내 마음은 호수』와 동일 지면에 실려 있다. 비록 어린 학생들의 죽음을 슬퍼하고 그 죽음의 의미를 퇴색시키지 않으려는 의지와 더 이상의 희생을 막으려는 의지가 담겨 있는 비정치적인 글이지만, 무엇보다 아직 이승만의 하야가 결정되지 않은 시점에 이러한 글을 쓰고 일간지에 실은 행동에 의미를 부여하지 않을 수 없다. 다음 날인 4월 25일 오후에 대학 교수들의 시국 선언이 있었고, 그 다음 날인 26일에 이승만의 하야가 결정되었다. 4월 19일의 시위가 혁명으로 성공한 직후 쏟아져 나온 감격과 흥분에 찬시나 수기와는 달리, 위의 인용문이 날카로운 정치적 행동으로 읽혀질 수 있는 대목이다. 박경리는 여기에서 그치지 않고 〈경향신문〉 1962년 4월 21일자 1면에 다음과 같은 논평을 싣는다.

> 조간신문을 보니 미국대학생들이 김치호군의 기념탑에 붙여달라고 보내온 아름다운 동판의 기사가 실려 있었다. 4·19 당시 슬기로운 그 죽음에 흐느껴 울고 억울해하던 일이 새삼스럽게 생각난다. ―(중략)― 김치호군과 더불어 4·19를 되새겨보면서 한 가지 생각나는 일은 얼마 전에 떠돌던 이박사의 환국설이다. ―(중략)― 이박사의 경우를 생각하더라도 고국에서 묻히고 싶다는 낭만은 이해하나 4·19의 피는 고사하고 이기붕 일가의 참사, 이미 처형된 사람을 생각하면 그의 낭만은 한없이 사치스럽다. ―(중략)― 후배에게 치료를 양보하고 초연히 죽은 김치호군에 비하여 독립지사로서의 면모가 서글프다.
> ―〈경향신문〉, 1962. 4. 21.

4·19 혁명으로 대통령의 권좌에서 내려온 이승만은 미국으로 망명하였는데, 그의 환국설이 돌자 박경리는 「망각」이라는 제목의 짧은 이 글을 기고한다. 이승만에게 일침을 가하면서 기억에서 사라져 가는 혁명의 정신을 일깨우는 이 글은 당시 반이승만의 성격을 분명히 하고 있다.

1960년을 전후로 하여 박경리라는 이름을 내걸고 작성한 글은 인간의 존엄성이 훼손당하는 현실 사회에 대한 문제의식을 드러내는 단편소설, 흥미본위의 연애소설로 읽힐 수 있는 장편소설, 그리고 날카로운 정치적 이슈의 글, 이 세 가지 색깔로 나누어진다.

3. 사상 검증과 정치적 폭력의 고발

『내 마음은 호수』(1960)도 흥미진진한 연애소설이다. 여성 소설가 혜련의 사랑과 이별, 딸 진수의 출생의 비밀, 그리고 우여곡절 끝에 다시 이루어지는 사랑, 그 시점에 불거져 나오는 불치병 진단, 연민을 자아내는 여주인공의 죽음 등은 앞서 연재하였던 『애가』와 『표류도』보다도 더욱 통속적인 연애소설의 성격을 띠게 한다. 게다가 다른 여주인공인 명희의 윤리를 뛰어넘는 정열적인 구애와 자살 소동은 이야기를 극적으로 긴박하게 이끌어가기도 하여 전후 우울한 아우라를 담고 있는 박경리의 여타 소설들과는 차별화된 경쾌한 재미를 준다.

작가의 정치적 감각을 엿볼 수 있는 지점은 소설의 후반부에 집중되어 있는 송병림이라는 인물의 성격과 행적을 통해서다. 송병림은 혜련의 딸 진수와 사랑하게 되는 청년이지만, 그 전에 명희의 끊임없는 구애를 받는 명희 남편의 사촌동생이다. 자유분방한 감성의 명희가 시사촌동생임에도 불구하고 병림에게 적극적으로 구애를 하는 사건이 『내 마음은 호수』에서 중요한 플롯으로 자리잡고 있다. 하지만 송병림은 명희의 유혹에 한 치의 흔들림도 없는, 또한 정치적인 탄압에도 인간의 자존을 지키는 거의 완벽에 가까운 인물로 형상화되어 있다.

S대 수학과 대학생이었던 병림은 일본 유학시절부터 좌익사상을 추종하여 이북으로 간 형의 영향으로 6·25 전쟁 중에 의용군으로 나갔지만, 도중에 낙오된 후 군복을 벗어버리고 미군부대에 뛰어들어 살아난 전력을 가지고 있다. 이 때문에 평소 언행을 조심하지만 애인 진수와 있을 때는 다르다. 병림은 전쟁이 끝나갈 무렵 경제과로 전과하여 대학에 복학을 하고 같은 대학 음악과에 진학한 진수와 가깝게 지낸다.

"쉬! 빨갱이라고 잡아가요."

"날보구 빨갱이라구? 천만에, 나에게는 꿈과 낭만이 있어. 공산주
의 사회에 있어서는 조직이, 자본주의 사회에 있어서는 금력이 인간
을 기계화하구 있지만 인간은 결코 기계가 될 순 없다. 쌍방이 다 나
의 꿈을 비웃을 거야. 그러나 인간은 꿈을 버리구 살 순 없어. 비록
유토피언 소셜리스트[空想的 社會主義]이며 그의 이상을 위한 싸움에
서 패배했을지라두 영국의 로버트 오웬을 나는 존경한다."

─「내 마음은 호수」, 마로니에북스, 2014, p. 345.

『내 마음은 호수』에서 이처럼 정치적인 견해를 드러내면서 정황에 관
심을 기울이는 인물은 송병림이 유일하다. 그의 정치적인 발언에 "빨갱
이" 운운하는 진수의 발언은 정권을 비판하는 이들을 반국가 혹은 친북
성향으로 몰아세워 단죄하려 한 당시의 사회 분위기를 그대로 보여준다.
이승만 정권은 반이승만 세력을 억압하는 데에 반공이데올로기를 활용
하였으며, 좌익이라면 가족·친지까지 무조건 잡아들여 고문하기 일쑤
였다.[143) 따라서 공산주의는 사상이라기보다 공포의 대상이었다. 여기서
병림이 자신은 공산주의자가 아님을 강력하게 주장하면서도 로버트 오웬
을 존경한다고 한 것은 공산주의가 일개의 사상임을 부각시키고, 현정권
에 대해서도 결코 긍정적일 수 없음을 분명히 하는 것이다. 송병림은 자
신의 사상이 "반국가적이라 생각한 일은 없지만" "현정권을 부정하고 있
는 것만은 사실"이라고 하면서 국가와 정권을 분명히 구분하여 당시의 정
권에 대하여 비판적인 입장이 반국가적인 매국의 행위가 아님을 밝힌다.
후반부 「암흑의 저편」 장에서 정치적 감금과 고문을 당하게 되는 송병림
은 계속해서 자신이 공산주의자가 아님을 강력하게 주장하는데, 그러면
서도 정권에 대한 저항의식을 분명히 한다.

송병림은 하숙집에서 잠을 자다가 이른 아침 느닷없이 쳐들어온 '기관원'이라는 사나이들에게 잠옷에 양복을 걸친 채 끌려간다. 그 순간부터 고문을 당하기까지 절망과 공포를 느끼는 심리 상태가 아주 상세하게 묘사되어 있다. 주목을 끄는 것은 그런 상황에서 자신의 신변에 대한 지극히 개인적인 고민을 먼저 하는 것이 아니라, 그 동안 그처럼 끌려와 공포에 떨며 인간의 나약함을 그대로 드러내지 않을 수 없었던 사람들의 편린을 떠올리고 있다는 점이다.

'절망이다.'

마음속에서 저절로 소리가 나왔다.

총탄 자국이 무수히 있는 이 층으로 된 건물 안으로 들어섰다. 경찰서보다 더 무서운 위압이 병림의 가슴 위에 내리눌러졌다. −(중략)−

'살려주세요, 제발! 저는 아무 죄도 없습니다.'

'어딜 가는 거죠? 설마…… 설마…… 아, 아무것도 모릅니다. 아무것도 아닙니다! 하라는 대로 뭐든지 하겠습니다. 제발 한번만 살려주세요!'

어느 계곡에서, 어느 사과나무 밑에서, 흙벽 친 농가의 뒤뜰에서 마지막 지점에 선 인간들의 절규인 것이다.

'눈, 눈, 그 눈동자들!'

병림은 고개를 흔들었다. 그런 절규와 그런 눈, 병림은 한 손을 들어 가슴에 얹고 눈을 감아버렸다. 자기의 입에서도 그런 절규가 터져 나올 것만 같았던 것이다. pp. 501-502.

위의 인용문을 보면 송병림은 끌려가 갇힌 그곳에서 인간의 역사가 시작된 이래 지속적으로 자행되어 왔을 힘 있는 자들의 폭력과 그것에 희생당한 나약한 인간의 자취를 본다. 단절된 개인, 유일한 개인으로서 그 현장에 존재하는 것이 아니라 현재의 나와 다르지 않았을 과거의 그들을 떠올리며 정치적 탄압에 희생된 자들과의 연대의식을 드러낸다. 박경리의 개인사를 들추어낸다면 그의 남편도 사상을 이유로 끌려가 공포에 떨다 죽어간 그들 중 한 사람이다. 그것을 고려하면서 이어지는 취조 장면을 읽으면 송병림의 발언 속에서 작가의 목소리를 듣지 않을 수 없다. 작중 인물과 작가를 동일시하는 것은 우려할 만한 결과를 낳을 수도 있겠지만, 박경리가 「불신시대」와 「흑흑백백」 등에서 아들을 잃은 슬픔과 분노, 절망 등을 그대로 담았던 것을 기억한다면, 『시장과 전장』에서 지영과 그 남편의 일이 자신의 경험과 크게 다르지 않다고 말한 것을 기억한다면, 그가 남편을 잃었을 때의 심정과 생각을 또 다른 작품에서 표현해내고 있을 수도 있다는 가능성을 배제할 필요는 없을 것이다.

"형이 유명한 빨갱이라면?"

"형은 공산주의자였습니다."

—(중략)—

"저는 형의 사상을 무조건 받아들일 수는 없었습니다."

"무조건? 그럼 어느 정도는 받아들일 수 있었단 말이지."

"그런 뜻이 아닙니다."

"좋다. 그러면 또 묻겠는데 빨갱이 형을 받아들일 수 없었다면 어째서 Y씨하고 접촉했나?"

"Y씨는 커뮤니스트가 아닙니다."

사나이는 병림의 눈동자에 이는 그늘을 놓치지 않으려는 듯 눈 한 번 깜박이지 않고 응시한다.

−(중략)−

"찾아간 데는 그만한 이유가 있을 게 아냐?"

"사람이 사는 땅 위에 이러한 일이 없어지기를 바라는 마음에서 찾

아갔다구 할 수 있겠죠."

"이러한 일이라니?"

"무고한 죽음과 무고한 형벌 말입니다." pp. 508-509.

　　송병림은 앞서 자신이 공산주의자가 아님을 분명히 하였고, 여기서도
다시 한 번 그것을 강조한다. 그러나 그의 사상이 자본주의에 완전히 동
조할 수 없음도 은연중에 드러낸다. 박경리의 남편은 공산주의자가 아니
었지만 좌익으로 몰려 서대문형무소에 수감된 후 죽음에 이르고 만다.
때문에 박경리는 자유당 시절 "파출소의 빨간 등만 봐도 겁이" 났다고
했다.[144] "무고한 죽음"으로 남편은 젊은 나이에 세상을 떠나야 했으며 박
경리는 결혼한 지 3년 만에 미망인이 되어 어려운 생활을 떠안아야 했다.
"이러한 일이 없어지기를 바라는 마음"이 간절할 뿐만 아니라, 그런 일
을 자행한 정권에 대한 저항의식을 품고 있었을 것이다. 『내 마음은 호수』
에서 송병림이 "마음대로 하십시오. 저의 내장을 모조리 훑어내어도 붉
은 색채는 없을 것입니다."라고 말하는 것처럼 박경리도 공산주의에 대
한 비판적인 입장을 수시로 말한다. 그렇다고 송병림처럼 사회주의적 사
상을 꿈꾸지도 않는다. 작중인물 송병림과 작가 박경리의 차이점은 이 부
분이라고 할 수 있다. 박경리는 지속적으로 정권에 대한 비판적 입장을
견지하였지만 그렇다고 현실 정치에서 야권을 지지하거나 진보적인 사상
가들의 정치적 행보에 동조하지도 않았다. 그것은 종종 박경리의 말과 글
에서 발견할 수 있듯이 6·25 전쟁 당시 북한군의 체험이 낳은 한계로 볼
수도 있고, 예술가로서 정치적 아웃사이더로 남으려는 작가의식일 수도

있다. 박경리는 '북쪽 사람들'이 올라가면서 사람들을 전부 쏴 죽이는 것을 직접 목격했던 경험담을 이야기하고, 6·25 전쟁을 계기로 공산주의는 달라졌다고 주장한다.[145]

　박경리는 4·19혁명이 일어나기 전까지는 작품 속에 정권에 대한 비판의식을 노골적으로 나타내지 않았다. 『내 마음은 호수』 연재 중에 4·19 혁명이 일어나고 이승만이 하야 하는 일련의 정치적 격변이 있었기 때문인지, 이 작품에서는 무고한 인물이 당하는 정치적 폭력의 배후자로 이승만이 실명으로 거론되고 있다. 송병림은 "이승만과 경쟁자"인 Y교수를 만난다는 이유로 끌려간 것이다. 이 작품과 연재 시기가 겹치는 『푸른 운하』에는 자유당 소속의 국회의원이 한 언론인을 납치·감금하고 폭력을 행사하는 장면이 등장하기도 한다. 등장인물들은 자유당이 곧 무너질 것이라는 발언을 서슴지 않고 한다. 이전 소설들에서는 찾아볼 수 없는 설정이다. 단편소설을 분석하면서 박경리의 변화를 "추동한 것은 4·19 혁명"이라고 파악한 김상욱의 분석은[146] 장편소설에도 그대로 적용될 수 있는 것이다.

　『내 마음은 호수』에서 박경리는 정치적 고문을 당하는 의식 있는 젊은이를 등장시켜 당시 정권에 대한 비판의식과, 정치적 탄압에 희생된 자들의 연대의식을 드러내었다. 국가와 정권을 구분하고 정권의 사상 탄압과 독재적인 성향에 대하여 저항의식을 표출해내고 있는 것은 당시 4·19 혁명의 경험이 크게 영향을 미쳤다고 볼 수 있다. 박경리는 좌익으로 몰려 죽음을 당해야 했던 남편으로 인해 정치적인 표현에 엄격하게 자기검열을 하였으나, 4·19 혁명 기간 동안 호소문을 주요 일간지에 기고하는 한편, 혁명 직후에는 작품에서 송병림과 같은 정치적 성격의 인물을 형상화하는 적극성을 보여주었다.

4. 4·19 혁명의 형상화와 그 의미

4·19 혁명처럼 '아래로부터의 혁명'으로 정권이 교체된 경험을 가진 나라는 많지 않다. 4·19 혁명은 이후 한국의 정치·경제·문화 등 거의 모든 분야에서 그 이전까지와는 다른 새로운 차원이 전개되는 출발점이 되었다.[147] 그럼에도 불구하고 오늘날까지 4·19 혁명의 문학적 수용은 미흡한 상태라는 것이 중론이다. 그날로부터 5년이 지난 1965년 4월 19일자 〈경향신문〉에서 한 기자는 4·19 혁명을 다룬 문학 작품이 손에 꼽힐 정도이며, 몇몇 작품에서 4·19가 언급되고 인물의 성격 변화에 영향을 미치는 계기가 되고는 있으나 "어느 소설의 경우도 4·19의 역사적 정의는 뚜렷이 부각되지 않았다"고[148] 아쉬움과 탄식을 섞어 쓰고 있다. 박경리의 작품에서도 4·19 혁명의 총체적 형상화는 찾아볼 수 없다. 하지만 『노을 진 들녘』(1961-1962)에 생생하게 형상화되어 있는 4월 19일 당일 '경무대 앞 시위 장면'은 주목해볼 만하다.

사월 십구 일, 아침은 밝아왔다.

상오 아홉 시 반부터 서울대학교 학생들은 거리로 터져 나왔다. 그들은 지성을 자랑하는 학도답게 평화적 데모를 선언하고 캠퍼스를 나섰던 것이다. 그러나 동대문 경찰서 근방의 제일방지선에 이르렀을 때 유혈사태는 벌어졌다. 피를 본 학생들은 투석으로 응수하며 방지선을 돌파하고 대오를 재정비하여 다시 전진하였다. 제이경찰대, 제삼경찰대를 뚫었다. 그리고 일로 국회의사당 앞으로 내달아 그곳에 집결하였다. 서울대학을 전후하여 성균관대학, 중앙대학, 고려대학, 국민대학, 연세대학, 건국대학, 한양대학, 경기대학, 동국대학 등 대학생들과 동성, 대광, 양정, 휘문 등 고교생 수만 명이 거리로 거리로, 분수처럼 몰려나왔다. 순한 양떼들은 격노한 사자로 변하여 동서남북으로부터 서울의 중심지에서 합류하였다. 합류한 이들은 피상적으로 국회의사당 앞에서 광화문을 통과하여 경무대로, 법원으로, 내무부로 밀려가고, 밀려왔다.

구호와 애국가, 만세 소리, 교가, 군가, 아우성치고 몸부림치고 울부짖고 눈물을 흘렸다. 연도를 메운 수십만 시민, 빌딩의 창문마다 매달린 수천의 시민, 박수 치고 만세 부르고 목이 터져라 성원한다. 하늘과 땅은 한 마음 한 뜻으로 노호하고 뒤흔들렸다.

이와 같은 장관이 일찍이 어느 역사 속에서 있었던가. 아! 장하고 슬기로운 젊음의 힘, 민중의 힘, 정의를 위하여 자유를 위하여 해일처럼 독재의 아성을 덮으려는 순간, 장엄한 순간, 순간이다.

─『노을 진 들녘』, 마로니에북스, 2013, pp. 377-378.

『노을 진 들녘』은 4월 18일 고려대 학생들의 시위 장면에서부터 4월 19일 경무대 앞 데모 현장까지 상당한 분량을 사실적으로 묘사하는 데에 할애하고 있다. 당시 일간지에 실린 보도기사와 거의 흡사하거나 더욱 자세한 묘사 설명으로 그때의 상황을 생생하게 전달하고자 했다. 이에 앞서 2·28 대구지역 학생들의 시위와 3·15 부정선거도 언급하면서 독재정권에 대한 비판을 가하고 있다. "대구에서 일어난 학생 데모는 잠자는 듯한 국민들의 가슴에 가벼운 동요를 일으키게 했다. 일요일인데도 불구하고 자유당의 선거 연설에 학생들을 동원한 것이 발단이 되어, 양떼처럼 마음대로 몰고다닐 수 있다고 믿었던 학생들은 반항하였다." 이처럼 이 작품은 '대구 학생 데모'에서부터 4·19 혁명 직후까지의 정치적 상황을 상세히 전하고 있다. 4·19 혁명의 시작은 대구 고교생들의 시위에서부터라고 보는 것이 중론이다. 이 시위 이후 전국으로 고교생들의 시위가 확산되었으며, 이어 3월 15일의 부정선거에 반대하는 시위까지 일어나고, 4월 11일 김주열 학생의 죽음으로 부정선거규탄 시위는 정권 타도를 위한 투쟁으로 확대되었다.[149] 4·19 혁명이 일어나기까지의 정치적 상황이며 민초들의 의식까지 함께 담아내면서 혁명 전후의 전개과정과 역사적 의미를 짚어내고 있는 것이다.

이러한 4·19 혁명 관련 부분이 〈경향신문〉 1962년 4월 18일에서 30일까지의 연재분에 등장하고 있는 점도 눈여겨보아야 한다. 우연이라기보다 4·19 혁명 기념일을 전후로 하여 의도적으로 배치된 것으로 보이기 때문이다.『노을 진 들녘』의 연재를 앞두고 이루어진 〈경향신문〉 1961년 10월 20일자 인터뷰 기사를 보면 이 작품은 작가가 "5년째 다듬은 소재"이다. 4·19 혁명이 일어나기 전부터 구상해온 작품이었으니 처음부터 4월 19일 당일의 데모 장면을 사실적으로 그려 넣으려고 했던 것은 아니었음이 분명하다. 하지만 구상 중에 혁명이 일어났고 그 영향을 받게 되었을 것이다.

『노을 진 들녘』에서 4월 19일 이후 사건의 전개는 급격한 변화를 보인다. 그날을 며칠 앞두고 송노인은 마구간에서 목을 매 자살하며 주실은 영재의 아이를 사산한다. 이렇게 됨으로써 주요 갈등의 근원이 사라지고 등장인물들의 행동에 변화가 온다. 전도유망한 청년이었던 영재는 순간적인 욕망을 누르지 못하고 근친상간을 범한 후 주실로부터 도망쳤다. 송노인은 임신한 주실을 성삼과 결혼시키며, 비밀을 알고 있는 성삼은 송노인을 협박하여 재산을 빼앗으려 했다. 뿐만 아니라 성삼은 주실에게 폭행을 일삼았다. 그러던 중 송노인은 성삼에게 재산이 물려질 수 없도록 조처를 하고 자살을 감행하였으며, 근친상간이라는 범죄의 결과물인 아이도 사산되어버린 것이다. 이 두 사건은 주실이 송화리를 벗어나는 도화선이 된다. 주실은 할아버지의 장례를 치르고 영재를 만나기 위해 무작정

서울로 올라온다. 『노을 진 들녘』에서 주실의 서울행은 영재와 성삼 그리고 동섭—영재의 친구로 후반부에 주실을 사랑하게 된다— 등 영재의 지인들에게까지 행동의 변화를 일으킨다. 이 변화는 사건을 해결하는 방향으로 향하고 있다. 4월 19일은 단순히 한 인물의 성격의 변화를 가져오는 것이 아니라 모든 인물의 행동에 변화를 일으키며 그 도화선은 송노인의 죽음에서 비롯된 것이다.

송노인은 주실이 교육받는 것을 차단함으로써 그녀가 청년들로부터 성폭행을 당하도록 방치하였던 인물이다. 그의 뜻이 아니었다고 하더라도 주실은 교육받지 못했기에 무지로 인하여 자기 방어의 힘을 기르지 못하였으며, 원시적인 자연 속에서 다른 생물체들과 다름없이 살아가다가 큰 재앙을 당하게 된 것이다. 송노인은 그러한 상황을 무마시키려고 주실을 성삼과 결혼시키지만 그것은 주실에게 더 큰 고통을 안겨주었고, 그러한 현실을 직시한 송노인은 자살을 선택한다. 송노인의 죽음과 주실의 사산을 4·19 혁명 직전으로 설정한 것은 작가의 의도적인 설정으로 보인다. 영재가 송노인의 장례를 치르고 서울로 올라온 다음 날이 4월 18일이었으며, 이후 상황은 급박하게 전개되고 있다.

영재가 경무대 앞 시위 현장에서 부상을 당하고 시민의 도움으로 병원으로 실려 가 그곳에서 사랑하는 여인 수명을 만나는 과정은 영화처럼 극적이고 감동적으로 그려져 있는데, 이 과정에서 한 시민의 등장을 눈여겨볼 필요가 있다.

"영재얏!"

동섭은 울부짖으며 영재 옆에 거꾸러졌다. 그리고 부상한 자리를 얼른 살폈다. 왼편 어깨에서 피가 벌쭉벌쭉 쏟아지고 있었다. 바짓가랑이를 타고 구두 위에도 피가 흘러내리고 있었다. 허벅지쯤 되는 바지에 총구멍이 나 있었던 것이다.

　－(중략)－

　동섭이 영재를 둘러업자, 이름도 성도 모르는 낯선 신사가 거들 었다.

　그들은 급히 달렸다. 중앙청 앞을 지나 안국동 쪽으로 나왔을 때다.

　"저기 자동차가 있다!"

　신사가 외쳤다. 골목길에 시발택시 한 대가 내버려진 채 있었다.

　그들은 그쪽을 향하여 급히 달려갔다.

　영재를 자동차 속으로 밀어 넣자 운전수를 찾을 것도 없이 신사는 운전대에 뛰어올랐다. 그리고 익숙한 솜씨로 핸들을 잡더니 힘차게 액셀레이터를 밟았다. pp. 380-381.

　위의 인용문을 보면 어떤 신사가 부상당한 영재를 살리기 위해 동섭과 함께 행동하고 있다. 앞서 『내 마음은 호수』에서도 찾아볼 수 있었던 연대 의식은 여기에서도 발견된다. 정치적인 혹은 역사적인 현장에 놓인 주인 공과 더불어 그 현장을 생생하게 할 뿐만 아니라 희생자가 고독하지 않도 록 하는 역할을 하고 있는 엑스트라의 등장은 작가의 남다른 역사의식이 라고 할 수 있을 것이다. 작중 주요 인물들 간의 연대의식을 그리는 것에 그치는 것이 아니라 이름 모를 인물을 등장시켜 정치적으로 급박한 상황 에서 시민들의 따뜻한 연대의식을 느끼도록 하고 있다.

　한편, 4·19 혁명의 현장에서 죽음을 맞는 상호의 행적은 상세한 묘사 가 없다. 그렇지만 「웃으면서」라는 4·19 혁명 사건이 담긴 이 장 제목은 바로 '웃으면서' 최후를 마치는 상호의 모습에서 따온 것이어서 그 존재의 의미가 크다. 상호는 영재와 같은 K대학의 철학과 졸업생이다. 가난한 룸펜으로 지내던 상호는 방송국에 취직을 하여 민경희와 동거를 하기도 한다. 민경희는 상호가 가정교사를 지냈던 집의 부인으로 소위 다른 유부남의 '세컨드'였으며 죽은 남편과의 사이에서 낳은 아이도 있다. 그런 민경희를 사랑하여 동거까지 하며 자신 있게 살아가는 상호를 영재는 부러워하기도 한다. 자신은 사촌누이를 겁탈하고 그 책임을 방기하고 있으며, 그 죄 때문에 진심으로 사랑하는 수명에게 솔직하게 마음을 표현하지도 못하고 있기 때문이다. 이러한 상황은 4·19 혁명 당시 부상당한 영재가 수명의 병원에 입원하고, 이후 주실이 서울로 올라오면서 급변하게 된다. 결국 영재는 수명에게 사랑을 고백하고 주실의 문제를 해결하기 위해 성삼과 함께 죽음을 택한다. 상호가 4·19 혁명 당시 죽어가면서 영재에게 "이렇게 죽는 게 쑥스럽"다고 한 말은 영재의 "정신 속에 사무치게 남아" 당시 횡행하였던 영웅주의를 비판하게 하고 죽음의 의미를 돌아보게 하였다.

『노을 진 들녘』은 4·19 혁명이 끝난 지 채 2년이 지나지 않은 시기에 발표된 작품이다. 4·19 혁명의 의미가 정당하게 평가되기도 전에 5·16 군사 쿠데타가 일어났으며, 그 쿠데타를 통해 세워진 군사정권 하에서 이 작품이 씌어졌다. '아래로부터의 혁명'이라는 4·19의 의미가 퇴색해질 수도 있는 시점에, 그래서 이승만의 환국설이 돌고 있을 당시에 4·19 혁명 당시의 현장을 생생하게 형상화하고 그 정치적 전개과정과 민초들의 저항의식을 다시 보여주는 점은 이 작품의 가치평가에 빠뜨릴 수 없는 부분이라고 할 수 있을 것이다. 4·19 혁명 당시 분출되었던 무비판적인 감정적 행동은 영웅주의에 대한 비판의식으로 경계하는 한편 정치적 연대의식을 담아내면서, 인간 개개인에 대한 믿음과 기대를 포기하거나 회의적으로 돌아서지 않았다는 점도 이 작품에서 보여준 의미 있는 작가의식이다.

5. 창작 현실과 역사의식

박경리가 소설이나 에세이 등 글을 발표하기 시작한 1955년부터 1960년 4·19 혁명이 일어나기 전까지 그의 글에서 당시 정치적 현실이나 역사의식을 읽어내기란 쉽지 않다. 그래서 그는 개인적인 불우한 운명과 개인의 내면적인 고뇌에만 골몰하고 있는 것처럼 보이기도 했다. 하지만 박경리는 정치 현실에 무관심하지 않았으며, 오히려 민감할 수밖에 없는 처지였다. 그의 남편이 6·25 전쟁 당시 좌익 사상에 연루되어 죽음에 이르러야 했고, 전쟁이 끝난 후 반공이데올로기가 지배하는 사회에서 두려움에 떨며 살아가야 했기 때문이다. 정치성을 띤 발언과 관련하여 자기검열이 엄격하게 이루어지지 않을 수 없는 처지였다. 그러나 4·19 혁명은 이러한 상황으로부터 작가의 의식이 표출될 수 있게 하였다. 4·19 혁명을 경험한 이후 3년 여 동안 주요 일간지에 발표된 연재소설『내 마음은 호수』와『노을 진 들녘』에서 발견할 수 있는 역사의식은 이와 무관하지 않다.

연애소설처럼 보이는 이 장편소설들의 이면에는 정치적 사상과 관련한 작가의 견해가 담겨 있다. 무고한 사람들을 사상범으로 몰아 고문하고 죽음에 이르게까지 하는 정권에 대한 비판의식을 드러내면서, 정권과 국가를 구분하여 반정권 의식이 곧 반국가 사상은 아니라는 점을 분명히 하였다. 정치사상에 관심이 있는 지성적인 인물이 정권에 대해 비판적일 뿐만 아니라 공산주의에 대해서도 비판하고 공상적 사회주의 사상에 동조하도록 한 것은 작가의 정치적인 저항의식을 우회적으로 드러낸 것이라고 할 수 있을 것이다. 그리고 무엇보다 정치적인 고문이 자행되는 현장에서 등장인물이 보여준 역사적 연대의식과 피 흘리며 쓰러지는 혁명의 현장에서 엑스트라와 주인공들이 보여준 정치적 연대의식은 이 작품들에 나타난 역사의식을 평가하는 데에 중요한 부분이라고 할 수 있다.

박경리의 장편소설은 대부분 신문이나 잡지에 연재하는 방식으로 발표되었다. 그 발표 시기는 주로 정치적으로 사상의 탄압이 공공연하게 이루어졌던 60년대이다. 대중 독자와 정치권을 의식하지 않을 수 없었던 1960년대 신문연재소설에서 작가의 정치적 견해나 역사의식을 표면적으로 부각시키는 것은 쉽지 않았을 것이라는 점을 염두에 둔다면, 이면에 감추어진 그것들을 발견해내는 연구가 반드시 필요함을 부인할 수 없을 것이다. 비교적 자유롭게 글을 쓸 수 있었던 4·19 혁명 이후 짧은 기간 동안에 발표된 글을 통해서 박경리가 보여준 정치적 상황에 대한 관심이나 정치적 사상에 대한 견해는 그의 장편소설이 단순히 연애소설이 아님을 알 수 있게 하였다. 미처 살펴보지 못한 여타 장편소설들에서 역사의식과 관련한 단초를 발견하는 것은 차후의 연구과제가 될 것이다.

장구한『토지』의 집필을 끝낸 지 10여 년 만에 박경리는『나비야 청산가자』라는 장편소설을『현대문학』지에 연재하기 시작하였다. 이 소설은 해방 이후의 50년을 지식인을 중심으로 그려내려 했던 작품이라고 한다. 2003년 4월 첫 번째 연재분이 공개되기 바로 전 달에 한 인터뷰에서 박경리는 "4·19 당시 서울 태평로에서 벌어졌던 교수들의 데모 장면"을 생생하게 이야기하고 있다.[150] 인터뷰 내용을 보면 의도된 질문에 대한 대답이 아니라 작가가 당시 관심을 두고 있던 것을 풀어놓았던 것 같다. 하지만 겨우 3회에 그치고 말아 어느 때보다 자유롭게 자신의 정치적 견해와 역사의식을 담아놓으려 했던 작가의 시도가 결실을 맺지 못한 것 같아 안타깝기만 하다.

제4장

가해자를 통해 드러나는 윤리의식

-『창』을 중심으로

1. 전쟁 피해자와 가해자

박경리의 작품 중에서 전쟁 체험을 소재로 한 소설에는 대개 전쟁미망인이 등장한다. 단편 「불신시대」(1957), 「영주와 고양이」(1957), 「암흑시대」(1958), 「하루」(1967) 등과 장편 『표류도』(1959), 『시장과 전장』(1962) 등에는 실제로 전쟁미망인이었던 작가의 삶이 투영되어 있다고 보아 이 작품들은 사소설적인 경향이 있는 것으로 평가되기도 한다. 한편 한국전쟁을 소재로 한 소설의 특징 중 하나가 아버지 혹은 남편의 부재 서사인데, 박경리의 초기 소설의 중요한 테마 역시 전쟁으로 아버지 혹은 남편의 죽음을 겪은 '해체된 가족 이야기'라는 분석도 있다.[151]

이렇듯 박경리의 작품 중에서 한국전쟁을 소재로 한 소설은 아버지(남편)의 죽음으로 인해 여성 가장이 되어 생존의 위협 속에서 살아남은 전쟁미망인의 삶, 곧 전쟁 '피해자'의[152] 삶을 다루고 있다고 할 수 있다. 전쟁미망인이 등장하지 않는 소설 역시 전쟁 '피해자'가 주인공으로 등장한다. 『파시』(1964-1965)의 여주인공 수옥은 전쟁으로 부모형제를 다 잃은 고아이다. 뿐만 아니라 혈혈단신으로 남하하여 낯선 땅에서 악한 남성에게 또 다른 희생을 당하는 피해자이다. 『죄인들의 숙제』(1969-1970)[153]의 여주인공 희정과 희련 역시 전쟁 피해자이다. 아버지는 월북하였고 희련의 어머니는 폭격으로 사망하였으며, 희정은 한쪽 팔을 잃고 얼굴에 큰 상처를 입었다. 이처럼 박경리의 소설에서 한국전쟁은 대부분 피해자의 서사로 전개되고 있다.

> 그가 6·25를 본 눈은 바로 불신의 원인으로였고, 또한 선량한 토끼와 같은 인간을 쫓는 몰잇군과 같은 모습으로 전쟁을 보고 있다. 결국 박경리 소설의 6·25는 전쟁이 아니라 피해자로서의 의미를 갖는다.
> ─김광수, 『한국문학연구』 5권, 1982, p. 128.[154]

위의 글에서 김광수가 지적하고 있는 것처럼 박경리의 작품 중 한국전쟁을 소재로 한 소설은 전쟁의 치열하고 처참한 '전투'라든가 전쟁과 관련된 '사상'을 드러내기보다 전쟁 피해자의 생존을 위협하는 현실적 삶을 집중적으로 조명하고 있다. 박경리의 작품세계가 인간의 소외나 인간 존엄성의 훼손에 대항하는 대결의식과 극복의지를 보여주고 있는 까닭도 대부분의 작품에서 피해자로 설정된 주요인물의 특성 때문이라고 할 수 있다.

그 동안 박경리의 작품 연구에서 장편소설 『창』은 거의 주목받지 못했다.[155] 『창』은 1970년 8월 15일부터 1971년 6월 15일까지 〈조선일보〉에 총 258회 연재된 장편소설이다. 박경리는 1969년부터 그의 대표작인

『토지』를 연재 발표하기 시작하였고, 이후 다른 소설 작품의 발표는 거의 중단되었다. 『창』은 토지 연재 기간 동안에 발표된 몇 안 되는 장편소설 중 하나이다. 『토지』 연재 기간에 발표된 장편소설은 『죄인들의 숙제』, 『창』, 『단층』 세 작품인데, 『토지』보다 먼저 연재 발표를 시작한 『죄인들의 숙제』를 제외하면 『창』과 『단층』이 토지를 집필하면서 완성한 장편소설이다.[156] 이 두 작품은 이전에 발표한 소설들과 구분되는 분명한 특징을 보이는데 아버지로서의 책무, 권위, 죄의식 그리고 아버지의 사랑과 자유에 초점을 맞춘 서사라는 점이 그것이다. 이처럼 전쟁미망인, 여성 가장, 어머니와 딸의 서사를 주로 발표했던 박경리가 시점(혹은 관점)의 이동을 보여준 것은 "남편과 자식을 잃은 전쟁의 전율할 체험에서 벗어난다는 것은 사실상 불가능했고, 그래서 초기작은 자신의 체험 영역을 맴돌" 수밖에 없었으며, 점차 시간이 흐르면서 "사회적 지평에서 자신의 삶을 응시"하게 되었다는[157] 분석과 무관하지 않다. 사실, 한국전쟁 체험에 대한 이와 같은 대응은 박경리 개인에게만 한정된 것은 아니었다. 1950년대 발표된 한국전쟁을 소재로 한 소설은 전쟁이 "물리적이고 병리적인 압력을 가중하여 실질적인 체험의 양태"로 나타났으나 1960년대에는 "사건에 대한 직접적이고 체험적인 시간에서 물러나와 과거의 사건을 성찰하는 인식론적 거리가 상정되어 보다 철학적인 형태로 자리매김"[158] 할 수 있었던 것이다.

한국전쟁을 겪은 지 20여 년, 문단에 데뷔한 지 15년이 지난 후 발표한 『창』에서 박경리는, "사회적 지평"에서 삶을 응시하고 "과거의 사건을 성찰"하면서 피해자의 서사에서 가해자의 서사로, 어머니(혹은 딸)의 서사에서 아버지(혹은 남편)의 서사로 전환을 시도하였다. 그렇다면 가해자로서의 아버지를 통해 사회를 바라보면서 도달한 작가의 의식은 무엇이었는지 『창』의 주인공 맹시헌의 서사를 분석하면서 살펴보고자 한다.

2.『창』의 서사 모티프 형성 과정

소설『창』의 주인공 맹시헌은 한국전쟁 당시 아내와 아들을 집에 두고 홀로 피난을 떠났다가 다시는 그들과 만나지 못하고 그들의 생사조차 확인하지 못하여 평생 죄의식 속에서 살아가는 인물이다. 맹시헌의 이런 잘못에 대하여 아무도 알지 못하며, 오히려 주위의 인물들은 그를 폭격으로 아내와 아들을 잃은 전쟁 피해자로 인식하고 있다. 비록 맹시헌은 위법한 행동을 한 것도 아니요, 아무도 그를 비난하지 않지만, 스스로를 범죄자 혹은 가해자라 여기며 괴로워한다.

> 뱀 같은 집념의 여자다! 살아 있는 한 내게서 떠나지 않을 게다.
>
> 맹시헌은 몽유병자같이 마지막 기차에 혼자 올랐다. 그리고 떠났다.
>
> 맹시헌은 그곳이 어딘지 기억하고 있지 않다. 기차가 머문 곳이었다. 맹시헌은 별안간 뛰어내렸고 북쪽 서울을 향해 걸음을 옮겼다. 서울에 닿았을 때는 눈보라가 몹시 쳤다. 이미 중공군이 들어온 서울은 죽은 송장이었다. 잠자는 도시가 아니라 정녕 죽은 도시였었다. 눈보라를 헤치고 집에 들어섰을 때 집은 텅 비어 있었다.
>
> 미친 듯이 헤매고 부르다가 맹시헌은 신변의 위협을 느끼고 아슬아슬하게 서울을 빠져 나왔다. 남하하는 도중 그는 아이 업은 여자만 보면 달려가곤 했었다. 그러나 그것은 모두 착각이었다. 그후 눈보라 치는 속의 아이 업은 여자의 모습은 그의 마음속 깊은 속에 새겨져서 지울 수 없는 낙인이 되었다.
>
> ─『창』, 지식산업사, 1989, p. 52.

위의 인용문에서 볼 수 있는 것처럼 그는 아내로부터 벗어나고 싶은 욕망으로 혼자 피난길에 올랐으나 곧 후회하고 되돌아간다. 하지만 이미 아내와 아들은 집에 남아 있지 않았으며 그 이후로 20여 년이 지나도록 연락이 끊긴 상태다. 맹시헌은 일제시대 학병에 끌려 나가지 않기 위해서 아버지의 강요로 결혼한 후 아들까지 낳았지만 해방 이후 사랑하는 여인을 만나 괴로워한다. 전쟁이 발발하자 맹씨 일가는 부산으로 피난을 떠났고, 직책상 서울에 남게 되어 피난길이 늦어진 맹시헌을 따라 아내도 서울에 남아 있겠다고 고집을 피우며 어린 아들과 함께 서울에 머무른다. 남편이 사랑하는 다른 여자가 있다는 것을 알기에 아내는 "남편의 발목을 잡아매는 유일한 끈인 아들"을 데리고서 폭격이 쏟아지는 전쟁터를 견디어낸다. 이러한 아내의 행동에 증오심까지 품게 된 맹시헌은 "아내가 없어져주기를 간절히 소망하는 범죄"와 아내를 전쟁터에 버려두는 '범죄'에의 유혹을 떨칠 수 없었던 것이다.

뜻하지 않은 결혼을 하게 되고 사랑하는 여인을 만나면서 아내를 저주하게 된다는 서사 모티프는 19세기 영국의 여성 소설가 조지 엘리어트의 대표작 『사일러스 마너』에서 빌려온 것으로 보인다. 박경리는 1961년 〈경향신문〉에 발표한 장편소설 『노을 진 들녘』에서 이 작품을 언급한 바 있다. 대학생 영재는 사촌누이 주실을 범하는 근친상간의 죄를 저지른 후 방황하다가 수명을 만나 진실한 사랑을 하게 되면서 깊은 절망에 빠진다. 수명이 알든 모르든 주실과의 근친상간 사건은 되돌릴 수 없기 때문이다. 영재는 그의 괴로운 마음을 수명에게 『사일러스 마너』 이야기를 들려주는 것으로 드러낸다.

"엘리오트의 작품 중에 사일러스 마너라는 소설이 있죠. 읽으셨
어요?"

"네, 읽기는 읽었지만 왜 갑자기 그런 말씀을 하세요?"

수명은 의아하게 영재를 쳐다본다.

"읽으셨으면 그 속에 나오는 고드프라는 사나이를 미워하셨어요?"

―(중략)―

"그 사나이는 자기를 찾아오다가 눈 위에 쓰러져 죽은 처가 혹시 살아나지 않을까 조바심을 일으켰죠. 그 사나이는 낸시를 위하여 그 비밀이 탄로될까 봐 무서워한 나머지 그 처가 세상에서 없어지기를 바랐죠. 나도 때때로 그런 무서운 생각을 해보곤 나를 미워하죠."

―「노을 진 들녘」, 마로니에북스, 2013, p. 255.

『사일러스 마녀』 중 순간적인 잘못을 저질러 비밀 결혼을 하고 딸까지 있는 거두후리가 낸시라는 여성을 열렬히 사랑하게 되면서, 처를 저주하고 그녀가 죽기를 바랐다는 이야기를 들려주고 있는 것이다. 이렇게 『노을 진 들녘』에서 잠시 언급하였던 '사랑하는 여인을 만나면서 전처를 저주하는 남편의 이야기'라는 서사 모티프가 『창』에서 재현되고 있다.

이후 박경리는 1966년에 아내를 버리고 혼자 달아나는 남편에 대한 이야기를 단편소설로 발표한다. 단편 「집」의 주인공 연숙은 과거 화재가 났을 당시 불길 속에서 매달리는 자신을 떼어내고 도망치던 남편의 모습 때문에 인간에 대한 회의를 품고 혼자 살아간다. 이 '아내를 버리고 달아나는 남편'의 서사 모티프는 연숙의 양장점에서 일하는 옥이 외삼촌의 사연에서도 언급되고 있다. 「집」에서 연숙에게 과거를 떠올리게 하는 장치에 불과한 것처럼 보이는 옥이 외삼촌 이야기가 『창』에서는 중요한 서사가 되고 있는 것이다. 한국전쟁 때 가족을 데리고 남하하려다가 발각되어 위기에 처하자 가족을 버리고 혼자 도망 온 옥이 외삼촌은 죄책감에서 벗어나지 못하고 결국 남은 생을 폐인으로 살아간다. 이 가족을 버리고 혼자 도망하였던 옥이 외삼촌을 주인공으로 하여 전개된 작품이 『창』이라고 할 수 있겠는데, 분명 차이는 있다. 옥이 외삼촌은 함께 피난하다가 위기에 처하자 혼자라도 살기 위해 가족을 버린 것이며, 맹시헌은 생존의 위기 같은 급박한 상황 때문이 아니라 개인의 욕망을 누르고 충분히 도덕적으로 올바른 선택을 할 수 있었음에도 불구하고 아내와 아들을 버린 것이기 때문이다. 그래서 옥이 외삼촌은 "덫에 걸린 새끼나 여편네를 내버려 두고 달아나는 이리하고 조금도 다를 게 없다"며 자책하지만, 맹시헌은 "이리 떼에게 신부를 내어준 사내보다" 자신의 죄가 더 무거울 것이라며 자책한다. 이러한 어떤 변명으로도 도덕적인 책임으로부터 벗어날 수 없는 인물을 설정함으로써 박경리는 『창』이, 생존을 위해 도덕을 버릴 수밖에 없었던 전쟁의 문제를 다룬 작품들(변명의 여지가 있는 『시장과 전장』 같은 작품들)과 변별되는 특성을 지니게 한다.

박경리는 실제로 남편과 어린 아이들 둘을 두고 집을 떠났던 적이 있다. 한국전쟁 직전에 38선을 넘어 황해도 연안으로 혼자 떠났던 일이 있는데, 이때의 경험은 1964년에 발표한 그의 대표작 『시장과 전장』의 여주인공 남지영을 통해 많은 부분 그대로 나타나 있다. 지명이나 시기까지 박경리의 실제 행적과 일치할 뿐만 아니라 엑스트라까지도 실제로 만났던 사람을[159] 등장시키고 있다. 『시장과 전장』에서 전쟁이 발발하자 지영은 죽을 고비를 넘기며 집으로 돌아온다. 그 길에서 지영은 가족을 떠올리며 눈물을 흘리고, 체면이나 인정을 돌아볼 겨를도 없이 죽을힘을 다해 집으로 향한다. 그러나 어린 아이들, 가족을 두고 잠시나마 떠났던 자신에 대한 죄책감이나 후회하는 마음은 거의 찾아보기 힘들다. 그것은 지영이 자신의 욕망을 채우기 위해 선택한 길이었다기보다 남편의 기대에 부응하기 위하여 떠났던 길이었기 때문으로 보인다. 결과적으로는 지영이 집을 떠나 있는 것에 자유로움을 느끼고 남편과 어머니로부터 상처 입은 마음을 회복하는 시간이 되었기에 그 선택을 부정적으로 표현하지 않는다. 『시장과 전장』은 떠난자의 죄의식보다는 남은자의 기다림이 부각된 작품이다. 앞서 언급하였던 것처럼 박경리의 다른 많은 작품과 함께 이 작품은 전쟁의 피해자에 대하여 말하고 있는 작품이다.

> 바람이 휘잉 하고 지나간다. 나뭇가지에 쌓인 눈이 날아내린다. 문고리가 달그락거린다. 움직이던 뜨개바늘이 멈췄다. 지영의 눈과 윤씨의 눈이 다 함께 창문으로 간다. 창문 너머 대문을 가만히 바라본다. 아이들도 그러고 있다. —(중략)—
>
> "오기는 어디서 와? 살았으면 안 올라고? 죽었으니 안 오지. 어디든지 살아만 있다면 어떻게 해서라도 식구를 찾아올 긴데……."
> ⌐『시장과 전장』. 마로니에북스, 2013, p. 441.

위의 장면에는 가장이 없는 집에서 가장을 기다리는 가족들의 절절한 심정이 잘 나타나 있다. 대부분의 사람들이 남쪽으로 피난을 떠난 후에도 남편을 기다리며 피난을 떠나지 못하고 추운 겨울을 나고 있는 이 가족의 모습은 『창』에서 맹시헌의 아내와 아들의 모습이기도 하다. 그러나 다른 가족들까지 모두 피난을 떠난 후에도 남편을 기다리며 오롯이 어린 아들과 남아 추운 겨울을 나고 있는 맹시헌의 아내와 아들의 모습은 『창』에 묘사되어 있지 않다. 『창』은 떠난자, 가해자를 중심으로 한 서사로서 박경리 자신의 경험이 투영되어 있는 『시장과 전장』의 맞은편에 놓여 있는 작품이라고 할 수 있다. 1960년대 발표된 많은 작품들이 "전쟁의 상처를 극복하고 체험을 직접적으로 노출하는 것을 지양해 서사성을 확보하려는 노력으로 사적 체험의 객관화를 이루"고[160] 있었으나, 1964년에 발표된 박경리의 『시장과 전장』을 보면 아직까지 전쟁체험의 기억으로부터 완전히 벗어나지 못하고 있음을 알 수 있다. 그렇다고는 하더라도 경험보다는 문학적 상상력의 힘으로 창조해낸 기훈과 가화라는 인물을 통해 전쟁과 사상에 대하여 중립적인 거리를 확보하려는 노력을 보여주었다. 그리고 몇 년의 시간이 더 흐른 뒤 이전 작품들에서는 본격적으로 시도해 보지 않았던 '가해자의 서사'를 다룬 『창』이 발표되었다.

3. 끝없는 응시, 영원한 죄인의 멍에

맹시헌은 아내와 아들을 잃은 후 20여 년이 지나는 동안 새로운 가정을 이루거나 행복을 추구하거나 하지 않는다. 오히려 그러한 삶으로부터 완벽하게 자신을 격리시킨다. 아내를 저주하게 된 원인이었던 기화와 함께 부산에 피난하여 동거하지만 이 생활은 그 사건이 있은 후 더 이상 꿈이 되지 못한다. 오히려 "자기 범죄에 대한 몸부림"으로 기화에게 병적인 학대를 가하는 끔찍한 날들이 계속 되었으며, 기화가 약을 먹고 찻길에 뛰어들어 자살함으로써 이 관계는 종말을 맺게 된다. 그리고 이것으로 맹시헌에게 또 하나의 범죄가 추가된다.

박경리의 대표작 『토지』에서 봉순은 기생이 되면서 기화라는 기명으로 불린다. 『토지』에서 서희만큼 비중 있는 역할을 맡고 있는 인물 봉순에게, 『창』에서 맹시헌의 애인이었던 인물과 동일한 이름으로 기명을 붙인 것은 의식적이었든 아니든 의미심장하다. 『창』의 기화와 『토지』의 기화 모두 사랑으로 인해 고통스러운 삶을 살다가 자살로 생을 마치고 있다.

맹시헌에게 아내는 "겨울 눈보라 치는 날이면 아일 업고 찾아오는 유령"이며, 기화는 "여름 비가 쏟아지는 날이면 검은 스커트를 입고 찾아오는 유령"이다. 맹시헌은 비가 오는 날이면 기화의 교통사고가 있었던 비오는 날 밤의 사고 현장에 대한 환각에 시달리며, 눈보라라는 단어를 듣기만 해도 눈보라 속에서 아이를 업고 헤매고 있었을 아내를 떠올리며 망연자실한 상태가 된다. 이후로 맹시헌은 호텔을 전전하면서 생활을 하고 때로는 악의적으로 여성과 성관계를 맺기도 한다. 반신불수가 된 어머니가 누워 있는 집은 "왕시 상당한 공을 들여서 지은 저택인 모양인데 지금은 황폐할 대로 황폐하여 궂은 날에는 도깨비라도 나와서 춤을 출 지경"이다.

이처럼 따뜻한 집도, 인간다운 생활도 없는 날들을 보내며 한시도 아내 혹은 기화로부터 벗어나지 못하고 죄의식 속에서 살아가는 인물 맹시헌을 만들어낸 것은 박경리가 다음과 같은 생각을 가지고 있기 때문으로 보인다.

> ···잊는다는 것은 비정한 일입니다. −(중략)− 괴로워도 아파도 잊지 못하고 잊지 않으려는 것이 무거운 멍에일지라도 그게 사랑일 것입니다. 45년 전, 반세기에 가까운 세월인데, 나는 아이 하나를 잃었습니다. −(중략)− 나는 종로 4가를 돌아서 창경원 맞은편, 아이를 안치했던 병원의 영안실이 보이는 그 길을 애써 지나다녔습니다. 잊지 못하여, 아니 잊지 않기 위하여, 가슴의 대못이 보다 깊이 박히기를 원하면서. 그러나 허망하게도 더러는 잊게 되더군요. −(중략)− 문득 생각이 날 때는 잊고 사는 내 자신이 짐승같이 느껴졌습니다.
>
> ─『가설을 위한 망상』, 나남, 2007, p. 46.

어린 아들을 사고로 잃고 죄책감에 시달리던 박경리는 "무거운 멍에"일지라도 잊지 말아야 한다고 생각했다. 잊고 지내는 것이 짐승 같은 것처럼 느껴진다고 했다. 그렇다면, 맹시헌이 그들을 잊지 못하고 죄의식 속에서 지내면서 여타 사람들과 같은 평범하다면 평범한 인간다운 생활을 하지 못하고 있으나, 역설적이게도 이것이 오히려 그의 '인간적인' 면모를 드러내는 것일 수 있다. 여기에서 '인간적'이라는 말을 '양심적'이라는 말로 대체할 수 있을 것이다. 『창』에서 맹시헌이 전쟁에서 살아남은 모든 사람들은 "양심의 상처"를 입었다고 말한 이를 떠올리는 장면이 나오는데, 박경리는 소설이나 수필, 혹은 인터뷰 등에서 빈번하게 '양심'이라는 말을 사용한다.[161]

토마스 아퀴나스에 의하면 인간이 자립적이기 위해서는 모든 경우에 스스로 선악을 판단하는 원리가 자신의 내부에 있어야 하는데, 양심이야말로 "모든 상황에 있어서 도덕적 선악을 판단할 수 있는 제일원리로서 불변하는 것"이다. 이러한 전제 하에서 "윤리·도덕적인 행위란 인간적인 행위를 의미"한다.[162] 토마스 아퀴나스나 칸트 등이 인간의 도덕적 판단 능력은 선천적으로 주어져 있다고 생각한 반면, 데이비드 흄과 아담 스미스는 선천적으로 선을 지향하는 도덕적 판단 능력이 주어져 있는 것이 아니라, '사회적 인간'이 타인에 대해 동감(同感, sympathy)하는 감정이 일어날 때 도덕적 판단이 가능하게 된다고 주장한다. 'sympathy'는 공감(共感) 혹은 동정(同情)으로 번역되곤 하는데, 이들이 말하는 'sympathy'는 '남의 어려운 처지를 자기 일처럼 딱하고 가엾게 여긴다'는 뜻으로 사용되는 '동정'과 타인의 입장 더 나아가 '타인의 인격이 되어 생각한다'는 의미의 '공감', 둘 다를 포괄하는 의미를 지닌다.[163] 이 동감을 가능하게 하는 '입장의 상상적 전환'은 타인의 행복을 바라는 또 하나의 인간 본성, 즉 이타적 감정을 전제로 한다.[164] 궁극적으로 아담 스미스가 생각하는 '윤리적으로 이상적인 사회'는 서로가 서로에게 동감하는 사회이며, 여기서 '나'는 내 안에 '공정한 관찰자(impartial spectator)'로서의 타인을 들여놓는데, 이때 '공정한 관찰자'는 '사회적 타자'로서 도덕을 가리킨다. 따라서 이 관찰자는 나 스

스로를 심판하고 통제하며 범죄를 저질렀을 때 적절하게 죄의식을 느끼게 한다.[165]

앞에서 맹시헌에게서 토마스 아퀴나스가 말하는 양심적 인간으로서의 면모를 보았던 것처럼, 아담 스미스가 말하는 도덕적 인간으로서의 면모도 발견할 수 있다.

> '저게 누구야!'
>
> 하마터면 맹시헌은 자리를 차고 일어설 뻔했다.
>
> '그럴 리가 있나!'
>
> 외국 남자와 마주 앉은 여자는 이십 년 전에 죽었음이 분명한 김정자, 아내였던 김정자 바로 그 모습이었다.
>
> ─(중략)─
>
> 가까이서 바라보는 서양 사나이의 목덜미는 살갗이 축 처져서 동작에 따라 덜렁덜렁 흔들렸다. 사나이는 여자 허리에 팔을 감고 킥킥 웃었다.
>
> ─『창』, 지식산업사, 1989, pp. 90-91.

맹시헌은 아내 김정자를 꼭 빼닮은 처형의 딸을 우연히 보게 된다. 호텔 스카이라운지에서 늙은 외국인 사내와 함께 앉아 있는 이십 대 여성은 아내의 모습을 하고 있다. 그는 다름 아닌 처형의 딸이었던 것이다. 아내를 꼭 닮은 그녀는 "몸을 팔아 끼니를 잇고 부모형제를 부양하는 소냐들"의 모습을 하고 있다. 맹시헌은 그녀를 통해 보호자 없이 의지할 곳 없이 떠도는 가난한 삶, 불우한 삶을 살고 있을지도 모르는 아내와 아들의 처지를 상상하며 고통스러워한다. 그는 '동감'을 통해 죄책감을 느끼고 있는 것이다.

물론, 동감은 완벽한 것이 아니다. 아담 스미스에 의하면 이기성으로 인해 어쩔 수 없는 동감의 한계도 있다. "그에게 일어날 수 있는 가장 소소한 재난이 그에게는 오히려 더욱 실질적인 혼란을 일으킬 것이다. 만약 그가 내일 자기 새끼손가락을 잘라버려야 한다면 오늘밤 그는 잠을 자지 못할 것이다. 그러나 1억이나 되는 이웃 형제들의 파멸이 있더라도, 만약 그가 직접 그것을 보지 않는다면, 그는 깊은 안도감을 가지고 코를 골며 잘 것이다."[166] 수전 손택 역시 공감의 한계를 지적하고 있다. 그는 우리가 전쟁 사진을 통해 느끼는 것은 결국 공감의 한계라고 말한다. 오히려 우리의 공감이 그들이 받고 있는 고통의 원인이 우리에게 있지 않음을 전제로 하기에, 공감은 좋은 의도에도 불구하고 뻔뻔하고 부적절한 반응일 수 있다고 보았다.[167]

그렇다고 하더라도 자신의 감정과 생각을 다른 사람의 입장과 처지에 이입시켜 함께 기뻐하며 고통을 느끼는 능력은 인간에게 개인적인 이해타산을 넘어 타인을 배려하면서 공평무사하게 도덕적 판단을 내리는 것을 가능하게끔 해준다.[168] 맹시헌이 아내를 빼닮은 처형의 딸을 보면서 죄책감을 느끼는 것에서 바로 그와 같은 도덕적 인간의 면모를 찾아볼 수 있다.

도덕과 양심에 대하여 논의할 때에 니체를 빠뜨릴 수 없는데, 맹시헌이 행복을 추구하지 못하고 때로는 피학적으로 때로는 가학적으로 죄책감을 표출하는 것은 니체가 말하였던 '양심의 가책'이[169] 보이는 특징과 유사하다. 니체는 양심의 가책을 병리적인 현상인 마조히즘이나 사디즘과 결부시켜 설명한다. 양심의 가책이란 채무자가 자신의 약속을 기억할 경우에 발생하는 부채의식이며 변제를 통해서만이 죄의식이 사라질 수 있다고 하였다. 이때 채권자가 잔인하게 채무자의 고통을 즐길 경우 사디즘의 특징을 보이는 것이며, 잔인한 폭력성을 자신의 내부에 향하게 함으로써 양심의 가책이라는 자기학대를 하는 자에게서는 마조히즘의 특성이 보인다고 하였다.[170] 맹시헌은 가족관계에서 발생하는 책임을 '부채'로 생각하기도 했기에 때로는 "잘못했다고 생각지" 않았으며, "가슴을 치고 뜨거운 눈물을 흘릴 수 없"었던 것이다.

> 집안은 죽음같이 조용했다. -(중략)- 사진 속의 모자만이 힘찬 호흡을 계속하고 있는 것 같았다. -(중략)- 생명을 잃어 썩어가는 자신의 창자 속에 부착되어 영원불멸인 양 숨을 쉬고 있는 것 같았다. 부채는 영영 장부에서 말소되지 않을 것이며 살을 태우며 남겨진 죄의 낙인도 영영 말소되지 않을 것이다. p. 220.

그렇다면 그에게 "죄의 낙인"을 찍은 것은 누구인가. 그가 자신을 스스로 범죄자라고 생각하게 한 것은 무엇인가. 그것은 다름 아닌 도덕이다. 맹시헌은 가해자이지만 도덕적 인간이며, 도덕적 인간이기에 죄의식에서 벗어나지 못한다. 도덕은 인간을 인간답게 살아갈 수 있게 하며 인간사회를 질서 있게 만들어주는 것이지만, 그 도덕은 전통과 관습이 낳은 것으로[171] 강력한 힘과 폐쇄성을 특징으로 하기에 인간에게 지독한 고통을 안겨주기도 한다. 법을 위반한 경우에는 명확하게 죄의 대가를 치름으로써 자유와 해방감을 누릴 수 있는 가능성이 있으나, 도덕을 위반한 경우는 죄를 용서받을 수 있는 방법이 명확하지 아니하기 때문에 죄의식으로부터 벗어나는 일이 쉽지 않다.[172]

4. 용서에 대한 갈망과 화해의 시도

전쟁은 살인이나 강간, 방화, 폭력, 매춘 등 법에 위배되는 행동에 대해서도 때로는 처벌이 불가능한 특수한 상황이다. 때문에 전쟁체험 소설들에서 찾아볼 수 있는 양심의 가책 혹은 죄책감은 법을 위반한 범죄자가 처벌받지 아니하고 범죄를 감추고 살아가는 경우에 해당하는 것이 대부분이다.[173] 그러나 『창』에서 맹시헌의 잘못은 법으로 처벌이 가능한 범죄가 아니며, 자신의 양심에 위배되는 도덕적인 범죄라고 할 수 있다. 맹시헌의 인물을 이렇게 설정해 놓음으로써 이 작품은 전쟁 상황에서 법과 제도의 부재'가 의미하는 바를 말하는 여타 소설들과 구분되는 특징을 지닌다. 이 작품에서 박경리의 관심은 분명 도덕의 문제에 있었던 것으로 보인다.

> 사람들은 울타리를 쳐놓고 그 밖에 나가기만 하면 죄라고 했습니다. 울타리 안에는 착한 사람들이 살고 울타리 밖에는 악한 사람들이 산다고 합니다. 사실은 울타리 안에는 복 많은 사람들이 살고 있고, 울타리 밖에는 박복한 사람들이 살고 있는데 말예요. 복 받은 사람들이 박복한 사람들을 돌로 쳐 죽이는 게, 그게 도덕 아니겠어요?
>
> p. 30.

위의 인용문은 맹시헌의 여동생인 맹시애가 10여 년 만에 오빠에게 보낸 편지 중 일부분이다. 국문과 3학년 여대생이었던 시애가 애인과 함께 일본으로 도망치기 위해 아버지의 금고에서 돈을 훔쳐 달아나자 아버지는 충격을 받고 쓰러져 뇌일혈로 죽음에 이른다. 일본으로의 도주가 무산된 후 애인 하상호의 어머니는 이전보다 더욱 그들의 결혼을 반대하면서 아들의 혼처를 서둘러 알아보는데, 그것을 알게 된 시애는 하상호의 집에 방화를 하는 극단적인 행동을 한다. 이 일로 시애는 감옥에 가게 되며 출감 후에도 집으로 돌아오지 않고 몸을 팔거나 날품팔이를 하면서 전전긍긍 살아간다. 그러나 폐병에 걸려 죽음을 앞두게 되자 10여 년 만에 오빠에게 편지를 쓴 것이다. 아버지의 금고에서 돈을 훔쳐 달아나고, 애인의 집에 방화를 하였으며, 그녀의 행동으로 인해 아버지가 죽음에 이르렀으므로 그녀는 분명 그 사회에서 법적으로든 도덕적으로든 범죄자로 낙인이 찍혔다. 그럼에도 불구하고 그녀는 "박복한 사람들을 돌로 쳐 죽이는 게 도덕"이라고 주장한다. 이후 맹시애를 중심으로 전개되는 서사에서 이러한 주장이 확대되거나 강조되는 발언은 없지만, 옛 애인 하상호가 이미 유부남임에도 불구하고 그의 보살핌을 받는 것을 당연히 여기고, 그때까지 병든 자신을 돌보아주었던 애인 진우섭과 결별하는 등 도덕에 개의치 않는 행동을 함으로써 그녀의 의식이 도덕에 얽매여 있지 않음을 나타낸다.

맹시헌 역시 밀수업을 하거나 불륜 관계를 맺는 등 비도덕적인 행동을 하기도 하지만 맹시애의 경우와는 다르게 그것은 도덕의 굴레를 벗어나지 못한 행위이다. 그의 비도덕적인 일련의 행동은 스스로를 용서받을 수 없는 범죄자로 여기고 계속 범죄자로 남으려는, 혹은 그 반대로 도덕적 비난이라는 벌을 받음으로써 속죄하고자 하는 의식의 갈등이 내재된 행동이라고 할 수 있다. "…속죄를 하려는 건가요? 아니면 잘못을 잊으려고 겨우 그 정도의 악인이 된 거예요?…" 맹시헌은 혼란 속에서 이렇게 기화가 자신을 향해 비난하였던 말을 상상한다. 그는 양심의 가책으로부터 벗어날 방법을 찾지 못하고 죽음과도 같은 나날을 보낸다. 그의 양심에 대하여 처벌을 내릴 수 있는 것은 법이 아니며, 아내와 아들 그리고 기화만이 그에게 죄를 물을 수 있을 터인데 그들은 이미 죽었거나 만날 수 없으므로 그는 속죄할 방법이 없는 것이다. 이러한 그에게 "오래 멎어 있던 기계가 가동하기 시작한 것처럼" 심장이 "리드미컬하게 삶을 향해" 뛰는 변화가 일어난다.

맹시헌은 창가에 몸을 붙이고 섰다. -(중략)- 상복 같은 검은 양복의 여인이 대문을 들어서고 있었다. 정노인과 나란히 서서 걸어 올라오는 여자, 그 여자는 여주댁의 딸 선영이었다. 정노인과 선영이 마주 보고 웃으며, 이야기하며 걸어오는 모습이 맹시헌의 눈에 차츰차츰 확대되어 비쳐온다. -(중략)- 선영의 움직임에 따라 햇빛과 그늘이 소용돌이치며 기어들어 이루는 희미한 변화까지 맹시헌은 느낄 수 있었다. pp. 217-218.

일체의 감정을 표시한 적 없는 그가 말이 많아지고 땀 흘려 정원을 손질하거나 부드럽고 자상한 말을 하는 등 변화한다. 그 모습에 집사 정노인이 놀라고, 전에 없이 명랑해지기도 하여 여주댁이 놀라는데, 맹시헌에게 이러한 변화를 일으킨 사람은 선영이다. 식모 여주댁의 딸 선영은 맹시애보다 네댓 살 아래였고, 맹시헌과 그의 부친이 숨어 지내던 전쟁 중에는 "전령 같은" 역할을 했었다. 부산으로 피난을 떠난 이후 만나지 못했으나 20여 년이 지난 어느 날 K시에서 우연히 마주치면서 그에게 조금씩 변화가 생긴 것이다. 맹시헌은 어느 날 창가에 서서 선영을 만났을 때 "무척이나 인간적이었던 자신의 모습"을 떠올리고, 전쟁 중의 그 사건 이후 누구에게도 그래본 적이 없었으나 선영에게는 "인간적이었다는 깨달음"에 이른다. 그리고 선영에게 그 사건은 자신의 죄가 아니며 "전쟁의 죄"였다고 말하고 싶어 한다. 결국 맹시헌은 선영에게 자신이 아내와 아들을 총으로 쏴 죽이고 기화까지 죽게 만들었다고 고백한다. 사실과는 다른 과장된 고백이지만 그 동안 그의 삶을 억눌러왔던, 아무에게도 털어놓지 못했던 자신의 죄에 대하여 선영 앞에서 처음으로 고해성사를 시도한 것이다.

맹시헌이 선영에게 자신의 죄를 고백하였던 까닭은 선영을 '피해자'로 의식하고 있었기 때문이라고 할 수 있다. 그는 선영에게 "나는 끊임없이 가해자로 살아왔고", "선영이는 피해자로 살아온 것" 같다고 말한다. 선영의 남편은 변호사로 출세하자 선영이 식모의 딸이라는 이유로 이혼을 요구하고 곧바로 재혼한다. 이혼을 당하고 아이까지 빼앗긴 선영은 지방 중학교의 가난한 미술 교사로 지내다가 아이를 잊지 못해 서울로 자리를 옮긴다. 맹시헌은 이렇듯 "어린 나이의 여자가 남편을 잃고 아이를 빼앗"긴 '피해자'로서의 선영을 애처롭게 여긴다. 그리고 선영을 사랑하게 되면서 맹시헌은, 사랑했던 여인이지만 죄의식에 시달리는 자신의 희생자가 되고 말았던 기화와 선영을 동일시 한다. 하지만 선영은 기화보다도, 맹시헌 자신보다도 강한 사람이라는 것을 깨닫고, 차마 기화에게도 하지 못했던 끔찍한 죄의 고백을 들어줄 수 있는 있는 상대라고 생각하였던 것이다. 맹시헌은 선영에게 고해성사를 하듯 자신의 죄를 말한 후 "단죄할 수 있는 희열의 기회"를 가지게 된 것이라며 "용서"를 청하고 울부짖는다. 그러나 선영은 그를 사랑하지 않기에 그의 뜻도 사랑도 받아줄 수 없다는 사과의 눈빛을 보낸다. '강인한 피해자' 선영이 가해자인 자신을 단죄하고 용서해 주기를 바랐지만 맹시헌의 소망은 이루어지지 않았다. 이에 대하여 서술자는 진정한 '사랑'이 아닌 "동정도, 육친적인 애정도, 이해하는 우정으로써도 이 사나이를 구원할 수 없"다고 말한다.

그는 그날 이후 몸살을 앓은 선영과 여주댁이 집을 떠나는 모습을 창가에서 내려다보며 "창문가에서 떠나야"겠다는 결심을 한다. 그것은 곧 자살을 결심한 것이었음이 계절이 바뀐 후 설악산 골짜기에서 발견된 시신으로 드러난다. 이 죽음은 그의 삶을 억눌러 왔던 죄의식의 종결이자 양심의 가책으로부터의 해방을 의미한다. 선영을 만나기 전까지는 감히 꿈꾸어보지도 않았던 소망, 용서를 받고 죄의식으로부터 벗어나고 싶다는 소망이 생겼으나 그것은 이루어지지 않았다. 그렇다고 하더라도 맹시헌은 자신의 내부에 있었던 소망을 깨달은 이상 그 이전과 같은 생활로 돌아갈 수는 없었다. 그러나 어느 누구도 그를 구원해 줄 수 없었으므로 그는 스스로 "반생을 밀폐해 둔" 방에서 나와, "창문가에서 떠나" 자기 구원으로서의 죽음을 선택하였던 것이다.

5. 도덕의 굴레에 대하여

박경리는 "거대한 사회 자체를 가해자로 간주하며 내 자신을 피해자로, 공동피해자로 느끼는 잠재의식" 속에서 살아왔던 것을 고백한 적이 있다.[174] 때문에 그의 많은 작품은 피해자가 주인공으로 등장하여 사회와의 대결을 선언하였으며, "증오의 미학"으로[175] 불릴 만큼 사회현실에 대해 분노하고 비판하는 인물들이 가득하였다. 하지만 세월이 흐르고, 박경리에게 피해의식의 원인을 제공하였던 한국전쟁에 대한 참혹한 기억으로부터 어느 정도 거리를 확보할 수 있게 되면서 박경리는 인간사회에 대한 인식의 폭을 넓힐 수 있게 된다. 『창』은 바로 그러한 성과를 담고 있는 작품이다.

피해자뿐만 아니라 가해자의 시선으로 사회를 바라보면서 이들 중 어느 한쪽만이 일방적으로 고통의 삶, 한의 삶을 살아가는 것이 아님을 깨닫는다.[176] 또한 가해자로 보이는 인물 역시 피해자이기도 하다는 것을 보여주는데, 특기할 만한 것은 그를 피해자로 만드는 것이 바로 인간이 전통과 관습으로 만들어낸 도덕임을 말하고 있다는 점이다. 박경리는 가해자를 주인공으로 한 작품 『창』을 통해 '양심'은 인간다운 삶을 위해 지켜져야 할 것이지만, 그 양심을 요구하는 도덕이란 때로는 벗어날 수 없는 굴레가 되어 인간의 건강한 삶을 저해하기도 한다는 도덕의 딜레마를 보여준다. 한 번 도덕적인 죄를 범함으로써 회복 불가능한 삶을 살아가야 하는 인간의 비애가 맹시헌의 삶을 통해 나타나 있다.

마지막으로 맹시헌이 창가에 서서 밖을 바라보며 생각에 잠기거나 깨닫거나 결심하기도 하고, 또한 이 소설의 제목이 '창'이라는 점을 감안할 때 '창'의 의미를 생각해 보지 않을 수 없는데, 이 문제를 푸는 데에 아래와 같은 김종수의 연구가 도움이 된다.

> 60년대를 대표한다고 알려진 또는 60년대적이라고 알려진 작품들의 인물들은 밀실과 광장 사이에 있다. 이런 소설에서 독자들이 발견하는 것은 창 안에서 세상을 내다보고 무언가 고민하고 있는 인물들의 모습이다. 무기력하고 무지하지만 외부의 현실을 '보려' 하는 인물들의 등장은 보이는 것을 애써 보지 않으려는 의지를 공공연하게 드러내던 전후 소설의 인물들과 구분되는 것이며, 이는 작가나 인물들이 체험의 강박에서 벗어나 관찰의 문제로 이동하는 과정을 보여주는 예이다.
>
> −김종수, 「현대문학이론연구」 16호, 2001, p. 208.[177]

창가에서 지난 전쟁의 시기에 범하였던 죄의식 문제를 해결할 방도를 찾고 있는 인물 맹시헌의 등장은 단순히 좀 다른 등장인물의 창작이 아니라, 박경리가 그 이전에 보여주었던 "체험의 강박"으로부터 상당부분 벗어나게 되었음을 보여준 의미 있는 변화이다. 맹시헌이 도덕적 해결방법을 포기하고 창가를 떠나 밖으로 나와서 스스로 죄의식의 문제를 해결하고 자신에게 자유를 주었던 것처럼 박경리의 행보도 맹시헌 못지않게 통념을 뛰어넘는 것으로 전개되었을 것이라고 짐작해 볼 수 있다. 그렇다면 그것이 『창』의 집필과 비슷한 시기인 1969년부터 발표되기 시작하여 25년 동안 이어진 『토지』 대장정의 길은 아니었을까.

제3부

무한한 자유 지향의
세계, 『토지』

제1장

『토지』주요 인물 구성의 특징과 의미

1. 『토지』 등장인물의 가족 구성

『토지』의 등장인물은 모두 600여 명이라는 주장도 있고, 700여 명이라는 주장도 있다. 그만큼 등장인물의 수가 많다는 것인데, 수많은 그 인물들이 대부분 존재의미를 드러내고 있어 놀랍다. 『토지』에서 박경리의 문학적 상상력은 체험이라든가 상황이라든가 하는 것에 얽매여 있지 않다. 오히려 제도마저 뛰어넘고자 하는 자유에의 희구가 그의 인물구성에 담겨 있다.

불행한 결혼과 행복한 결혼을 나눌 수 있다면, 『토지』에 등장하는 인물들의 결혼은 많은 경우 불행한 결혼에 속한다. 그 불행의 원인은 죽음, 배신, 가난, 그리고 정치적인 상황이나 제도 등을 들 수 있으며 개인의 성품 또한 불행한 결혼의 큰 이유가 되고 있다.

『토지』를 펼쳤을 때 가장 먼저 접하게 되는 중요한 사건은 별당아씨와 구천의 야반도주인데, 이들의 희생양이 된 최치수의 결혼은 처음부터 불행한 것은 아니었다. 열세 살에 한살 위인 아내와 결혼한 치수는 "날비둘기곁이 의가" 좋았으나 십이 년을 살다가 혈육 하나 남기지 못하고 아내가 죽은 후 불행이 시작된 것이다. 십여 세나 차이가 나는 별당아씨와 재혼한 후 딸 서희를 두었지만 치수는 순탄한 결혼 생활을 할 수 없었다. 이처럼 아내가 일찍 혹은 먼저 죽음으써 어려움을 겪는 경우는 김훈장과 서서방, 육손이 등을 예로 들 수 있으나 남편의 죽음에 비하면 아주 적은 수에 불과하다.

『토지』에 유달리 미망인이 다수 등장한다는 지적은 여러 번 있어왔다. 윤씨부인을 비롯해서 봉순네, 복동네(안산댁), 야무네, 석이네(성환할매), 정호네, 옥이네 그리고 과부로서 개가한 송관수의 어머니처럼 남편의 죽음을 경험한 이 여인들의 비중은 『토지』의 1부에서 5부까지 고루 분포되어 있다.

한편 『토지』의 시대적 배경이 구한말에서 시작하여 일제시대를 거쳐 해방에 이르는 시기여서 정치적인 상황이나 제도 혹은 관습이 불행한 결혼에 이르게 하기도 한다. 고아가 된 어린 서희는 친일파 조준구에 의해 재산을 빼앗길 뿐만 아니라 '꼽추'인 조준구 아들 병수와의 결혼을 강요당한다. 이 일은 서희에게 공포감을 주었으며 "부끄럽고 끔찍스럽고 저주스런 일"로 기억되곤 한다.[178] 이후 서희는 길상과 결혼하는데, 길상은 독립운동을 이유로 들면서 고국으로 돌아가는 서희와 동행하지 않고 상당기간 헤어져 지낸다. 독립운동을 하는 남편을 둠으로써 집안일을 혼자서 떠맡아 힘겹게 꾸려나가야 했던 대표적인 여인으로는 이동진의 아내 염씨를 들 수 있다.

이 시기 결혼과 관련된 제도나 관습에서 비판을 받아온 것 중 하나는 부모에 의한 조혼(早婚)이라고 할 수 있는데, 조준구가 어린 서희에게 결혼을 강요할 수 있었던 것도 조혼제도를 떠나서 생각할 수 없다. 서희를 사랑하지만 결혼한 자신의 처지를 답답하게 여겼던 이상현은 이미 십 세에 염진사댁 딸과 혼약이 되어 있었다. 또한 어린 용이는 신방 촛불 밑에서 나이 어린 신부(강청댁)의 얼굴을 처음 보았으며 첫날이 밝기도 전에 외삼촌에게 그만 떠나자고 조르는 해프닝을 벌이기도 했다.

명희나 선혜, 여옥 등 『토지』에 등장하는 신여성들이 여러 가지 이유로 이혼을 경험하고 있다는 점도 특기할 만하다. 이 외에도 박의사나 최상길, 유인성의 경우처럼 아내가 다른 남자와 달아나거나 관계를 가져서, 혹은 길여옥의 경우처럼 남편이 다른 여성과 만나 이혼을 요구해옴으로써 불행한 결혼을 맞아야 하는 예도 있다. 배우자의 배신과는 전혀 다르지만 성삼대처럼 "마음에 둔 사람이 따로 있는 것도 아니면서 본능처럼 남편을 싫어"하는 아내를 너무 사랑하기 때문에 놓아줄 수 없어 고통스러워하는 경우도 있다.

유교사회에서 가문의 대를 잇는다는 것은 무엇보다 중요한 자녀의 임무였으며 절손은 조상을 뵐 면목이 없는 죄와 같은 것이었다. 농경사회이자 유교사회였던 조선시대에 자손의 번창을 바라는 것은 당연하였다. 그런데 『토지』의 등장인물들은 이상하게도 낮은 출산율을 보이고 있으며 무자녀 부부도 여럿이다. 그 때문인지 김환, 이홍, 강두매, 이양현 등 결혼하지 않은 사이에서 낳은 아이가 중요한 역할을 하고 있다.

[표 1] 『토지』 등장인물 2세대 부부와 자녀

부 부	자녀의 수	비 고
돌아가신 아씨-최치수	무자녀	아내의 요절
별당아씨-최치수	1녀	아내의 도주(1897)
강청댁-이용	무자녀	아내의 죽음
봉순네	1녀	유복자
두만네-김이평	1남 2녀	

염씨-이동진	2남	
홍씨-조준구	1남	
안산댁(복동네)	무자녀	남편의 죽음, 양자 복동이
판술네-김영팔	3남	
함안댁-김평산	2남	
임이네-칠성이	2남 1녀	
방씨-공노인	무자녀	양녀 송애
휘야네-김강쇠	1남 1녀	딸의 요절(10세)
영선네-송관수	2남 1녀	
산청댁-김한경	1남	1906년 결혼
허윤균-점아기	1남 1녀	1906년 결혼
석이네-정한조	1남 2녀	
야무네	2남 1녀	
천일네-마당쇠	2남	
두리네-강봉기	1남 1녀	
순이-육손이	1녀	
일동네-우가	3남	
유씨-임역관	1남 1녀	
조병모 남작 내외	2남	
서참봉	2남	
신씨-박재수	2남 1녀	
심운회(쎄리판 심)	2녀	
심운구	2남	

[표 2] 『토지』 등장인물 3세대 부부와 자녀

부 부	자녀의 수	자녀의 이름	비 고
김선이-장종학	3남 2녀	이름 없음	선이 1898년에 결혼하여 34세에 손주를 봄
삼월-삼수	1득	아이의 성별,	1905년 전후 아이의 죽음
최서희-김길상	2남	이름 없음	1912년 결혼
백씨-임명빈	2남 1녀	최환국, 윤국	
영만이댁-김영만	2남 1녀	임성재, 옥재, 희재	
막딸이-김두만	2남	김기완, 기대, 기숙	
인호네-김한복	4남 1녀	김기성, 기동	큰아들 요절
임이-허서방	1남	영호, 강호, 성호, 인호	1911년 아내 임이의 가출

유씨—조병수	2남 1녀	허구야	1913년 결혼
임명희—조용하	무자녀	조남현, 종현, 딸	조용하 전처와도 무자녀
노리코—조찬하	1녀	이름 없음	1923년 결혼 1930년 이혼
풍기네—김판술	2남 1녀		쇼지를 잠시 양자로 둠
장씨—송영환	1남	후미	
심수앵—윤광오	무자녀	김풍기, 명순, 웅기	아내 학대당하다가 가출
양을례—정석	1남 1녀	송유섭	
순연—귀남애비	1남		1929년 결혼, 아내 가출함
박씨—이상현	2남	정성환, 남희	남편의 가출
순철엄마—이도영	1남 1녀	귀남	1908년 이전 결혼
황태수	1남 1녀	이시우, 민우	
홍씨—양재문	1녀	이순철, 순애	
홍성숙	무자녀	황욱희, 덕희	
명희를 구해준 부부	무자녀	양소림	
장이	무자녀		
푸건—강순구	무자녀		
김인호—야무	무자녀		아내의 병
딱쇠댁—딱쇠	1남		남편의 병
허보연—이홍	2남 1녀		
송영선—김휘	1남 1녀	오복이	1923년 결혼
호야네—마천일	1남 1녀	이상의, 상근, 상조	1931년 결혼
성자네—마부일	1녀	김선아, 선일	
언년이—막동이	1남	마준이(호야), 딸	
강선혜—권오송	자녀의 수 제시 안함.	이름 없음	
		마성자	1930년 결혼, 권오송과 강선혜 모두 두 번째 결혼.
		건이	

2. 최참판가를 위태롭게 한 두 사내의 사랑

조선시대의 결혼제도가 비록 불합리한 측면이 있었다고는 해도 그것을 엄격하게 지켜야 인간의 도리를 다하는 것으로 여겨졌다. 특히 어떤 신분보다도 유교적 행위가 강력하게 요구되는 상류계급의 양반인 경우는 제례와 더불어 혼례를 성스러운 임무로 여겼다.

그런데 『토지』의 중심 인물이라 할 수 있는 최참판가의 인물들이 이 결혼제도를 위반하는 중심에 놓여 있어 관심을 가지지 않을 수 없다. 기존 결혼제도에 대한 가장 충격적인 위반이라 할 수 있는 겁탈과 야반도주는 『토지』에서 인간의 자유의지와 규범 사이의 강렬한 충돌을 의미한다. 등장인물들은 그 일을 겪으면서 인간적인 면모를 드러내고 자기 내 모순을 극복해 나가는 모습을 보여준다.

최참판댁의 며느리 윤씨 부인은 겁탈을 당하여 아들 김환을 낳게 되고, 그 아들은 본가의 아들인 최치수의 아내와 야반도주를 한다. 겁탈이나 간통은 비도덕적인 행위이기 때문에 소설에서 그것은 인간의 불완전성 혹은 사회의 부조리를 나타내곤 한다. 하지만 『토지』에서 윤씨 부인을 겁탈한 김개주는 불완전한 인간의 전형이 아니라 오히려 동학의 영웅으로 회자된다.

> "그 위인이 지금까지 살아 있었다면 어떤 길을 걷고 있을까? 궁금한 일 아니겠나? 손병희 교주도 지금은 왜국에서 세월을 관망하고 계시고 이용구 등은 왜놈 앞잡이가 되어 미쳐 날뛰는 판국인데……하긴 김개주의 경우는 다르지, 달라. 아무래도 그 위인은 살아남지는 못했을 게야."
>
> ─『토지』 4권, 마로니에북스, 2012. p. 267.

지난 날 동학장수였던 노인이 환을 보고 김개주를 회상하는 장면이다. 노인은 김개주가 왜군들에게 무참하게 죽어간 것을, 양반이 아닌 상민의 배신으로 죽게 된 것을 분개하면서 김개주의 기상을 그리워한다. 작가는 일찍이 동학장수 김개남을 모델로 김개주의 성격을 설정하였음을 말한 바 있다. 그리고 김개주의 경우는 마찬가지로 모반을 일으킨 홍경래 등과는 다르게 철학을 기반으로 궐기를 일으켰다는 점과 왕조자체를 강력하게 부정한 온전히 개혁적인 유일한 인물이었다는 점을 들면서 남다른 면모에 감탄하기도 했다.

> 김개남의 경우에는 동학이라는 종교 철학이라 할까, 정치 철학 같은 것을 바탕으로 궐기했다는 데서 새로운 면모를 가졌다는 것이지요. 그리고 우리나라의 민란이라는 것이 다른 나라와는 달리 좀 비현실적이고 신비적인 요소를 가졌고 동학에도 이와 비슷한 요소가 어느 면 있지만, 김개남이 같은 인물은 우선 왕조 자체를 강력하게 부정했던 점에서 무언가 이전의 다른 인물들과는 구별이 되는 점이 있는 것 같았어요.
> ─김치수, 『박경리와 이청준』, 민음사, 1983, pp. 194~195.

최참판가의 윤씨부인을 겁탈한 사람은 범상한 인물이 아니라 양반을 처벌하고 왜구를 물리치는 동학장수 김개주다. 그는 천은사에 머물러 있던 중 백일기도를 드리러온 윤씨부인을 범하고 만 것이다. 그 일로 윤씨부인은 자결을 시도하지만 하인에 의해서 목숨을 건지고 다시 절에 들어가 출산을 한 후 돌아온다. 양반들의 목을 쳐서 "섬진강 강가 송림의 흰 모래가 선혈로써 붉게 물들"게 한 김개주가 양반가의 여인을 범하였다는 사실은 표면적으로만 사건을 이해할 경우 김개주의 악의를 보여주는 것처럼 보인다. 하지만 윤씨부인 앞에서 김개주는 양반에게 악의를 품은 혁명군의 장수가 아니라, 수줍어하는 소년 같기도 하고 신비롭기도 한 인물로 묘사되고 있다.[179]

"나를 용서하시오. 살아주어서 고맙소."

윤씨부인의 눈길이 사나이에게로 갔다. 사나이는 소년 같은 미소를 머금었다. 장대한 몸집이 부드럽게, 아니 가냘프게까지 흔들리고 있는 것 같았다.

"환이가, 부인의 아들이 헌연 장부가 되었소."

사나이의 목소리는 잠시 잠겼다.

"그 말을 내 입으로 전해드리고 싶어서 이렇게 왔소."

―(중략)―

사나이 눈에 마지막인 듯 불꽃이 튀었다. 등잔불을 옆으로 받은 그의 얼굴, 불빛이 비친 반쪽과 그늘이 진 반쪽의 얼굴, 마치 수성과 신성을 반반씩 지닌 것 같은 신비로운 모습이었다.

―『토지』 2권. 마로니에북스, 2012. pp. 79―80.

이와 같은 김개주에게 단 한 마디도 말을 하지 않았던 윤씨부인은 김개주가 전주감영에서 효수되었다는 말을 듣고 눈물을 흘린다. 윤리의식을 잣대로 할 때 겁탈이라는 비도덕적이며 패륜적인 행동을 한 김개주이지만 그에 대한 부정적인 묘사를 『토지』 어디에서도 찾아볼 수가 없다.

김개주는 윤씨부인을 통해 환(구천)을 낳았고 환은 지리산을 거점으로 한 독립운동의 주동인물이 되고 있다. 『토지』에서 벌어지는 크고 작은 항일운동은 대부분 환과 연관되어 있다. 또한 환은 하동과 서울, 간도, 연추, 만주 등지를 오가며 『토지』에서 가장 광범위하게 활동을 펼치는 인물이라고 해도 과언이 아니다.

출생의 비극을 안고 살아야 하는 김환은 형의 아내와 야반도주를 하는 불륜을 저지르게 되면서 더욱 비극적인 운명에 놓인다. 윤씨부인을 찾아가 최참판댁 노비가 된 김환(구천)은 당대로서는 극형에 처해졌던 노주상간(奴主上姦)의 범죄를 저지르고, 최치수의 추적을 피해 도망다닌다. 윤씨 부인은 두 아들 사이에서 갈등하지만 별당아씨가 구천이와 함께 야반도 주하는 것을 돕는다. 그럼에도 불구하고 김환과 별당아씨의 야반도주는 1부에서 가장 아름다운 사랑으로 그려진다. 이로써 김환은 대를 이은 불륜의 운명을 짊어졌지만, 신분적·윤리적 한계를 넘어 진실한 사랑에 이르는 인물로 완성된다.

결혼제도에 대한 가장 충격적인 위반이라고 할 수 있는 겁탈이나 간통은 사실 『조선왕조실록』에도 많은 사례가 기록으로 남아 있을 정도로 충분히 일어날 수 있는 일이었다. 그러나 『조선왕조실록』에 실려 있는 양반 계층의 간통이나 그 밖의 음행은 곧 그것이 처벌의 대상이었다.[180] 하지만 격변의 시기를 다루고 있는 『토지』의 경우 그것은 일시적인 처벌의 대상이라기보다 인간의 자유의지와 규범 사이의 충돌을 의미한다. 등장인물들은 그 일을 겪으면서 인간적인 면모를 드러내거나 또는 자기 내 모순을 극복해 나가는 등 제도의 위반에 따른 충격이 죄의식이 아니라 자기 정체성의 확립 과정으로 작용하고 있음을 볼 수 있다.

3. 새로운 시대를 의미하는 결혼

『토지』에서 가장 먼저 언급된 양반의 낙혼은 영락한 양반 김평산과 중인계급 함안댁의 결혼이다. 평산은 최치수를 살해하기 전부터 "시정잡배 못지않게 타락된 인간"이었으나 함안댁은 남편이 양반이라는 이유만으로 "가난과 포악"을 말없이 견디어낸다. 조선조 여성들이 이렇듯 자신을 철저하게 제외시킨 남편에게 혹은 남편의 가족에게 그토록 충실해왔던 이유는 당시 여성들의 욕구, 희망과 가치 체계를 근거로 하여 생각해

볼 수 있다. 그것은 대다수의 여성들이 어려움을 참고 열심히 일하기만 하면 언젠가는 어머니로서 보상을 받게 되며, 남편 집안의 당당한 조상이 된다는 확신을 가지고 가부장적 체계에 자발적으로 충성하여 온 것이기도 하다.[181]

김평산이 최치수 살해의 주모자로 밝혀져 사형을 당한 후 함안댁은 자결한다. 이후 김평산의 두 아들 한복과 거복은 천대를 면치 못하는데, 한복은 장바닥에서 걸식하는 계집과 결혼을 하며 거복은 일경의 끄나풀로 살면서 일본 여성과 동거한다. 김평산의 죄값으로 낙혼은 대를 이어 지속된다. 한복의 아들 영호는 가난한 농민의 딸 영선(영선은 주모 영산댁의 시영딸로 자란다)과, 한복의 딸 인호는 나이 많은 구두쇠 장사꾼과 결혼을 하는 것이다.

낙혼으로 파문이 커진 것은 서희와 길상의 결혼에서이다. 서희와 길상의 결혼에 대해 김훈장은 "해괴망칙한 일", "야합"으로 비난하면서 서희가 "실리에 눈이 어두워" 그런 결정을 하는 것이라고 말한다.

전통사회일수록 법을 대신하여 관습적인 의례가 중요한 역할을 담당하였다. 혼인을 위해선 미리 정해진 의례의 과정 하나하나를 충실히 밟아야 했다. 혼담이 오고가고, 혼약이 맺어지고, 혼수를 주고받고, 혼례를 치르는 매 과정마다 엄격한 형식의 의례가 있었다. 혼인은 당사자만이 아니라 가문이나 친족 상호간의 연망이 맺어지는 사회적 계약이었다. 그러하였기에 혼인은 보통 친족집단과 마을의 축제였다. 이러한 사회적 의례를 통과하지 않은 혼인이라면 그것은 한갓 야합에 불과한 것으로 여겨졌다.[182]

한편 길상의 다음과 같은 내면은 김훈장의 발언이 개인의 망말이라기보다 어쩔 수 없는 제도의 무게임을 말해준다.

김훈장의 사람됨이 잔인해서도 아니다. 고의로 한 말도 아니다. 사람됨이 잔인했거나 고의로 한 짓이라면 미워해버리면 그만이다. 등을 돌려버리면 그만이다. 김훈장은 오히려 착한 편이다. 정직한 사람이기도 하다. ─(중략)─ 몇백 년의 세월이, 몇백 년의 제도가 빚어낸 메울 수 없는 심연, 이편과 저편이 결코 합칠 수 없는 단층, 왜 그것을 여지껏 못 깨달았는가.

─「토지」 6권, 마로니에북스, 2012, p. 82.

대지주 최참판 가의 자손 서희가 근본도 모르고 머슴처럼 지내던 길상과 결혼할 수도 있음을 짐작하게 하는 것은, 평사리를 떠나 용정에 정착한 후 서희가 자신을 사모하는 상현을 앉혀 놓고 의도적으로 길상과의 결혼 가능성에 대해 의견을 타진하는 장면에서다. 길상은 회령에서 잠시 옥이네와 인연을 맺고 있었는데, 서희는 그 소문을 들은 때문인지 회령행을 고집한다. 결국 회령에 간 서희가 옥이네를 만나고 용정으로 되돌아오는 길에 달리던 마차가 전복되는 사건이 벌어지는데, 이 사건이 그들에게 결정적인 계기가 되어 이후 서희와 길상은 혼인한 것으로 서술된다.

그러나 그들의 결혼과 관련된 장면은 작품 어느 곳에서도 찾아볼 수가 없다. 사실, 서희와 길상의 결혼이 성사되기까지의 과정이라든지 결혼 장면은 신분 제도의 파괴라든지 문화·풍속의 재현 등과 같은 측면에서만 주목을 끄는 것이 아니다. 길상과 봉순의 어릴 적 감정, 서희에 대한 상현의 연정, 상현과 길상의 갈등, 길상과 옥이네와의 관계, 김훈장·이동진·송애 들의 갈등 등 숱한 관계망 속에서 그들의 결합은 지금까지 진행된 하나의 커다란 플롯이 정리되고 새로운 플롯이 형성되는 계기로 작용하고 있으므로 보다 극적인 구성이 요구되기도 하는 것이다.

절차를 중시하는 조선시대 혼례는 개인적인 의미보다는 가계의 계승이나 사회질서의 유지를 보다 중요한 의미로 여겼다. 또한 혼인에는 서부모(誓父母), 서천지(誓天地), 서배우(誓配偶)의 의미가 담겨 있었다. 모든 혼례 절차는 이와 같은 삼서정신(三誓精神)의 의미를 담고 있어 결혼이란 단순한 부부결합이 아닌 매우 다양한 뜻을 내포하고 있었다.[183] 따라서 서희와 길상의 결혼 성격과 혼례 절차의 문제를 서로 무관한 것으로 보기는 어렵다. 『토지』를 여성가족사 소설로 본 오세은은 서희와 길상의 혼인 과정에서 일어나는 갈등이 크게 부각되고 있는 것에 비하여 비하여 혼례 절차에 대해서는 거의 언급이 없음을 지적하면서 이것은 고아인 서희에게 가족 의례라는 형식적 규범이 무의미할 만큼 고독한 단독자의 가계 재건이라는 목적에 더 비중이 있었기 때문이라고 하였다. 또 과감하게 축약된 혼사 의례의 담론은 전통적인 가족의 영역을 상실한 서희에게 가족 의식의 절차마저 무의미함을 상징하는 것으로 보았다.[184]

서희의 선택은 설사 서희가 제도의 악습을 인식하고 있었던 것은 아니라고 해도, 서희가 가문의 권위를 되찾으려는 집념에 사로잡혀 있었던 결과라고 해도, 그 영향은 보이지 않게 악습을 무너뜨리고 있었다. 김훈장의 딸 점아기가 자신의 딸과 농사꾼 용이의 아들 홍이와의 혼담을 꺼내자 복동네와 야무네는 다음과 같은 대화를 주고 받는다.

> "그거는 나도 안다마는 그럴 리 없다."
> "그러니 내가 머라 캅디까? 혼사란 가이방해야 한다고."
> "만일에 그기이 참말이믄 땅 밑의 김훈장이 벌떡 일어날 기다."
> "최참판댁 아기씨는 하인하고 혼인하지 않았소? 그러고 보면 안 될 얘기도 아닌 성싶은데."
> "그건 그렇다마
> 는 어째서 얘기가 나왔이까?"
> ─『토지』 10권, 마로니에북스, 2012, pp. 174-175.

서희와 길상은 1912년에 결혼하였고 홍이와 보연은 그로부터 10여 년 후인 1923년에 결혼을 한다. 서희와 길상의 결혼이 있었기에 평사리의 사람들은 홍이와 보연의 결혼을 크게 반발하지 않고 받아들일 수 있었다. 그리고 서희와 길상의 결혼 장면이 생략되어 있는 것과는 대조적으로 홍이와 보연의 결혼 장면은 비교적 상세하게 서술되어 있다. 3부 2편 16장 '혼례' 항목에서 홍이의 결혼을 자세히 다루었다. 결혼이 성사되기까지의 과정은 물론 "납채에서 봉채에 이르기까지 붓글씨며 격식이며 소홀함이 없도록" 준비한 용이의 마음씀씀이를 보여준다. "이월 열하룻날, 늦은 아침을 먹을 시각쯤 드디어 홍이는 친영(親迎)길을 떠나려고 말에 올랐다. 통영까지는 당일에 갈 수 없었으므로 남해로 돌아서 그곳에서 하룻밤 중방에 들었다가 내일 아침 뱃길로 통영에 갈 것이다."로 시작하여 구체적으로 친영길이 제시된다. 또한 폭우가 쏟아지고 초례청에 쓰였던 닭이 죽는 등 불길한 징조들을 내세워 긴장감을 조성하면서 이 결혼에 주목하게끔 한다. 그리고 마지막으로는 신랑집으로 돌아와 폐백을 드리고 잔치를 여는 것까지 빠뜨리지 않는다.

일제시대 흔한 경우는 아니지만 국제결혼이 이루어지기도 했는데,[185] 그것은 부부관계보다는 가족관계에 좋지 않은 결과를 가져올 것이라는 우려를 낳았다.

전년에 모조선지식계급여성이(그는 명실공히 단단한 '인텔리' 여성이었다) 모국인과 '로만스'가 생기고 이어서 결혼에까지 이른 일이 있었다. 그의 주변에 있는 사람들에게 악감을 주고 그의 가까운 친우들은 분개하야 절교를 한 사람이 한두 사람이 아니였으며 그의 홀어머니 되시는 분은 비분절통에 기어이 자살을 하시고 말았다 한다. ─(중

략)— 자기 개인은 넉넉히 행복스럽다 할지라도 그의 행동이 그 가정
을 불행하게 하고 그의 모교를 욕되게 하며 그의 사회에 큰 영향을
미치게 한 바가 아닌가 재고가 있기를 바란다.

—『여성』1938년 2월호[186]

당시 미국인이나 캐나다인, 독일인, 중국인 등과의 국제결혼이 잡지에
실려 세간의 관심을 끌었다. 위의 글은 이화여전을 나온 인텔리 여성이
미국 선교사와 결혼한 사건을 두고 국제결혼에 대하여 비판하고 있는 것
이다. 그런데 국제결혼이라고 해도 조선인이 일본인과 결혼한다는 것은
다른 국적을 가진 국제결혼과는 비교할 수도 없는 것이었다.

유인실이 오가다 지로를 사랑하면서도 절대로 결혼을 하지 않겠다고
결심하는 것이나, 오가다의 아이를 갖게 되자 수치심으로 괴로워하는 것
은 민족의식이 투철했던 그녀만이 품는 정신적 갈등이라고 할 수 없다.
그녀만이 아니라 투철한 민족의식을 표명하지 않던 조찬하조차도 자신의
결혼을 "반역적 행위"로 여기고 죄의식을 떨쳐버리지 못한다. "반역이란
이렇게도 무서운 형벌인가, 반역자가 밟을 땅은 없다. 상해 홍구공원의
사건, 내게는 기뻐할 자격도 없다. 슬플 뿐이다"라고 자책하면서 유인실
의 결단을 이해한다.

그럼에도 불구하고 당시 조찬하가 일본여성과 결혼할 수밖에 없었던
데는 사모하였던 임명희와 형 조용하와의 결혼으로 입은 상처가 주된 이
유가 되었다. 이때 친일귀족 조병모 남작 내외는 이 결혼을 반대하지 않
는다. 왜냐하면 아들 둘이 모두 명희를 좋아했었다는 세간의 소문을 덮기
위해 "이렇게라도 결혼을 하는 것만이 조씨 일문을 위한 해결책"이라고
생각했던 것이다.

주목해야 하는 것은 이렇게 도망치듯 일본으로 건너가 결혼하게 된 조

찬하의 아내 일본인 여성이 낮은 신분이거나 교육을 받지 못했거나 경제적 어려움을 겪고 있는 그런 여성이 아니라, 찬하의 스승인 혼다 교수의 질녀였다는 것이다. 노리코는 부유한 집안에서 태어나 "오차노미즈 여학교를 거쳐 여자대학 국문과를 나온 수준급의 교양과 지식을 구비한" 여성이었다. 게다가 노리코의 부모와 가족들은 조찬하와의 결혼을 축복하고 있다. 비록 조찬하가 귀족출신이기는 했으나 그 때문만은 아니고 그의 인품을 만족스러워하고 있다. 그리고 조찬하의 결혼생활은『토지』에 등장하는 그 누구의 결혼생활보다 만족스러운 것으로 서술된다.

> 결혼 후에도 일본의 종래 여자처럼 꿇어앉아서 바닥에 손을 짚고 절을 하며 다녀오십시오, 돌아오셨습니까, 하고 남편을 대하지 않았다. 결혼 전과 다름없는 생활 태도였는데 그것은 노리코의 의사였다기보다 찬하가 전적으로 그에게 자유를 주었기 때문이다. 구김살이 없고 천착하고 집요한 성미가 아닌 노리코는 자신이 자유로운 만큼 남편도 자유롭게 놔두는 것에 대하여 일말의 의혹도 없었다. 상황이 복잡하고 상황에 대응하는 내적인 것이 섬세한 데다 큰 상처를 안고 있는 찬하에게 노리코는 편안한 존재였으며 구김살 없는 그의 성품을 사랑했다. 노리코는 물론 찬하를 사랑했다. 대단히 깊이 사랑했다.
>
> ─『토지』 15권. 마로니에북스, 2012. p. 258.

그런데 특기할 만한 것은 조선인 여성 유인실과 일본인 남성 오가다의 결혼은 불가능했으며, 조선인 남성 조찬하와 일본인 여성 노리코의 결혼은 문제없이 이루어졌다는 것이다.『토지』에서 이것은 서희가 참석한 용정 거주 일본인 상류층 부인네들의 모임에서 민족의 순결성 문제와 결부

되어 논의되고 있다.

> "그건 틀립니다아. 일본남자하고 결혼 안 하는 게 아니에요, 일본
> 남자가 조선여자하군 안 하는 거지요."
> 코가 긴 헌병장교의 처가 나무라듯 말했다.
> "그럴까? 그러면 일본여자는 조선남자하고 결혼하는 사례가 더
> 러 있던데, 그러고 보면 이거 불명예 아니유? 남자의 정조관이 여자
> 보다 훨씬 높다 그 얘기가 되니 말예요. 호호홋……."
> ─(중략)─
> "그거야 뭐 일본의 경우도 그렇지요. 양갓집 여자가 조선남잘 따
> 라 사는 건 아니지 않아요?"
> "내가 듣기엔 그렇지 않아요. 조선남자는 화류계 여자를 처로 맞이
> 하는 법은 절대로 없다는 거예요."
> ─「토지」 8권, 마로니에북스, 2012, p. 154.

남성의 경우 순수한 혈통의 대를 잇기 위해 얼마든지 다시 조선인 여성
과 재혼할 수도 있지만, 여성의 경우는 일본남성의 아이를 낳는 것 자체
로 민족의 순수성을 잃어버리게 된다는 논리다. 조찬하도 그와 비슷한 발
언을 하고 있다. 조병모 남작 내외가 형의 죽음으로 찬하에게 대를 잇게
하기 위해 조선인 여성과의 재혼을 강요할 것이라 짐작하는 것이다. 실제
로 부가족제도를 영구히 유지하려면 혈통을 분명히 할 필요가 있으므로
남성은 마음대로 황음란행하면서도 여성만은 반듯이 정조를 지키게 하
였다고 한다.[187]

4. 관습과 제도를 넘어서는 사랑

천민에 속하는 무녀는 주로 함께 일을 하는 재인(才人)과 혼인하였으며, 양반들이 흔히 종첩을 두었던 것과는 다르게 관리로서 무녀를 첩으로 삼는 자는 벌을 받기도 하여 양반의 첩이 될 수도 없었다.[188] 조선 후기 신분제도가 흔들리자 무녀는 기생이 되어 상류층과 교제를 하면서 신분상승을 꿈꾸기도 했다.[189] 무녀는 단지 천한 신분이라기보다 주술적 능력 때문에 경계의 대상이 되었다. 일반적으로 "무당딸하고 혼살 하믄 망한다"고 생각했다.

『토지』에서 무당의 딸 월선은 어릴 적부터 한 마을에서 자란 용이를 숨을 거둘 때까지 평생 사랑한다. 『토지』에서 이처럼 지고지순한 사랑을 보여주는 인물은 찾아보기 힘들다. 월선은 용이뿐만 아니라 용이 식구들 즉 임이네와 홍이에게도 희생을 감수하면서까지 자비와 사랑을 베푼다. 일반적인 가족 윤리로 보면 엄연히 불륜임에도 불구하고 『토지』에서 월선은 그 누구보다도 아름답게 형상화되어 있다. 월선은 작가가 애착을 가지는 인물 유형으로 지목되기도 하는데, 이 유형에는 세속적 이기에는 어둡고 인간에 대한 근본적인 신뢰로 살아가는 인물들이 속한다. 이들은 낭만적 이상형으로[190] 분류되기도 한다.

월선을 사랑하면서도 어머니의 반대에 부딪쳐, 혹은 돌이킬 수 없는 실수로 인해 한번도 월선을 아내의 자리에 두지 못한 용이는 대표할 만한 긍정적인 농민의 형상을 하고 있다. 『토지』 대부분의 등장인물들로부터 호평을 받고 있으며 아들 홍이에게는 아름다운 생애를 살다 간 멋진 사내로 기억된다. 용이는 지극한 효심, 이웃에 대한 도리와 인정, 대쪽 같은 정의감, 엄격한 도덕심등을 갖추고 있을 뿐만 아니라 현실의 고통에도 불구하고 엄격한 자기 규율과 절제를 잃지 않는 인간적 품위를 갖춘 인물로 그려진다.[191]

이러한 성격의 용이와 월선의 사랑 이야기는 『토지』가 3부까지 연재되었을 무렵 "작품의 제2의 플롯"으로[192] 주목되었을 만큼 『토지』 전반부에서 상당한 비중을 차지하고 있다. 월선과 용이는 네 차례의 생이별을 겪으면서 더욱더 극적이고 애틋한 사랑을 보여준다.

> '내가 내가 죽을 것 같다. 몹쓸 계집, 지가 가믄 나를 잊을 기든가, 아아.'
>
> 용이는 몸을 덮쳐 엎드렸다. 흙의 찬 기운이 얼굴에 닿았다.
>
> '용아, 나는 죽어도 무당은 안 될 기다. 용이가 다른 각시 얻어서 살아도 나는 무당 안 될 기다.'
>
> 계집애는 해죽이 웃었다. 아니 고달프게 웃었다.
>
> ―『토지』 1권, 마로니에북스, 2012. p. 412.

월선이 용이의 처 강청댁에게 몰매를 맞고 용이도 모르게 하동을 떠난 후, 이 일로 용이가 삶의 의욕을 잃고 심한 가슴앓이를 하는 장면이다. 월선과 용이가 다시 만난 것은 그로부터 3~4년 후 최치수가 살해당하는 사건이 있은 다음이었다. 최치수의 살해 혐의로 김평산과 귀녀 그리고 칠성이 처형되고, 칠성의 아내 임이네는 겨우 목숨을 연명하는 처지였다. 용이는 임이네를 불쌍히 여겨 도와주다가 그만 임이네에게 실수를 하여 임신을 시키고 마는데, 월선은 윤보로부터 이와 같은 소식을 듣고 눈물을 흘린다. 평사리에 전염병이 돌아 수많은 마을 사람들이 죽으면서 용이의 처 강청댁도 죽었으나 용이의 곁에는 아들을 낳아준 임이네가 있었다. 그래도 강청댁이 살아 있을 때와는 달리 용이는 장날이면 하동읍내에 나가 월선을 만나고 오는 것을 잊지 않았으며, 임이네는 그것에 대해 떳떳하게 말할 처지가 아니었기에 괜한 신경질을 부리기만 했다.

용이는 용이대로 용정서의 그 지긋지긋한 생활에서 놓여난 것만을 다행으로 여기듯 대개는 임이네 신경질에 무감각인 편이었다. 그리고 월선을 위한 바람막이 같은 자신을 깨달을 적에 용이는 일상의 추악한 단면을 외면할 만큼 인내심이 깊어지기도 했던 것이다.

'내가 너에게 무엇을 해줄 수 있단 말고, 불쌍한 것.'

순수하게, 옛날과 같이 순수하게 용이는 월선을 위해 눈물을 흘릴 수 있었다. 지난겨울 벌목일을 끝내고 용이는 월선에게 먼저 갔었다. 많지 않지만 품삯의 일불 내놓았을 때 월선의 얼굴에선 빛이 났다. 그러나 다음 월선은 당황하여 얼굴을 붉혔다.

"머 내사 어럽울 기이 없는데 집에 가지가소."

"여기가 내 집인데?"

월선의 눈에 눈물이 글썽 돌았다.

"걱정 말고 넣어두어. 양식 팔 만큼은 따로 내났으니까."

"그, 그래도 지는, 돈 씰 데가 어디 있습니까."

"씰 데가 없이믄 신주맨치로 뫼시놓으라모."

그러고는 오래간만에 용이는 소리를 내어 웃었다."

—『토지』 7권, 마로니에북스, 2012. p. 241.

위의 인용문은 우여곡절을 겪고 난 후 월선과 용이가 더욱 깊어진 사랑 속에서 행복한 시간을 보내고 있는 장면이다. 박경리의 작품 중 『토지』 이전에 발표된 작품들에 나타나 있는 모티프들은 『토지』에 집약되면서 새로운 양상을 보이기도 하는데, 그 중에서 비극적·낭만적 사랑의 모티프는 현실적 장벽에 대한 비판적 시각을[193] 우회적으로 드러낸다. 월선과 용이가 부딪친 현실적 장벽은 결혼 제도와 관습이다. 오순도순 정다운 시간을 보내고 함께 생활하는 시간이 있었다고는 해도 그들이 결혼을 이루지 못한 것은 평생의 한으로 남게 된다. 그런데 이들은 한이 없다고 말한다. 월선은 중병에 걸려 오십여 년의 생을 마감하면서 여한이 없다고 말한다.

> 월선의 사지는 마치 새털같이 가볍게, 용이의 옷깃조차 잡을 힘이 없다.
>
> "니 여한이 없제?"
>
> "야. 없십니다."
>
> "그라믄 됐다. 나도 여한이 없다."
>
> 머리를 쓸어주고 주먹만큼 작아진 얼굴에서 턱을 쓸어주고 그리고 조용히 자리에 눕힌다.
>
> 용이 돌아와서 이틀 밤을 지탱한 월선은 정월 초이튿날 새벽에 숨을 거두었다.
>
> ─『토지』 8권, 마로니에북스, 2012, p. 244.

『토지』에서 손꼽을 만한 인상적인 장면이라고 할 수 있는 '월선의 임종' 장면이다. 김진석은 『토지』에 나타나 있는 한을 분석하면서 "한이 생명과 더불어 왔다는 것은 그것이 생명의 힘을 저주하는 원한이 아니라, 생명의 결에 따라 모든 방향으로 흐를 수 있다는 것을 의미한다"고 하였다.[194] 월선과 용이는 결혼제도로 인한 벽에 부딪쳐 평생 한을 안고 살아가지만 그 누구보다도 자비와 사랑을 베푼 상생의 정신을 보여준 인물들이다. 그들의 한은 저주하는 원한이 아니라 제도적 장벽도 뛰어넘을 수 있는 힘이 되는 한이었다.

5. 제도의 변화와 의식의 변화

조선시대 결혼제도는 신분차별의식과 남녀차별의식을 근간으로 하는 불합리한 제도였으므로 시간이 흐르면서 제도가 변화하는 것은 불가피한 일이었다. 제도는 그것을 위반하는 사람들에 의해 흔들리기 시작했으나, 한편으로는 제도의 변화에 의식의 변화가 따라가지 못하는 경우도 있었다.

조선후기 과부의 재가금지 제도는 한편으로는 사주단자만 받아도 수절을 하는 극단적인 형태까지 나타났으며, 또다른 한편으로는 제도와는 상관없이 사회 저변에서 이미 과부의 재가가 널리 행해지고 있었다. 동학 교주 최시형이 17세 때 이웃의 과부 오씨가 그를 흠모하여 청혼을 했었다는 일화도 전해 내려오고 있는데, 이처럼 재력 있는 과부가 먼저 총각에게 청혼할 수 있을 만큼 유교적 가치관보다는 경제적 여건이 더 위력적이었던 것이다.[195]

『토지』에서도 이와 비슷한 일화가 소개되고 있다. 칠성은 재력 있는 청상과부를 만나 함께 살 뻔했던 일을 떠벌리고 다닌다. 『토지』에서는 간혹 과부의 재가, 혹은 과부가 아니라고 하더라도 여성의 재혼이 일어나기는 하나 큰 문제가 되지 않는다. 물론 지체 높은 양반 계층에서 일어나는 일은 아니며, 주위 사람들의 비난도 있지만 어렵지 않게 일이 성사되고 있다. 아내와 사별한 푸건이 신랑이 과부와 재혼을 하며, 통영 어장에서 국밥집을 운영하는 모화는 이미 결혼을 하여 아이까지 있었음에도 총각 몽치와 함께 산다. 또 환국의 딸 인호는 시집에서 도망을 나와 친정에서 지내다가 병든 야무를 돌보며 산다.

남성의 재혼은 너무나 당연한 것으로 여겨졌는데, 문제는 그 대상이 되는 여성의 특성이다. 『토지』에서 그 대상이 되고 있는 여성은 강혜숙과 김숙희처럼 한 때 인연을 맺었던 남자와의 관계가 알려진 여성들이다. 남성의 경우 여성과의 관계는 결혼의 결격 사유가 되지 않으므로 허정윤은 김숙희와의 관계가 알려졌어도 큰 문제없이 양반의 외동딸 양소림과 결혼하여 평온한 가정을 이루고 있어 여성의 경우와 대비를 보인다.

중혼제도의 경우 남녀차별의 대표적인 제도라고 할 수 있는데, 서구문화의 유입이 급격하게 이루어지면서 중혼제도가 여성에게 불합리한 제도라는 것이 공공연하게 언론에서 언급되기도 하고 일부일처제의 타당성이 주장되기도 하여 점차 떳떳하게 중혼이 이루어지기보다는 기생이라든가 자신보다 낮은 신분의 가난한 여성을 첩으로 두는 경우가 많았다.

부모의 결정을 따라 어린 나이에 결혼을 해야 하는 조혼제도는 법적 연령대가 늦추어지면서 제도적 개선이 이루어지고, 일제시대 신교육을 받은 지식인층과 신여성을 중심으로 한 '자유연애' 열풍으로 마치 금방이라도 사라질 것처럼 보였다. 그러나 1930, 40년대까지도 여전히 세간에서는 부모에 의한 조혼이 흔한 결혼 방법이었다.

제도가 변하기 전이라도 사회 저변에서는 필요에 따라 제도를 위반하는 경우도 비일비재 했다. 그러나 신분제도처럼 제도의 변화에도 불구하고 의식의 변화가 그것을 따르지 못해 악습과 폐해를 낳는 경우도 있었다. 결혼제도의 악습을 가장 적극적으로 비판한 사람들은 동학교도들이었다. 『토지』에서 송관수는 백정과 결혼한 백정의 사위로 등장하여 김환과 함께 독립운동을 펼치는 중심인물이다. 그리고 송관수의 아버지는 과부와 결혼한 동학교도이다. 송관수는 정석과의 대화에서 자신의 아버지와 어머니가 결혼하게 된 일화를 이야기하면서, "아부지가 동학에 들어간 것은 아마 과부는 개가하는 기이 옳다는 그 조목이 좋았든 때문이 아닐까?"라고 말하고 웃는다. 그리고 이어서 동학의 평등의식이 담겨 있는 「교훈가」를 부른다. 이와 같은 동학교도들의 요구를 수렴하여 갑오경장 당시 사회신분제의 법제적인 폐지가 이루어졌으나, 수백년간 사회구성의 기본 골격을 이루었던 신분제가 단시일내 철폐될 수는 없었다. 현실적으로 잔존해 있던 사회통념상, 관습상의 신분제를 철저히 부정하고 극복하려는 노력이[196] 없었던 것은 아니지만 그 노력이 결실을 맺기까지는 많은 시간이 걸렸다.

백정은 천민 중에서도 가장 멸시를 받은 계층으로 촌락변두리에 특수부락을 형성하여 집단생활을 했다. 그들을 양인과 화해시키려는 정책을 편 세종은 세종6년에 계급내의 통혼을 금하였으나 좀처럼 유습은 사라지지 않았다.[197] 『토지』에서 양반들이 백정과 같은 자리에서 술을 마실 수 없다며 호통을 치는 장면이 나오는데, 이처럼 정책이나 제도와는 상관없이 사람들의 의식 속에 깊게 자리잡아온 신분차별의식은 일시에 사라질 수 있는 것이 아니었다.

상인출신인 송관수는 동학운동을 하다 쫓기는 신세가 되어 떠돌다가 은신처에서 만난 백정의 딸과 결혼한다. 송관수는 윤보, 김환, 이범준 등과 동지적 관계를 맺으면서 형평사 운동, 최참판가 습격 사건, 의병활동, 부산 노동자 파업, 진주 군자금 강탈 사건, 만주 독립운동 가담 등 일생을 떠돌며 사회운동을 펼침으로써 신분으로 인해 자기 자신의 개인적인 문제에 부딪치지는 않는다. 그러나 그는 아들을 교육시키기 위해 그들이 백정임을 모르는 곳으로 아들을 보내고, 그 아들이 백정의 자손임이 밝혀져 실연을 겪고 방황하자 신분과 관련된 자기비하에 빠져 괴로워한다.

강혜숙의 어머니였던 것이다. 겨울방학이 되면서 거동이 수상하다 했더니 어제저녁 때 찾지 말라는 편지 한 통을 남겨놓고 혜숙이 집을 나갔다 하며 쳐들어오다시피 그는 관수 집에 나타난 것이다.

"가시나 하나라고 금이야 옥이야 키아났더마는 그 쇠 빠질 년이,

세상에 이럴 수는 없는 기라. 가시나 머시마 눈이 맞은 것만 해도 남
사스런 일인데 이거는 골라도 우야믄 그렇기, 아 하필이믄 소 잡는
백정 놈 자식이란 말가!"

—(중략)—

"지 자식 놈 때문에 일이 이리됐으니 지도 주, 죽고 접은 맘 밖에
없십니더. 다 부모 잘못 만난 죄로,"

새파랗게 질려서 떨고 있던 영광네는 울기 시작한다.

─『토지』14권, 마로니에북스, 2012, pp. 294-295.

송영광과 강혜숙은 서로 편지를 주고받으며 교제를 했는데, 영광의 신
분이 알려지자 강혜숙의 어머니가 송영광의 집에 찾아와 행패를 부리는
장면이다. 모욕을 당하면서도 영광의 어머니 영광네는 스스로를 죄인이
라 생각하고 울며 사죄한다. 영광의 여동생 영선이가 어린 나이에도 불
구하고 그런 어머니를 말리며 "옴마 죄도 아니고 오래비 죄도 아니고 세
상이 잘못된 죄"라고 말하고 있지만, 1930년에 일어난 이 사건은 "세상이
달라져가고 있다고는 하나 마음속에 찍혀 있는 피차간의 숱한 낙인들이
일조일석에 없어질 것인가."라는 한탄조의 서술로 당시의 상황을 고스란
히 보여주는 것이다.

영광은 결국 학교에서 퇴학을 당하고 일본으로 건너가 막노동을 하면
서 힘든 삶을 살아간다. 그로부터 10여 년이 지나 기생의 딸로 태어난 양
현과 사랑을 하게 되지만, 영광은 신분에 대한 피해의식에서 벗어나지 못
하고 양현 몰래 만주로 떠난다. 그리고 화류계 여성들과 관계를 맺으며
방랑생활을 한다.

하지만 영광의 여동생 영선은 아버지의 뜻에 따라 상인출신인 강쇠의
아들 강휘와 결혼한다. 어머니의 울음을 만류하며 세상의 잘못을 비판하

기도 했고 부모의 노력으로 보통학교까지 나왔지만, 영선은 자신의 결혼에 대한 의견을 제시하지도 않고 아버지의 결정에 그 어떤 이의도 제기하지 않는다.

> "영선이를 맡기러 왔다. 맡을라나, 안 맡을라나."
> 강쇠는 순간 숨을 죽인 듯 관수를 쳐다본다.
> "와 말을 못하노!"
> "맡는 것도 나름 아니가. 더 확실하게 얘기해봐라."
> "짐작이 갈 긴데 피하기가?"
> "피하는 놈이 확실하게 얘기하라 하더나?"
> "자부 삼으라 그 말이다."
> "조옹지."
> 관수의 굳어졌던 얼굴이 확 풀렸다.
> "너무 흥감해서 걱정이제."
> "이자 됐다. 자식 걱정은 덜었다."
> 관수는 쓸쓸하게 웃었다.
> ―「토지」 14권, 마로니에북스, 2012, p. 355.

영선을 강쇠에게 데려간 관수는 자신의 신분에 대한 열등의식 때문에 순간 긴장을 하기도 하지만 강쇠의 흔쾌한 허락에 쓸쓸한 웃음을 짓는다.

이처럼 백정은 신분차별이라는 거대담론에 대한 피해의식에 시달리거나 신분차별의식으로부터 탈피하는 것에 전력을 기울임으로써 개인의 주체성이라든가 자유의지 등을 고려하지 못하는 한계를 보인다. 그들의 결혼은 여전히 부모에 의한 중매혼으로 이루어지고 있다.

외세의 침입으로 주권을 상실했던 20세기 전후는 제도와 의식이 급격하게 충돌하는 시기여서 결혼 문제로 인한 자살과 이혼급증이 사회문제로 대두되기도 했다. 이 시기 결혼제도의 변화를 주도한 계층은 가장 큰 억압을 받고 있는 천민보다는 양인이나 중인이었다. 중인계급은 견고하게 제도를 지켜내야 하는 위치에 속하지 않으면서, 새로운 문물을 받아들일 수 있는 환경에 놓여 있었으므로 비판적 의식을 드러내기가 수월했던 것이다. 그러나 사회에서 가장 약자에 속하는 천민의 경우는 무엇보다도 신분차별의 큰 피해자였기 때문에 신분차별의 극복뿐만 아니라 남녀평등의식이 요구되는 결혼제도에 대한 비판적 사고와 실천에까지 나아가지 못하는 한계를 지니고 있었다.

『토지』에서 천민에 해당한다고 할 수 있는 무당과 백정의 가계 인물들의 활약이 돋보이는 것은 이러한 시대적 제약을 뛰어넘어 인간의 자존을 지켜내려 했기 때문이다.

제2장

『토지』주요 공간의 의미와 공간 구성

박경리는 『토지』를 쓰기 전에 작품의 주요 배경인 하동 평사리와 간도 용정에 가본 일이 없다고 했다. 사전과 지도, 역사책 등을 보면서 창작하였고 작품을 쓴 후에야 그곳에 가보았다. 오로지 상상력으로 구성해낸 공간인데, 『토지』의 심오한 세계는 바로 이 놀라운 상상력이 창조해낸 광활한 공간으로부터 비롯하였다고 해도 과언이 아닐 것이다.

『토지』의 주요 공간으로는 평사리, 용정, 진주, 서울, 신경, 지리산 등을 꼽을 수 있다. 이 공간들은 작품 외적으로 벌어진 역사적 사건에 의한 변화를 논외로 할 때, 작품 전체를 통해 정체된 특성을 갖는가 하면 서사의 흐름에 따라 성격이 변화하기도 한다. 이러한 현상은 각 공간을 왕래하는 행위자의 특성과 이동에서 그 원인을 찾을 수 있다. 평사리나 용정, 진주, 신경, 지리산 등은 행위자들의 많은 이동이 있기는 하지만 그곳은 고향이거나 거주지여서 공간을 왕래하는 계층적 성격이 크게 변하는 것은 아니다. 그러나 서울의 경우 다른 공간과 비교해 볼 때 실로 다양한 계층의 다양한 인물들이 왕래하고 있어서 서사에 따른 변화는 여느 공간보다 두드러져 보인다.

1. 운명공동체, 평사리와 진주

『토지』는 평사리의 경우 최참판 가를 중심으로 농민을 비롯한 마을 사람들이 강한 응집력을 가지고 있음을 전제로 한 상태에서 서사를 시작한다. 이후 사회신분제도가 폐지되었음에도 불구하고 최참판 가와 평사리 마을 사람들의 관계는 여전히 종속적인 것처럼 보이는데 이것은 제도가 실질적으로 사람들에게 체득되어 정착하기까지는 어느 정도 시간이 필요함을 드러내 보이는 것이기도 하겠지만, 지주와 소작인의 관계에서 있을 수밖에 없는 경제적 강제성도 영향을 미치고 있는 것으로 보아야 할 것이다.[198] 그러나 이러한 관계는 최치수가 살해당하고 윤씨 부인과 그의 심복들이 전염병으로 죽은 후에 급속도로 변한다. 최참판 가의 유일한 핏줄인 최서희는 더 이상 어떠한 권력으로 마을 사람들과 관계를 유지하는 것이 아니라 친일파 조준구에 맞서는 운명적 공동체가 되는 것이다.

결국 최서희와 평사리 마을 사람 일행은 간도의 용정으로 함께 도피해 가는데, 그들이 평사리를 떠나면서 조준구의 세력이 확장되고 남아 있는 평사리 마을 사람들은 조준구와 지주–소작인의 관계를 맺게 된다. 그렇다고는 해도 평사리 마을 사람들이 최참판 가와의 관계 속에서 보여주었던 결속력을 조준구와의 관계에서도 발견할 수 있는 것은 아니다. 지주와 소작인의 관계라는 점에서는 유사하지만 최참판 가와 마을 사람들 사이에 내재되어 있는 오랜 시간 동안 쌓여온 관습적 친분 관계는 친일파 조준구가 얻어낼 수 있는 성질의 것이 아니었다. 요컨대 평사리는 농촌 공동체로서 지주와 소작인의 관계가 지속되는 공간이기는 하나 지주가 최참판 가에서 조준구로 다시 최참판 가의 서희로 바뀌면서 관계의 성격을 달리하고 있는 것이다.

　서희와 그 일행은 용정에서 귀향하면서 바로 평사리로 돌아가지 않고 진주를 거쳐 평사리로 들어간다. 진주는 보수성과 진보성이 팽팽하게 긴장 관계를 형성하면서 공존하는 공간이다.

　　"진주란 참 묘한 곳이야."

　　"묘하다면 다 그렇지."

　　"아니 특히 그렇다는 얘기지. 극과 극이 공존해 있는 본보기 같은 도시 아닐까?"

　　"여러 가지 여건이 그렇게 만든 거야. 역사적으로도…… 모든 것이 수용될 수 있는 공간인데 또 그게 알맞게 크니까 서울 같을 수도 없고, 유동이 안 되니까 부산 같을 수도 없는 거 아니겠어?"

　　"그건 그래. 사회주의의 온상 같은 형평사운동의 시발점이 진준가 하면 보수적 기풍이 가장 강하고, 기생문화에 전 부패가 있는가 하면 서릿발 같은 열부의 절개를 숭상하고, 민란의 소용돌이 속에서도 근왕사상(勤王思想)은 확고하고, 상중하의 계급의식은 여전히 투철하지."

　　"그건 이 나라의 축도(縮圖)일 게야."

　　―『토지』 11권, 마로니에북스, 2012, pp. 374-375.

　이처럼 진주는 '조선의 축도'로 여겨지면서 한·일문화가 비교되거나 항일의식을 적극적으로 드러내는 공간으로 설정되어 있다. 일제에 의해 경남의 도청이 진주에서 부산으로 옮겨질 당시 불매운동이 펼쳐졌던 상황이 주석적 설명으로 제시되어 있고, 교육 현장에서 벌어지는 식민지 교육의 폐해와 그것에 저항하는 학생들의 모습은 상당히 구체적으로 그려져 있다.

등장인물 저마다의 사정으로 인해 평사리의 인물들 중 일부가 혹은 그의 자손들이 진주에 정착한다. 이로써 평사리에 존재했던 끈끈한 운명공동체가 와해된 듯이 보이지만, 그들은 여전히 기억 속에서 그 끈을 놓지 않고 있다.

2. 민족과 반민족, 용정과 만주

최서희와 그의 일행이 새로운 정착지로 선택한 용정은 평사리와는 전혀 다른 사회 구조를 지니고 있어 적응과 모색의 공간이 된다. 서희의 일행이 용정에 도착한 것은 1908년이며, 실제로 당시 간도에는 10만 명이 넘는 한국인이민들이 거주하였다고 한다.[199] 물론 서희 일행의 이주 동기는 당시 실제 조선인들의 이민 동기와는 차이가 있다. 당시 조선인들은 동척 등 일제의 경제적 침탈과정에서 빈곤에 견디지 못하고 이주하였다면, 서희 일행의 이주 동기는 범박하게 말해 일제를 등에 업은 조준구와의 대결에서 실패한 때문이라고 할 수 있다. 용정에서 서희는 공노인의 도움을 받아 부를 축적해나가고, 길상과 결혼하여 최참판 가의 재건을 도모하는데, 봉건적 양반 계층이 근대적 상업을 통해 부를 축적하고 다시 고향 땅으로 귀환한다는 이와 같은 설정은 사실 어떤 사회·역사적 조건에도 뒷받침되어 있지 않은[200] 예외에 속한다.

평사리의 친일파 인물이 조준구였다면, 용정의 친일파 인물로는 김두수를 꼽을 수 있다. 김두수는 최치수를 살해한 김평산의 장자로서 아버지의 죄업으로 평사리를 떠나게 된 김거복이다. 그는 연해주와 간도를 중심으로 일경의 끄나풀로 활동하다가 높은 지위에까지 오르게 되는데, 관수는 이것을 이용해 김거복의 동생 김한복을 독립운동자금 운반책임을 맡기기도 한다.

이렇게 용정은 김한복이 오랫동안 소식이 끊겼던 형 김거복을 만나러 가는 곳이며, 역시 오랫동안 소식이 끊겼던 봉순이(기화)가 서희와 길상을, 김환이 길상과 서희를 만나러 가는 곳이기도 하다. 조선땅에서 헤어져야만 했던 인물들이 조우하고 화해하게 되는 공간이 바로 용정이라고 할 수 있다. 또한 용이와 월선이나 서희와 길상이가 평사리에서는 이루지 못하였을 인연을 지속할 수 있게 되는 공간이 용정이다.

그렇다면 용정은 서희가 부를 축적하여 잃었던 힘을 되찾게 되고, 월선이 삼촌 공노인과 용이의 보호 아래 홍이와 더불어 인간답게 살게 되는 곳이자, 끊어졌던 인간관계들이 회복되는, 그 어느 공간보다도 건설적인 공간이라고 할 수 있다. 역사적으로 볼 때 용정, 간도는 중국인 지주들의 횡포나 일경의 폭력이 난무한 지역이지만 『토지』에서 그러한 성격은 크게 부각되어 있지 않다. 『토지』에서 용정은 암울한 조선땅을 벗어나 있는 상대적으로 자유롭고 개방된 공간으로서 상처가 회복되고 새로운 관계가 형성되기도 하는 생동하는 공간인 것이다.

세대 교체가 이루어진 후 그 중심에 있는 홍이와 영광 등이 활동하는 주요 공간은 만주의 신경이다. 4부 5편과 5부 1편은 한반도 내에서 벌어지는 사건이나 행위가 거의 나타나지 않고 있으며 이때의 중심 공간이 곧 신경인 것이다. 신경은 오늘날의 장춘(長春)을 가리킨다. 사실 신경의 본래 지명은 장춘이었으나 1934년 일본국에 의해 만주국이 성립된 후 수도로서 '신경(新京)'이라 개칭되었고 정치, 문화, 경제의 중심지가 된다. 이곳은

『토지』에서 줄곧 신경으로 일컬어지고 있는데, 2부에서 단 한번 장춘으로 언급되는 일이 있다. 송장환이 홍이와 정호 등 학생들에게 민족의식을 심어주는 장면에서이다.

송선생의 백묵 든 손은 아래로 내려와서 요동반도 끄트머리쯤 동그라미 하나를 더 그려넣는다.

"안시성에서 훨씬 내려온 이곳이 지금의 다롄[大連]입니다. 그리고 올라간 여기가 요동성이며 한참을 더 올라가서 지금의 장춘(長春)이지요. 부여성(夫餘城)은 장춘 후방에 있고 지금의 하얼빈은 여기,"

다롄, 요동성, 장춘, 할 때마다 만주지도 속에는 동그라미 하나씩 늘어난다.

─(중략)─

송선생은 강줄기를 죽 그어나갔다. 역사를 가르치는지, 지리를 가르치는지 어쩌면 그 두 가지를 다 가르치고 있는지도 모른다.

"훈춘에서 송화강까지 그 사이의 거리는 족히 이천 리는 될 것입니다. 우리 조선땅의 길이를 삼천 리라 하는데 여러분들도 지도상으로 대개는 짐작이 될 줄 압니다. 자아 그러면 그 당시의 국경선을 그어봅시다."

안시성과 요동성 밖에 있는 요하(遼河)를 따라 백묵이 힘찬 줄을 그어나간다. 부여성 외곽으로 해서 하얼빈까지 왔을 때 백묵이 부러졌다. 나머지 짧아진 백묵이 송화강을 따라 시베리아로 쭉 빠져나간다.

"어떻습니까, 여러분! 압록강 두만강 밖에 있는 이 땅덩어리의 크기 말입니다. 오늘날 우리의 잃어버린 강토, 조선의 땅덩어리만 하다고 여러분은 생각지 않습니까?"

"예! 그렇습니다!"

"그러니까 오늘날 우리의 강토 조선, 조선의 땅덩어리만 한 것이, 어쩌면 더 클지도 모르는 땅덩어리가 압록강 두만강 너머에 또 하나 있었다고 생각한다면 틀림없을 것입니다. 아시겠습니까, 여러분!"

"예! 알겠습니다아!"

"이 넓은 땅덩어리가 고구려 적에는 우리 영토였었다는 것을 알았습니까?"

"예! 선생님."

—『토지』 5권, 마로니에북스, 2012. pp. 156–158.

이처럼 민족의식을 드러내는 곳에서는 장춘으로, 세대교체가 이루어진 이후에는 신경으로 지명을 구분하여 쓰고 있다. 일제가 만주국을 세운 1934년 이전과 이후 지명의 차별적 사용은 당연한 것처럼 여겨질 수도 있다. 그러나 『토지』에는 무수한 주석적 설명이 있음에도 불구하고 이것과 관련된 주석적 설명이 없는 상태에서 일본에 의해 지어진 새로운 수도를 뜻하는 '신경(新京)'이라는 지명이 거리낌없이 사용되고 있다. 아무튼 용정으로 되돌아간 홍이가 굳이 장춘에서 정착하는 것으로 설정된 것은 아마도 그곳이 조선의 영토였다는 역사적 의미보다, 홍이의 직업이 운전사였고 장춘은 중국 역사상 최초로 자동차 공장이 세워진 공업이 발달한 곳이라는 데에 주안점이 있었을 것으로 보인다.

장춘의 도시적 특성은 서울과 비교된다. 서울은 지식인들의 방황, 신여성들의 서양문물에 대한 무비판적 수용, 민족 정체성을 잃어버린 상류층의 갈등이 빈번하게 서술되고 있으나 장춘에서는 그러한 점을 찾아보기가 쉽지 않다. 이것은 장춘이 새로운 수도이면서 한편으로는 만주의 특성을 지닌 때문으로 보인다.

차츰 만주는 지리산과 함께 독립운동의 거점이 된다. 중국과의 합동투쟁을 주장해왔던 권필응은 만주 윤광오의 집에 머물면서 송장환이나 정석 등과 계속 교류를 하며, 일본인 오가다 지로를 사랑하게 되면서 심한 정신적 갈등을 겪던 유인실이 다시 자신을 회복해가는 곳도 바로 만주 윤광오의 집이다. "중일전쟁이 발발하면서 국내사정은 일제가 날로 목을 죄고 있는 실정이지만 이곳은 보다 험난하고 보다 살벌했지만 확실히 활기를 띠고 있었다.

용정과 만주는 민족의 틀을 벗어나 가능성을 모색할 수 있는 공간이다. 그러나 결과적으로는 그것이 더욱 강한 민족성을 지니도록 하고 있다.

3. 변화의 중심, 서울

일반적으로 시간과 공간의 개념은 사회적으로 습득되고 강제되는 사회제도로서의 성격을 지니고 있어서, 역사적인 기원이 망각된 채 개개인의 경험과 행동, 판단을 선험적으로 규정하곤 한다. 그러나 『토지』에서 서울은 통념적으로 인지되는 도시 혹은 수도로서의 특성, 그리고 '지식인들의 방황'과 '신여성과 같은 서양문물의 부정적인 영향', '민족 정체성을 잃고 흔들리는 상류층의 반민족성' 등 작품 전체에 공통적으로 전제 되어 있는 서울의 특성 이외에 서사 흐름에 따라 성격이 변모되는 독특한 공간으로 부각된다.

우선 제1부에서 서울은 조선이 처해 있는 역사적 소용돌이의 현장으로 언급되면서도 현장의 실감이 아니라 떠도는 소문으로 존재한다. '듣자니까 서울서는', '소문에 의하면 서울서는', '듣자니께 서울사람들은' 등과 같은 전제 하에 서울에서 벌어진 사회 역사적인 사건들이 전언되는가 하면, 서울을 왕래하는 사람들에게 그곳의 정황을 묻고 서울에 대해 대화를 나누는 것이 전부다. 그러나 그 서술의 비중은 1부에서 상당한 무게를 가지고 있다. 서울의 변화는 곧 시국의 변화이며, 서울 사람은 개명한 사람으로 여겨지기 때문이다.

1부에서 서울과 가장 밀접한 연관을 맺고 있는 인물은 조준구라고 할 수 있다. 이는 평사리 마을 사람들에게 있어서 조준구는 서울 양반으로 통하며 서울의 소식을 전해주는 통로가 되기 때문이다. 조준구와 더불어 서울에 긴밀하게 닿아 있는 또다른 인물은 윤보다. 평사리 마을 사람들에게 윤보는 가끔 서울에서 목수 일을 할 뿐만 아니라, 일본에 저항하는 독립운동과도 관련있는 인물로 여겨진다. 우선, 최참판가 사람들에게 '서울 손님'으로 등장하는 조준구에 대한 첫인상은 주목해볼 필요가 있다.

　　윤씨부인에게 인사를 올리고 물러난 서울 손님이 길상을 따라 사랑으로 발길을 돌렸을 때 어정대고 있던 하인들과 계집종들의 눈은 일제히 그의 뒷모습으로 쏠렸다. 육 년 전이었던지 서희가 갓 났을 무렵, 잠시 동안 다녀간 일이 있는 최치수의 재종형 조준구였다. 그러니까 치수의 조모, 조씨부인 오라버니의 맏손자인 것이다.

　　조준구가 사랑으로 사라지자 하인들, 계집종들이 수군거리기 시작했다.

　　"몇 해 전에 한분 오싰제?"

　　"와 아니라. 그때는 갓 쓰고 도포 입고 인물이 훤하더마는 지금은 영 숭업게 됐구마."

　　"옷이 망했네. 까매귀가 보믄 아재비라 안 카겠나."

　　"제비가 보믄 할아배야 하겠다."

　　킬킬 웃는다. 검정빛 양복에 모자, 구두를 신은 서울의 신식 양반 조준구는 상체에 비하여 아랫도리가 짧은 데다 두상은 큰 편이었으므로 하인들 눈에도 병신스럽게 보였을 것이며, 하인들은 그것을 양복 탓이라 생각하는 모양이다. 조씨댁의 내림이 그러하였던지 생시 조씨부인도 작달막한 몸집에 다리가 무척 짧았었다.

―『토지』 1권, 마로니에북스, 2012. pp. 193-194.

위의 인용문을 살펴 보면 최참판 가의 사람들은 '서울의 신식 양반'인 조준구를 우스꽝스럽다고 여긴다. 이것은 1900년을 전후로 한 당시 조선의 일반 백성들이 가지고 있었던 신문물에 대한 가치관과 크게 다르지 않다. "새로운 문물제도는 오백 년 세월 동안 쌓아올린 가치관을 뒤죽박죽으로 만들어놓고야 말았"으며 "상층에 이를수록 그것은 심하였고 중앙에 가까울수록 급격한 것"이었기에 평사리의 사람들은 오히려 그 변화를 합당치 않은 것으로 받아들이는 것이다.

다음 제2부에서 서울은 서희가 조준구로부터 평사리의 땅을 되찾을 수 있게 되는 계략의 공간이다. 그 계략의 주동자는 공노인이며 여기에 기화나 황태수 등이 협력한다. 조준구는 금도 나오지 않는 광산을 속아서 사면서 장안의 갑부 황춘배(황태수의 아버지)에게 땅문서 절반을 잡히어 빚을 내게 되는데, 황태수는 아버지를 설득하여 그 땅을 공노인에게 넘기게 되는 것이다. 공노인은 서희의 부탁을 받고 서울에 도착한 뒤 '조준구와의 지략적(智略的) 싸움'에 열중하며, 공노인을 돕는 것은 서울에서 이름난 기생이 된 봉순이, 기화이다.

제3부에서 서울은 성장의 공간이라고 말할 수 있다. 길상이 용정에서 체포되어 서울 서대문 구치소에 수감생활을 하게 되면서 서희와 환국이 서울을 오가며 정신적인 성숙의 이루어가는가 하면, 석이는 기화를 만나 신교육을 받고 또 한편으로는 아름다운 청춘의 추억을 간직하게 된다.

용정에서 함께 돌아오지 않은 길상에 대해서 서희가 품고 있었던 원망이나 비난의 심정이 변화하는 것은 바로 길상의 수감 생활 때문이라는 것을 다음과 같은 장면에서 엿볼 수 있다.

> 왜 돌아왔을까. 반드시 조선으로 돌아와야만 했을까. 아버지와 아들이, 남편과 아내가 헤어져야 했던 이유가 이제 와선 무의미한 것이 되어버렸다. 서대문의 붉은 담벽은 뉘우침의 매질을 하였고 아들의 창백한 얼굴도 뉘우침의 매질을 한다. 과거는 무의미한 것이며 없는 것이며 죽은 것이다. 현재만이 살아 있는 것, 미래만이 희망이다.
>
> ─『토지』11권, 마로니에북스, 2012, p. 299.

그러나 길여옥은 서울에 대해 상당히 부정적이다. "서울 오면 안일해지고 마음에 벌레가 생길 것 같다"고 하는가 하면, 이와는 달리 시골에서는 "개척자가 된 기분이 들어서" 보람을 느끼게 되고 또한 시골의 가난한 사람들의 믿음은 서울의 부자들보다 확실하고 순수한 것으로 여기고 있다. 사실 임명희나 이상현 등 몇몇의 신교육 수혜자들은 지식인이라기보다 룸펜에 가까운 생활을 하고 있어 서울의 지식인들에 대한 작가의 부정적인 시각을 드러낸다.

다음 제4부에서 서울은 자주 등장하지는 않지만 사회 운동이나 독립운동의 본원지가 되고 새로운 경험의 공간, 실험적 공간이 된다. 윤국은 가출한 뒤 기대에 부풀어 서울로 간다. "가슴을 펴고 서울거리를 걷던 생각이 난다. 하늘은 높고 넓었으며 두려울 것이 없었던 자기 자신의 넓은 가슴, 젊음이 자랑스러웠고 입은 채 집 나갔기 때문에 몰골은 말이 아니었지만 비로소 자기 자신은 자기 능력에 의해 가고 있다는 확신, 희열에 전율을 느끼곤 했었다." 그러나 『청조』 발행인들과의 만남 이후 학생신분의 한계, 현실에 대한 좌절감 등을 안고 평사리로 돌아온다.

마지막으로 제5부에서 서울은 전운이 가득한 암울한 공간에 다름 아니다. 일본은 전쟁물자보급을 위해 수탈의 수위를 높이고 육군지원병제도를 채택하는 등 많은 조선인을 강제징용하여 전쟁터로 내모는 한편, 독립운동 혐의자들을 대대적으로 검거 구속한다. 이에 권오송이나 길여옥 등이 구속 수감되어 고초를 겪게 된다. 서울의 암울한 상황은 다음과 같은 환국이의 심정에도 잘 나타나 있다.

> 요즘 서울에서도 심심찮게 공습경보의 사이렌이 울리곤 했다. 그러면 서울은 순식간에 암흑천지가 되는 것이었다. 어쩌다가 꾸무럭거리거나 잘못되어 불빛이라도 새나오는 경우가 있으면 경방단원들이 쳐들어와서 집주인을 구타하기 예사, 파출소까지 끌려가는 등 거의 광란의 소동이 벌어지는 것이다. 무시무시한 그 암흑의 세계, 숨막히는 시간, 도시는 한동안 가사상태에 빠진다.
>
> ─「토지」 20권, 마로니에북스, 2012, p. 243.

한편 친일파 김두수 역시 서울에 머무르면서 전쟁에 대한 불안을 드러내는데, 그가 불안한 것은 정황에 있어서 일본이 불리해지고 있다는 판단 때문인 것으로 보인다. 서울로 찾아온 한복에게 두수가 "대일본제국은 절대로 지지 않는다"고 강변하는 장면은 오히려 역으로 그의 불안감을 드러내 보이는 것이기도 하다.

이처럼 서사가 진행되면서 행위자들이 서울에 대한 인식의 변화를 보이고 있다는 점이 여타 다른 공간과 서울의 큰 차이점이다. 그렇다고는 해도 기본적으로 서울에 대한 통념 자체가 사라진 것은 아니다.

4. 공동선의 추구, 지리산

지리산은 지형상 외부인의 접근이 용이하지 않으며, 산속에 자리하고 있는 것들이 쉽게 노출되지 않는 특징이 있다. 밖에서 보기도 힘들고 접근하기도 힘들기에 일단 내부로 들어오면 어느 정도 어떤 것과도 '거리'를 확보할 수 있다. 그 '거리'는 관망할 수 있게 하고 안심할 수 있게 한다. 하지만 그것은 자연의 위압감이 주는 공포로부터 벗어날 수 있는 인간 사이의 연대가 형성된 후에야 오는 것이다. 만일 그 내부에서 갈등이 일어난다면 그 공간적 특성은 아무런 쓸모도 없게 되고 만다. 그래서 『토지』의 인물들은 지리산 내부에서 갈등이 일어날 경우 통합하고 정리하려는 노력을 끊임없이 한다. 지리산이야말로 무엇인가를 합심하여 도모할 수 있는 최적의 공간이라고 할 수 있다.

한편 지리산은 공동체적 성격을 띤다는 점에서 평사리와 유사성을 지닌다. 평사리가 농촌 공동체라면 지리산은 저항적 공동체라고 할 수 있다. 이때 지리산은 독립운동, 항일운동의 근거지로서 저항적 성격을 가질 뿐만 아니라 가난, 핍박, 차별 등 온갖 억압으로부터 풀려나기를 희망하는 사람들이 모여들어 공동의 선(善)을 회복해가는 공간이라는 점에서도 저항적이다. 평사리 마을 사람들은 "지리산 숲속에 수백명의 의병이 있어 곧 치고 나올 것이라는" 희망을 가지고 있다.

이와 같은 저항적 성격은 은신처, 도피처로서의 역할을 하면서 더욱 배가되는 것이기도 하다. 구천이와 별당아씨는 야반도주를 하여 지리산 연곡사를 찾아가며, 환국의 친구 김제생은 일경에 쫓기다가 환국의 도움을 받아 지리산 쌍계사의 도솔암으로 도피한다. 무엇보다도 동학 무리들의 은신처가 되었다가 그들이 다시 모여 훗날을 도모하는 곳이 바로 지리산이다. 그리고 만주의 독립운동가들과 선이 닿아 있는 이범호나 형평사 운동을 통해 관수, 석이 등과 알게 된 이범준 등도 지리산에 머물면서 독립운동을 모의한다.

뿐만 아니라 지리산은 안또병 가족처럼 땅을 빼앗기고 소작인으로 전락하였다가 빚독촉에 쫓기어 숨어드는 곳이자, 가난으로 가족을 잃은 어린아이 몽치가 살아가는 곳으로 억압과 착취에 시달리던 민생들의 안식처가 되기도 한다. 이 밖에도 지리산은 일제의 징용을 피해 장정들이 몸을 숨기고 있는 곳이며, 양반 신분의 소지감과 하기서, 중인출신의 성도섭 등이 중생의 번뇌를 이기지 못하고 해탈하고자 찾아드는 곳이며, 서울 중인의 임명빈이 요양차 머무는 곳이기도 하다.

"아무리 단속이 심해도 산속까지 뒤질 그럴 처지는 아닐세. 군대라도 동원한다면 모를까. 순사, 형사, 면서기 따위가 몇 명 들어와 보았자……."지감 얼굴에 조소가 떠올랐다.

　−(중략)−

세 사람은 법당 안으로 들어갔다. 예불을 한 뒤 세 사람은 발길을 옮겨 관음탱화 앞으로 갔다. 한동안 말없이 바라본다.

"남현아, 우리는 나가세."

"예."

두 사람은 나가고 병수 혼자 남았다.

'훌륭하다!'

병수는 선 자리에서 주저앉고 말았다. 최서희의 모습이 안개같이 떠도는 것 같았지만 그러나 다만 그것은 아름답고 유현한 관음보살이었을 뿐이다. 머나먼 곳에서 비쳐오는 빛과도 같이, 구원과도 같이 아름다운 관음보살. 깊이 모를 슬픔이며 환희같기도 했다. 그러나 어느덧 경이로움과 감동은 떠나갔다. 대신 길상의 외로움이 가을밤처

럼 숙연하게 묻어오는 것을 느낀다. 그것은 이상하게도 병수의 마음
을 편안하게 해준다. 자신의 외로움과 동질적인 길상의 외로움이 겹
쳐지면서 외롭지 않다는 묘한 느낌이었던 것이다.

─『토지』 20권. 마로니에북스, 2012. pp. 98-99.

병수는 길상의 관음탱화를 보기 위해 통영에서 지리산으로 찾아온다.
그리고 그 관음탱화 앞에서 감동을 받는데, 그것은 종교적이거나 예술적
인 것으로 한정할 수 있는 것이 아니다. '곱사등이'로 태어난 운명도 모
자라 인간답지 않은 인간을 부모로 두어야 했던 병수는, 소목장이가 되
어 노동과 예술로 삶을 개척하면서 맺힌 한을 풀어 왔다. 그러나 관음탱
화 앞에서 얻은 평안을 소목일로서는 얻지 못했다. 그 일은 외로움을 잊
는 일이었지 외로움이 사라지는 일이 아니었기 때문이다. 외로움을 사라
지게 하는 것은 혼자가 아니라는 의식으로 얻어지는 동감인데, 병수는 관
음탱화를 통해 길상과 동감하고 그 동안 경험해보지 못한 평안을 얻게
된다. 『토지』가 거의 끝나갈 무렵 길상이 그린 관음탱화를 본 인물들은─
지리산에 머무르는 사람뿐만 아니라 서희, 환국이, 명희, 병수 등등 찾아
오는 사람까지─ 비록 한 자리에 동시에 모여 어떤 행동을 벌인 것은 아
니지만 분명 응집력을 형성하고 있다.

지리산은 이렇게 다양한 사연을 가지고 차츰 차츰 많은 사람들이 모여
들게 되면서 갈등이 일어나기도 하지만, 서로가 의견을 나누고 도움을 주
고 받으면서 어려움을 극복해 나간다. 요컨대 지리산은 억압, 핍박, 착취,
차별 등의 고통이나 생사의 번뇌를 안고 모여든 다양한 계층의 사람들이
공동의 선을 모색하고 추구하는 공간이라고 할 수 있다.

미주

1   손원천, 「박경리 선생이 잠든 통영」, 〈서울신문〉, 2008. 5. 22.

2   임순만, 「박경리의 귀향」, 〈국민일보〉, 2004. 11. 5.

3   황호택, 「황호택이 만난 사람: 국민 문학 『토지』 작가 박경리」, 『신동아』, 2005. 1, pp. 230-273.

4   정영자, 「박경리 소설 연구」, 『수련어문논집』, 제24호, 부산여자대학교 국어교육과 논문집, 1998, pp. 281-282.

5   김열규, 「현대문학과 정신분석」, 『정신분석과 문학비평』, 고려원, 1992, pp. 60-63.

6   김치수, 『박경리와 이청준』, 민음사, 1982, pp. 191-193 참조.

7   황호택, 위의 글.

8   이러한 비판은 역사소설로 일컬어지는 『토지』에 대해 리얼리즘의 관점에서 비판적으로 바라본 임헌영, 송재영, 김철 등의 견해이다.

9   김정자, 「소설의 공간적 의미분석-박경리 소설을 중심으로」, 『부산대 인문논총』 31집, 1987, p. 13. 김정자는 박경리의 소설에서 해역공간의 설정으로 항구의 정적인 모습을 묘사하는 경우는 드물다고 하면서 일부 이런 묘사가 환상적인 공간성을 조성하는 것으로 보았다. 하지만 정지된 정적인 모습은 드물지만 동적이라고 하더라도 그 움직임은 크지 않으며 생동감이 있다고 하더라도 그 소리는 크지 않게 묘사하고 있다는 점에 주목해야 할 것이다.

10 손원천, 앞의 글. 이상진은 「식민 체험과 기억의 이면-박경리의 『토지』, 『환상의 시기』, 「옛날이야기」에 나타난 역사적 무의식」, 『어문학』 제94집(한국어문학회, 2006)에서 진주여고 재학당시 1년 동안 휴학하였다가 복학하여 4년제 학교를 5년 만에 졸업한 경험이 『환상의 시기』에서 민이가 초등학교를 두 번 옮기는 것

으로 변형되어(p. 330) 나타난 것으로 보았는데 이는 정보 부족으로 인한 실수가 아닐까 싶다. 분명히 『환상의 시기』에는 "민이가 학교를 그만두기 전에는 동급생이었고 동무였지만 일 년 후 다시 학교로 돌아온 민이에게 이제 사 학년 상급생이며 실장인 그 둥글넓적한 얼굴이 민이를 내려다 본다(29)"고 서술되어 있으며, 이는 고등학교를 1년 동안 쉬었던 사실과 분교와 읍내의 제일국민학교(초등학교)를 옮겨 다닌 사실, 두 가지 실제 경험을 각각 그대로 적용하고 있는 것으로 보아야 할 것이다.

11 송호근, 「사회학자 송호근의 작가 박경리론」, 『박경리 신원주통신: 가설을 위한 망상』, 나남, 2007, p. 325.

12 김준, 김성률, 유재우, 「한국 근대기 일본인 이주어촌(移住漁村) 형성과 거주 형태에 관한 연구―경남 통영시 오까야마촌(剛山村)을 대상으로」, 『대한건축학회 학술발표대회논문집』, 26권 1호, 2006. 10, p. 506.

13 박경리, 「사회학자 송호근의 '작가 박경리'론―대담」, 『신원주통신: 가설을 위한 망상』, 나남, 2007, pp. 277-278.

14 양순옥, 「박경리 소설의 공간적 상상력에 대한 연구―김약국의 딸들을 중심으로」, 원광대 대학원 석사학위논문, 2004, p. 15.

15 형의 아내, 남편의 동생과 관계를 맺는 근친상간적 상상력은 『토지』에서 절정을 이룬다. 별당아씨와 김환의 관계가 그것이다. 하지만 『애가』에서와는 달리 사랑으로 맺어진 관계이며 그 사랑을 이루기 위해 야반도주를 하지만 얼마 지나지 않아 별당아씨가 병들어 죽고 만다.

16 박경리, 「반항정신의 소산」, 『창작실기론』, 어문각, 1962, p. 389.

17 박경리, 「나의 문학적 자전」, 『원주통신』, 지식산업사, 1985, p. 92, p. 94.

18 박경리, 『꿈꾸는 자가 창조한다』, 나남출판사, 1994, p. 55.

19 박경리, 「나의 문학적 자전」, 『원주통신』, 지식산업사, 1985, pp. 92-94.

20 작가마다 근친상간 모티프의 특징과 그 의미가 다를 것인데, 토마스 만의 작품에 나타난 근친상간은 주로 남매 근친상간과 모자 근친상간으로 나타나며 같은 혈통인 그 상대만을 원한다는 점에서 작가의 "예술가적 기질"과 관계 있는 "자기중심적 나르시즘과 귀족적 유미주의"를 드러낸다는 흥미로운 연구가 있

었다. 안삼환, 「〈선택된 인간〉에 나타난 망명작가 토마스 만의 숨은 발언들」, 『연세논총』 21권 1호, 연세대 대학원, 1985, pp. 132-133.

21 김은경, 「박경리 장편소설의 인물 정체성과 현실 대응 양상의 관계」, 『한국현대문학연구』 21집, 한국현대문학회, 2007, p. 336.

22 이금란, 「가족 서사로 본 박경리 소설 연구-초기 단편을 중심으로」, 『현대소설연구』 19집, 현대소설학회, 2003, pp. 329-330.

23 이상진, 「박경리의 『토지』에 나타난 유교가족윤리의 해체양상과 그 지향점」, 『현대소설연구』 20집, 현대소설학회, 2003, p. 332.

24 이승윤, 「1950년대 박경리 단편소설 연구」, 『현대문학의 연구』 18집, 한국문학연구학회, 2002, pp. 243-245 참조.

25 김이평은 평사리 마을 사람들이 조준구에게 대항하기 위하여 최참판댁으로 몰려갈 때 몸을 피하여 가족을 떠나지 않고 부양자로서 책임을 다한다. 또한 임역관이나 양재문, 심운회 등은 딸을 귀애(貴愛)하고 아들 못지않게 키우려 했다. 일본 여성과 결혼한 조찬하는 자신의 아들뿐만 아니라, 미혼모 유인실이 낳은 아들 쇼지까지도 양자로 소중하게 키우는 자상한 아버지이다.

26 1부에서 3부까지와는 달리 『토지』 4부는 1981년에서 1988년까지 거의 10여 년에 걸쳐서 연재와 중단을 반복하면서 미완성으로 발표된다. 그리고 5부는 1992년 9월 1일부터 1994년 8월 30일까지 〈문화일보〉에 연재된다. 이처럼 작품 발표가 장기화하면서 짜임이 흐트러지고 일관성이 떨어지는 등 단점을 노출시키기도 하였으나 그 나름의 의미가 진단되기도 하였다. 4부에서부터는 서술의 스타일과 주요등장인물이 바뀌어 3부까지의 작품 특성과 상당한 차이를 보인다.

27 본고에서 연구대상으로 삼은 '문제적인 아버지'란 아들이나 딸에게 갈등을 일으키고 이들의 삶에 지대한 영향을 미치는 아버지를 의미한다. 그래서 『토지』에서 평사리의 농민인 이용은 중요한 인물이고 이홍의 아버지로서 의미 있는 인물이기는 하나, 이용과 이홍의 갈등은 둘 사이에서 비롯한 갈등이기보다 어머니 임이네나 월선이로부터 비롯한 갈등이어서 '문제적인 아버지'에 포함시키지 않았다. 하지만 『토지』의 아버지를 논의하는 다른 장에서는 분명 연구대상

이 되어야 할 인물임을 밝혀둔다.

28 1975년 10월까지 『문학사상』에 연재된 것은 『토지』 2부의 전체가 아니다. 연재로 마무리를 하지는 못하였지만 문학사상사에서 단행본으로 1973년부터 기획 출간하여 1부와 2부가 전10권으로 나왔다.

29 박경리는 계속되는 작품 연재로 피로를 느끼기도 하였는지 3부가 연재되는 동안에 잠시 연재를 중단하기도 하였다. 1977년 1월부터 1979년 12월까지 『주부생활』에 『토지』 3부를 연재하면서 1978년 2월과 7, 8, 9월 연재를 잠시 쉬기도 하였다. 『토지』 3부는 이례적으로 『주부생활』에 연재되면서 동시에 『독서생활』 (1977년 1월-5월)과 『한국문학』(1977년 6월-1978년 1월)에 같은 내용이 연재되기도 하였다.

30 1970년대 한국현대사를 총3권으로 출간한 강준만은 한국현대사에서 가장 중요한 10년간을 꼽으라면 긍정적으로 평가하든 부정적으로 평가하든 1970년대라고 말하는 데에 주저할 사람은 많지 않을 것이라고 단언한다. 강준만, 『한국현대사 산책 1970년대편』 1권, 인물과사상사, 2002, p. 5.

31 강준만, 『한국현대사 산책 1970년대편』 2권, 인물과사상사, 2002, p. 182.

32 신문에 연재되어 인기를 끌었던 『별들의 고향』은 다음 해 1973년 단행본으로 출간되어 1975년까지 40여만 부가 팔리는 대기록을 세웠다.

33 이덕화, 『박경리와 최명희-두 여성적 글쓰기』, 태학사, 2000, pp. 172-173.

34 김미현, 「한국 근현대 베스트셀러 문학에 나타난 독서의 사회사-1980~90년대 소설의 '아버지'담론을 중심으로」, 『비교문학』 36권, 한국비교문학회, 2005, pp. 191-192.

35 필리프 쥘리앵, 홍준기 옮김, 『노아의 외투』, 한길사, 2000, p. 50.

36 C. G. Jung의 『Symbols of Transformation』의 내용을 박 신, 「부성 콤플렉스의 분석심리학적 이해」, 『심성연구』 19호, 한국분석심리학회, 2004, pp. 41-47에서 재인용.

37 프란츠 카프카는 『아버님께 드리는 편지』에서 집안 식구들을 부양하며 이들을 통솔하는데 필연적으로 있어야 하는 모든 장점들을 가진 아버지와 자기 자신을 비교해 볼 때, 자신은 결혼생활에 필요한 것은 아무것도 갖고 있지 않다는

사실을 깨닫게 되었다고 밝히고 있다. 계선미, 「폭군으로서의 아버지-Franz Kafka의 『아버님께 드리는 편지』 소고」, 『카프카 연구』 3권, 한국카프카학회, 1988, pp. 51-52 참조.

38 이용군, 「이기영의 〈고향〉 연구-아버지 세대의 극복을 통한 공동체 삶의 대안적 모색」, 『우리문학연구』 15집, 우리문학회, 2002, p. 342.

39 이유섭, 「정신분석학적 아버지와 인간의 아이덴티티」, 한국프랑스학회 1998년도 추계학술발표회 자료집, 한국프랑스학회, 1998. p. 179.

40 조혜정, 『한국의 여성과 남성』, 재판, 문학과지성사, 1999, pp. 102-104.

41 오세은은 딸 서희에게 최치수는 애정을 표시하지 않으며 엄격한 무서운 아버지 상이었으며, 최치수의 이러한 고압적이고 권위적인 모습은 가부장제 가족구조에서 만나는 아버지 상의 전형이라고 하였다.(오세은, 『여성가족사 소설 연구』, 새미, 2002, pp. 230-231 참조) 하지만 최치수의 모습은 '전형'이라고 하기에는 좀 지나친 면이 없지 않다.

42 박 신, 앞의 글, p. 59.

43 권중달, 「한국 가족주의의 역사적 배경」, 『유교사상연구』 20집, 한국유교학회, 2004, pp. 23-24.

44 김성희 외, 『『토지』에 나타난 여성문제 인식과 역사의식』, 『여성』 3호, 창작과비평사, 1989, pp. 199-231.

45 서희는 바로 평사리로 가지 않고 진주에서 머물렀다가 조준구와 담판을 한 뒤 평사리로 들어간다.

46 「역사 시각서 민중의 삶 그렸다-토지 4부 출간한 작가 박경리씨」, 〈동아일보〉 1988년 12월 20일 인터뷰 기사, 최유찬 외, 『토지의 문화지형학』, 소명출판, 2004, p. 428.

47 위의 책, p. 429.

48 황도경·나은진, 「한국 근현대문학에 나타난 가족담론의 전개와 그 의미: 현대소설」, 『한국문학이론과 비평』 22집, 한국문학이론과 비평학회, 2004, pp. 238-239.

49 조혜정, 앞의 책, p. 104.

50 이용군, 앞의 글, p. 339.

51 이러한 연구는 대체로 프로이트나 라깡의 이론에 기대어 이루어졌다. 이인기, 「'아버지 죽음' 모티프에 나타난 조이스의 사회역사적 비판 의식」, 『제임스 조이스 저널』4집, 한국제임스조이스학회, 1998, pp. 5-6 참조.

52 박경리, 『원주통신』, 지식산업사, 1985, pp. 87-103 참조.

53 김치수, 「비극의 미학과 개인의 한」, 『조남현 편 박경리』, 서강대학교출판부, 1996, p. 77.

54 이덕화, 「비극적 세계와 여성의 운명-〈토지〉 이전의 박경리론」, 『페미니즘과 소설비평』, 한길사, 1997.

55 윤지관, 「한(恨)의 가치화와 소설의 공간-박경리론」, 『민족현실과 문학비평』, 실천문학사, 1990, p. 95.

56 안남연, 「박경리, 그 비극의 미학」, 『여성문학 연구』 제4집, 한국여성문학학회, 2000, p. 204.

57 변광배, 「사르트르-폭력 또는 글쓰기」, 『외국문학연구』 제5호, 한국외국어대학교 외국문학연구소, 1999. 2, p. 138.

58 김자성, 「독일 문학작품에 구현된 카인-아벨의 소재 변용(1)」, 『헤세연구』 제23집, 한국헤세학회, 2010. 6, p. 49.

59 니체주의자 슈베펜호이저의 견해를 이주향 논문에서 재인용하였다. 이주향, 「기독교 '죄'개념에 대한 니체의 비판과 '죄'사유의 긍정적 실천」, 『니체연구』 제14집, 한국니체학회, 2008. 가을, p. 57.

60 일제시대의 경부(警部)란 순사보다 높은 지위의 경찰이었다. 헌병경찰 시기(1910-1919) 경부 중에서 조선인은 전국적으로 100명 내외에 불과했다. 보통경찰 시기(1919년 이후)의 경부는 경찰서장급의 높은 지위에 속한다. 이상열, 「일제 식민지 시대 하에서의 한국경찰사에 관한 역사적 고찰」, 『한국행정사학지』 제20집, 한국행정사학회, 2007, pp. 79-88 참조.

61 박경리, 「무거운 여운-『내 마음은 호수』를 끝내고」, 〈조선일보〉, 1961. 1. 6.

62 요한 볼프강 폰 괴테, 장희창 옮김, 『색채론』, 민음사, 2003, p. 776.

63 장 아메리, 김희상 옮김, 『자유죽음』, 산책자, 2010 참조.

64 성수는 빚을 내어 '모구리(잠수업)'어장을 시작하였다가 선원들이 풍랑을 만나 떼죽음을 당하는 사고를 당한다. 이후에는 흉어를 만나 어장 운영이 어려워지는데, 어장 운영을 중단해야 한다는 기두의 조언에도 성수는 "인력으로 못하네. 그냥 계속해서 하게"라고 말한다.

65 식민지 시대 일본이 "제국주의적 야망을 실현시키는 과정에서" 만주국을 "괴뢰국가"로 명명했던 것처럼 이승만 시대의 반공주의도 다분히 정치적인 의도로 북한을 괴뢰로 지칭했다고 볼 수 있다. 윤휘탁, 「괴뢰'라는 비난에 가려졌던 '국가'효과」, 『역사비평』 통권 48호, 역사비평사, 1998. 8, p. 403.

66 임대식, 「1960년대 초반 지식인들의 현실인식」, 역사비평 통권 65호, 역사비평사, 2003. 11, p. 305.

67 남원진, 「반공(反共)의 국민화, 반반공(反反共)의 회로」, 『국제어문』 제40집, 국제어문학회, 2007. 8, p. 323.

68 유재일, 「한국 전쟁과 반공이데올로기의 정착」, 『역사비평』 통권 18호, 역사비평사, 1992. 2, pp. 145-146.

69 최장집, 「해방 40년의 국가·계급구조·정치변화에 대한 서설」, 『한국현대사 I』, 열음사, 1985, pp. 37-40 참조.

70 한지수, 「반공이데올로기와 정치폭력」, 『실천문학』 통권 15호, 실천문학사, 1989. 9, pp. 109-111.

71 "난 정치는 몰라요. 그리고 반역자인 우리 아버지도 전 모르겠어요. 다만 그는 나의 아버지였을 뿐이고 당신이 나의 남편이 될 사람이라는 것, 그것 이외 내가 무엇을 생각할 수 있겠어요?" 박경리, 『재귀열』, 지식산업사, p. 242.

72 르네 지라르는 『옛 사람들이 걸어간 사악한 길』에서 '속죄양'이라는 용어의 의미를 번제에 올리는 짐승이 아니라 집단 폭력에 희생되는 한 사람으로 사용하고 있다. 김현, 『르네 지라르 혹은 폭력의 구조』, 나남, 1987, p. 73.

73 르네 지라르는 『희생양』에서 신화적 텍스트와 성서에 나타난 박해의 희생자에 대한 분석을 하면서, 희생자가 '속죄양'임을 고지하는 방법의 차이를 설명하기도 하였다. 르네 지라르, 김진식 옮김, 『희생양』, 민음사, 1998 참조.

74 이때 속죄양으로 선택되는 조건은 평균적 구성원에 비해서 사회적으로나 신체

적으로 상하 현격한 격차를 보이는 대상일 가능성이 높다. 범죄자이거나 범죄를 저지를 만한 자질을 갖춘 악의 화신 혹은 왕이나 갑부 등이 그 예가 된다. 김임구, 「르네 지라르의 문화인류학과 문학비평의 가능성」, 『괴테연구』 제13집, 한국괴테학회, 2001, pp. 381-382 참조.

75 르네 지라르, 김진식 옮김, 『희생양』, 민음사, pp. 183-185 참조.

76 박경리는 자신의 신념에 위배된 행동을 할 수 없어 모친의 마지막 부탁이었던 기도마저 끝까지 거부하였던 제임스 조이스의 행적과 그의 작품에 깊은 감명을 받기도 하였다. 박경리, 『Q씨에게』, 솔출판사, p. 91. 그만큼 박경리에게 있어서 자유의 문제는 절박한 것이었다고 할 수 있다.

77 이재선, 「전쟁과 분단의 인식」, 『현대한국소설사:1945-1990』, 민음사, 1992, pp. 82-83.

78 임헌영, 「실존주의와 1950년대 문학사상」, 『한국현대문학사상사』, 한길사, 1988, pp. 69-100.

79 윤지관, 「한의 가치화와 소설의 공간」, 『민족현실과 문학비평』, 실천문학사, 1990, pp. 83-104.

80 김열규, 「죽음의 문학」, 『한국문학사―그 형상과 해석』, 탐구당, 1983과 이재선, 「한국문학의 사생관」, 『우리문학은 어디에서 왔는가』, 소설문학사, 1986, 이인복, 『한국문학에 나타난 죽음의식의 사적 연구』, 열화당, 1987, 박태상, 『한국문학과 죽음』, 문학과지성사, 1993 등 참조.

81 전수자, 「박경리 소설의 비극성 ―『김약국의 딸들』을 중심으로」, 『어문논집』 제3집, 중앙대국어국문학회, 1964. 9, pp. 6-7.

82 김윤식·정호웅, 『한국소설사 8』, 『현대소설』, 1992. 가을, p. 380.

83 칼 야스퍼스, 이인석 옮김, 『죽음의 철학』, 청람문화사, 1992, p. 65.

84 F. W. 니체, 박준택 옮김, 『비극의 탄생』, 박영사, 1991, p. 68.

85 쿠르트 프리틀라인, 강영계 옮김, 『서양철학사』, 서광사, 1987, p. 436.

86 윤씨부인은 산사에서 구천이(김환)를 낳고 온 이후 아들 치수를 외면한다. 산속에서 어미도 모르고 자라야 하는 아들, 버려진 아들에 대한 미안함과 죄스러움 때문에 함께 사는 아들에게도 차갑게 대할 수밖에 없었던 것이다.

87 김태훈, 「우리는 님을 보내지 아니하였습니다」, 〈조선일보〉, 2008. 5. 7.

88 김갑식, 「사목 대담집 『모든 것이 은혜였습니다』 펴낸 정의채 몬시뇰―차동엽 신부」, 〈동아일보〉, 2010. 8. 20.

89 그렇다고 이러한 글을 자주 쓰는 것은 아니며, 어떤 당파의 편에 서서 발언하는 경우도 거의 없다.

90 "작가는 저어, 저어, 하며 벙어리놀음의 소녀로부터 출발해야 하는 거로 생각합니다. 표현 못하는 어려움에서부터 출발하는 것이라고 생각합니다."(박경리, 「일상의 행위」, 『거리의 악사』, 민음사, 1977, p. 28)

91 '소설가소설'이라는 용어를 쓰기도 하나 아직 개념이 확립되어 널리 쓰이는 용어가 아니므로 논문 제목에서는 사용하지 않기로 한다. 특히 이 용어는 대부분 고백체 양식의 소설가 주인공 소설을 가리키고 있어 이와는 차이를 보이는 박경리의 소설가 주인공 소설의 특성에 대한 오해를 불러일으킬 수 있다는 점도 고려하였다.

92 장양수, 『한국예술가소설론고』, 한울아카데미, 1998, pp. 4-5, p. 303 참조.

93 조남현, 「한국 예술가소설의 원형」, 『현상과 인식』 통권 12호, 한국인문사회과학회, 1979. 12, p. 102.

94 김윤식, 「고백체 소설 형식의 기원」, 『한국근대소설사연구』, 을유문화사, 1986과 허병식, 『예술가소설에 나타난 주체의 형성에 관한 연구』, 동국대대학원 석사학위논문, 1998, pp. 10-11 참조.

95 '사소설'이라는 용어는 그 유래와 개념, 쓰임 등에 있어서 논란이 많은데, 그와 관련된 논의는 다른 연구의 장에서 하기로 한다. 본고에서는 '작가 개인의 체험을 그대로 드러낸 소설' 정도의 뜻으로 사용하고자 한다.

96 〈조선일보〉 연재 당시의 원제목은 『신 교수의 부인』이다.

97 박경리, 『Q씨에게』, 지식산업사, 1981, pp. 118-119 참조.

98 이어령, 「1957년의 작가들」, 『사상계』, 1958. 1과 김우종, 「현역작가 산고」, 『현대문학』, 1959. 9와 임중빈, 「삶 그리고 긍정의 모험」, 『문학춘추』, 1966. 12 등 참조.

99 서영인, 「박경리 초기 단편 연구―1950년대 문학 속에서의 의미를 중심으로」, 『어문학』 66집, 한국어문학회, 1999, p. 262.

100 강진호, 「주체확립의 과정과 서사적 거리감각」, 『국어국문학』 122집, 국어국문학회 1998. 12, p. 327.

101 초기 단편소설 중에서 6·25전쟁 중에 남편을 잃은 여성 가장이 등장하는 작품들과 장편 『표류도』, 『시장과 전장』 등이 주로 사소설로 지목을 받았다. 단편소설 중에서 여성 소설가가 주인공으로 등장하는 작품은 『하루』(사상계, 1965. 11) 뿐이다.

102 한명환·김일영·남금희·안미영, 「해방 이후 대구·경북 지역 신문연재소설에 대한 발굴 조사 연구—격동기(1948-1962) 대구·경북지역 신문연재소설을 중심으로」, 『현대문학이론연구』 21집, 현대문학이론학회, 2004, p. 356.

103 박경리는 수필집 『Q씨에게』에서는 "나에겐 시간이 지리하다"고 하면서도 한편으로는 초조하다고 하였다. 아직 할 말을 못하고 살아왔기 때문에 "언어의 마성에" 걸려 남은 시간이 촉박하게 여겨지기도 한다고 했다. 『Q씨에게』, 지식산업사, 1981, p. 11 참조.

104 박경리, 「무거운 여운—『내 마음은 호수』를 끝내고」, 〈조선일보〉, 1961. 1. 6. 4면. 〈조선일보〉기사는 국한문 혼용으로 작성되어 있는 것을 한글로 바꾸고 띄어쓰기를 고쳐 인용하였다.

105 프리드리히 니체, 『선악의 저편·도덕의 계보』 니체전집14, 김정현 옮김, 책세상, 2002, p. 19. 같은 내용을 이승종 교수의 번역으로 고쳐 썼다.

106 이처럼 전쟁이 남편에 대한 갈등을 접게 하는 계기로 작동하는 경우는 장편소설 『시장과 전장』(1964)에서도 찾아볼 수 있다.

107 이덕화, 「자기 길 찾기로서의 여성문학」, 『현대문학이론연구』 17권, 현대문학이론학회, 2002, p. 209.

108 박경리, 『Q씨에게』, 지식산업사, 1981, p. 108.

109 위의 책, p. 18.

110 류보선, 「비극에서 한으로, 운명에서 역사로」, 『작가세계』, 1994. 가을, pp. 28-29.

111 신병구를 중심으로 하여 아내인 강여사와 제자인 혜화, 작가라는 이름을 돈으로 사려드는 작가지망생 영미, 그리고 신병구의 이복남매인 병희와 병옥이 주요 인물로 등장한다.

112 박경리는 『시장과 전장』(1964)으로 1965년 '제2회 한국여류문학상'을 수상하였다.

113 이동하, 「한국 예술가소설의 성격과 전개양상」, 『현대소설연구』 15호, 2001. 12, pp. 28-33.

114 조남현에 의하면 1920년대의 예술가소설에도 "예술한다는 미명아래 당시 유행하였던 자유연애 풍조에 가담하였던 인물의 행태를 비판하는 작품"이 『창조』와 『폐허』에 실려 있다. 조남현, 앞의 책, p. 108.

115 혜련의 시누이인 명희는 남편의 외사촌 동생 송병림을 사랑하게 되는데, 그의 감정과 대담한 사랑 표현에 대해 때로는 솔직성과 생동감이 긍정적으로 보이도록 서술하기도 하였다.

116 뤽, 페리 앤더슨, 방미경 옮김, 『미학적 인간』, 고려원, 1994, p. 13.

117 먼로 C. 비어슬린, 이성훈·안원현 옮김, 『미학사』, 이론과 실천, 1987, pp. 332-334 참조. "고전주의자는 스스로를 현실의 주인이라고 생각하였다. 그는 스스로를 지배하고 또 모든 존재를 지배할 수 있다고 믿었기 때문에 지배를 받는 것에 동의하였다. 이와 반대로 낭만주의자는 어떠한 외적 구속도 인정하지 않았고, 스스로 책임질 능력도 없었으며, 압도적인 현실 속에 자신이 아무런 방비 없이 내던져져 있다고 느꼈다. 그렇기 때문에 현실을 경멸하면서도 동시에 신격화하였다." 아르놀트 하우저, 염무웅 반성완 옮김, 『문학과 예술의 사회사3』, 개정판, 창작과비평사, 1999, p. 227.

118 조남현, 앞의 책, p. 117.

119 박경리, 『Q씨에게』, 지식산업사, 1981, p. 55.

120 위의 책 1981, pp. 93-94.

121 유인순, 「한국 예술가소설 연구-작가주인공 소설을 중심으로」, 『비평문학』 6호, 한국비평문학회, 1992. 7.

122 이덕화, 「비극적 세계와 여성의 운명」, 『페미니즘과 소설 비평-현대편』, 한길사, 1997, p. 220.

123 김명신, 「박경리 소설 비평의 궤적」, 『"토지"와 박경리 문학』, 한국문학연구회 엮음, 솔출판사, 1996, p. 477.

124 김우종, 「현역작가산고」, 『문학춘추』, 1966. 12와 김치수, 「비극의 미학과 개인의 한」, 『박경리와 이청준』, 민음사, 1982 참조.

125 백낙청, 「피상적 기록에 그친 6·25 수난」, 『신동아』, 1965. 4, pp. 326-327.

126 박경리, 「띄엄띄엄 읽고 갈겨쓴 비평일까 - 백낙청씨의 『시장과 전장』평을 읽고」, 『신동아』, 1965. 5, pp. 360-367.

127 송재영, 「소설의 넓이와 깊이」, 『문학과 지성』, 1974. 봄.

128 김철, 「운명과 의지-『토지』의 역사의식」, 『문학의 시대』 제3권, 1986.

129 임헌영, 「한의 역사와 민중의 역사-박경리 『토지』론」, 『우리시대의 소설 읽기』, 도서출판글, 1992, pp. 25-26.

130 이태동, 「『토지』와 역사적 상상력」, 『부조리와 역사의식』, 문예출판사, 1981.

131 조남현, 「한국소설의 역사의식」, 『지성의 통풍을 위한 문학』, 평민사, 1985, pp. 111-112. 조남현은 이 글에서 역사의식은 무엇보다 "휴머니즘 정신을 토대로" 해야 한다고 주장한다. 그러면서 작가들이 역사의식을 구체화시키는 방법은 다양하며, 소설은 역사적 충동과 미적 충동 두 가지를 동시적으로 살려내야 할 숙명에 놓여 있다고 하였다.

132 천이두, 「문학과 역사」, 『우리시대의 문학』, 문학동네, 1998, p. 107.

133 구중서, 「한국문학과 역사의식」, 『분단시대의 문학』, 전예원, 1981, pp. 82-83.

134 정치적 감각이란 역사의식만큼이나 정의내리기 어려운 용어이다. 본고에서는 김윤식이 임화의 경우 역사적 감각이 곧 정치적 감각일 수 있다면, 이태준의 경우는 역사적 감각은 갖추었어도 정치적 감각은 전무했다고 말할 때의 그것과 상통하는 의미 정도로 사용하고자 한다. "임화가 당시 정치적 변화에 반응하여 보여준 조직 행동과 글에 나타난 의식은 그의 뛰어난 정치적 감각을 보여준 것이었다."김윤식, 『해방공간 한국 작가의 민족문학 글쓰기론』, 서울대출판부, 2006, p. 110 참조.

135 '사월혁명'에서 '학생의거'로 다시 '민주혁명'으로 이 역사적 사건을 명명하는 용어가 변화해온 정치사에 대한 설명은 생략하겠다. 정치적 입장에 따라 혹은 사건에 대한 평가에 따라 다른 용어를 사용하기도 하지만, 김영삼 정부에서 4·19 혁명'으로 공식화한 이후 오늘날까지 이 용어가 공식적으로 사용되고 있어 그에 따른다.

136 「사월혁명의 성격」, 「제이공화국의 방향」 등을 테마로 한 여러 편의 정치적인 글뿐만 아니라, 「사월혁명에 부치는 시」와 「사일구 수기」 등도 실려 있다.

137 김상욱, 「박경리 초기 소설 연구 – 오의 수사학」, 『현대소설연구』 제4집, 한국 현대소설학회, 1996, pp. 287-303 참조.

138 이 시기 박경리의 단편소설 대부분에서 전쟁미망인이거나 아니거나 홀로 생활을 꾸려가야 하는 여성이 주인공으로 등장하고 있다.

139 이승윤, 「1950년대 박경리 단편소설 연구」, 『현대문학의 연구』 제18집, 한국문학연구학회, 2002, pp. 229-248 참조. 이승윤은 이 논문에서 박경리 초기소설의 특징으로 지목되어 온 '사소설적' 특성이 담겨 있지 않아 연구에서 누락되곤 하는 남성 주인공의 단편소설 『군식구』와 『도표 없는 길』을 상세히 분석하였다.

140 〈대구일보〉에 실린 『은하』와 『그 형제의 연인들』(1962)은 박경리가 생존해 있을 당시부터 작고한 직후까지 〈전남일보〉에 실린 것으로 알려졌는데, 필자가 직접 〈대구일보〉를 통해 두 작품을 확인하였다.

141 「『노을 진 들녘』을 끝내고」, 〈경향신문〉, 1962. 7. 5.

142 김규환, 「소설가 박경리 타계-1955년 등단, 본지 기자 지내 어려운 삶을 잊고자 매달렸던 글쓰기」, 〈서울신문〉, 2008. 5. 6.

143 유재일, 「한국 전쟁과 반공이데올로기의 정착」, 『역사비평』 18, 역사비평사, 1992, pp. 145-146과 한지수, 「반공이데올로기와 정치폭력」, 『실천문학』 15, 실천문학사, 1989, pp. 109-111 참조.

144 황호택, 「황호택 기자가 만난 사람: 국민문학 '토지' 작가 박경리 "행복했다면 문학을 껴안지 않았다"」, 『신동아』, 2005. 1, pp. 230-249 참조.

145 위의 글 참조.

146 김상욱, 앞의 글, p. 304.

147 최원식 · 임규찬 엮음, 『4월혁명과 한국문학』, 창작과비평사, 2002, p. 61.

148 「4. 19와 문학작품」, 〈경향신문〉, 1965. 4. 19. 칼럼이나 논단이 아니라 기사로 작성된 이 글은 작성한 기자의 이름 대신 필명인 듯한 '律'로만 표기해 놓았다.

149 한국역사연구회 현대사연구반, 『한국현대사2-1950년대 한국사회와 4월민중항쟁』, 풀빛, 1991, pp. 211-212 참조.

150 유인화, 「윤석화가 만난 사람−신작 집필 중인 소설가 박경리」, 〈경향신문〉, 2003. 3. 3.

151 이금란, 「가족 서사로 본 박경리 소설 연구」, 『현대소설연구』 제19권, 한국현대소설학회, 2003, pp. 317−318.

152 피해자 혹은 가해자는 대체로 법을 위반한 상황에서 발생하는 지시 대상이 분명한 용어이지만, 때로는 그것을 명확하게 규정하기 어렵고, 때로는 법과 무관한 상황에서 발생하기도 하는, 상당히 광범위한 의미를 담고 있는 용어이다. 본고에서는 어떤 상대로부터 혹은 어떤 상황으로부터 피해를 입은 사실이 분명한 사람을 피해자로, 어떤 대상에게 직접적으로든 간접적으로든, 물리적으로든 정신적으로든 피해를 준 사실이 분명한 사람을 가해자로 보고 논의를 전개하고자 한다.

153 신문연재소설로 발표될 당시의 제목은 『죄인들의 숙제』였으며 1978년 범우사에서 단행본으로 출간될 당시 작품명을 『나비와 엉겅퀴』로 수정했다.

154 김광수, 「한국전쟁소설의 주인공의 속성과 그 구조적 특성−6·25의 전후소설을 중심으로」, 『한국문학연구』 제5권, 동국대 한국문학연구소, 1982, p. 128.

155 지식사업사에서 잠시 출간된 후 절판 상태라 일반 독자가 작품에 접근하는 것이 용이하지 않은 상황이다.

156 『죄인들의 숙제』는 1969년 5월 24일에서 1970년 4월 30일까지 〈경향신문〉에 연재되었으므로 1969년 9월 『현대문학』에 연재를 시작한 『토지』보다 먼저 발표된 작품이라고 할 수도 있다. 『창』은 『토지』 1부 연재기간(1969. 9. −1972. 9) 중에 발표되었으며, 『단층』은 『토지』 2부 연재기간(1972. 10.−1975. 10) 중인 1974년 2월 18일부터 12월 31일까지 연재되었다. 『토지』 2부는 연재를 끝마치지 못하고 나중에 단행본으로 완성되어 발표되는 우여곡절을 겪었으며, 『단층』을 발표한 이후 박경리는 『토지』 집필에만 몰두하였다.

157 강진호, 「주체 확립의 과정과 서사적 거리감각」, 『국어국문학』 제122집, 국어국문학회, 1998, pp. 345−346.

158 류지용, 「60년대 전후소설에 나타난 유토피아 이미지」, 『우리어문연구』 제18호, 우리어문학회, 2002, pp. 283−284.

159 『아를르의 여인』을 휘파람으로 불며 혼자 누워 있는 청년 일화는 실제로 피난 중 만났던 청년을 형상화한 것이기도 하다.

160 하정일, 「주체성의 복원과 성찰의 서사」, 『1960년대 문학연구』, 민족문학연구소 현대문학분과, 깊은샘, 1998.

161 사실, 박경리뿐만 아니라 대부분의 사람들이 '양심'이라는 말을 힘들이지 않고 빈번하게 사용하고 있다고 볼 수 있다.

162 이명곤, 「토미즘에 있어서 도덕적 행위의 두 원리로서의 '법과 양심'에 대한 고찰」, 『동서사상』 제8집, 동서사상연구소, 2010, p. 110, p. 120.

163 본고는 아담 스미스의 『도덕감정론』을 번역하면서 동정과 공감을 아우르는 의미로 '동감'이라는 단어를 사용한 박세일의 용어 사용을 따른다. 아담 스미스, 박세일·민경국 공역, 『도덕감정론』, 개역판, 비봉출판사, 2009 참조.

164 하정혜, 「아담 스미스 덕론의 현대 도덕교육적 의의」, 『도덕교육연구』 제17권 1호, 한국도덕교육학회, 2005, pp. 255-256. 권수현, 「감성의 윤리적 차원」, 『철학연구』 제112집, 대한철학회, 2009, pp. 43-45.

165 민은경, 「타인의 고통과 공감의 원리」, 『철학사상』 제27호, 서울대철학사상연구소, 2008, pp. 81-82. 민은경은 이 글에서 'impartial spectator'를 중립적 관망자라고 쓰고 있으나, 본고는 앞에서 살펴본 동감과 마찬가지고 박세일의 용어 사용을 따른다.

166 아담 스미스, 앞의 책, p. 252.

167 수전 손택, 이재원 옮김, 『타인의 고통』, 도서출판이후, 2004 참조.

168 하정혜와 권수현 앞의 글 참조.

169 사실, 니체가 말하는 '양심'은 '자율적이고 초윤리적'인 주권성을 확보한 존재, 일반적으로 통용되는 관습이나 도덕과는 다른 가치평가를 할 수 있는 이 '주권적 존재'의 책임권리와 자유로움에 대한 의식을 가리킨다. 따라서 이 양심은 일반적 의미의 양심과는 차이가 있다. 그렇기 때문에 니체는 양심과 양심의 가책이 다른 계보에 놓이는 것으로 보았던 것이다. 백승영, 「양심과 양심의 가책, 그 계보의 차이」, 『철학』 제90집, 한국철학회, 2007, pp. 128-129 참조.

170 위의 글, pp. 122-125.

171 니체는 『인간적인 너무나 인간적인』과 『아침놀』에서 도덕과 윤리라는 것은 관습에 대한 복종이며, 따라서 전통에 가장 강하게 지배받는 사람이 가장 윤리적인 사람이 된다고 하였다. 백승영, 앞의 글, p. 127.

172 물론 도덕과 법은 두부를 칼로 자르듯이 명확하게 구분될 수 있는 성질의 것이 아니다. 법적인 것이 도덕적인 것일 수도 있으며, 도덕적인 것이 법적인 것이 될 수도 있다. 하지만 이 둘이 항상 일치하는 것은 아니며 서로 충돌하기도 한다. 본고는 상식적인 수준에서 명문화된 제도로서의 법과 관습으로서의 도덕으로 구분하여 논의를 전개하고자 한다.

173 박경리와 비슷한 시기에 등단하였으며 전쟁체험 소설을 쓴 대표적인 작가로 손꼽히는 서기원의 작품에는 전쟁 중 시골 처녀를 겁탈하고 죄의식에 괴로워하는 청년(『이 성숙한 밤의 포옹』, 1960), 절체절명의 상황에서 총검으로 형을 찌르고 죄의식에 시달리는 청년(『박명기』, 1961) 등이 등장한다.

174 박경리, 『가설을 위한 망상』, 나남, 2007, p. 50.

175 김상욱, 앞의 글, p. 290.

176 이러한 인식은 대하소설 『토지』에도 반영된다. "사실 이 소설에서는 여러 가지 경우에 있어서 여러 가지 사람의 입을 통하여 한이 운위되고 있다. 뿐만 아니라 여기에 등장하는 거의 모든 사람들은 각기 그 나름의 한을 지니고 살아가고 있다." 천이두, 「한의 여러 궤적들」, 『새미작가론총서9 최유찬 편 박경리』, 새미, 1998, pp. 234-235 참조.

177 김종수, 「1960년대 장편소설에 나타난 한국전쟁의 체험 양상」, 『현대문학이론연구』 제16호, 현대문학이론학회, 2001, p. 208. 김종수는 이 글에서 오생근이 『우상의 집』 해설(「믿음의 세계와 창의 문학」, 『우상의 집』, 문학과지성사, 1993, pp. 311-319참조)에서 언급하였던 창 타입의 사람의 의미를 빌려와 인간의 유형을 다음과 같이 나눈다. "동굴에 갇혀 세상과의 접촉을 피하는, 때로 세상에 대해 눈을 감아버리는 밀실의 인간형(손창섭, 장용학, 선우휘의 몇몇 소설들의 인물)과 구분되는 인간형을 광장의 인간형이라고 말한다면 둘 사이에 존재하는 인간형은 창 타입의 사람이라고 부를 수 있다. -(중략)- 창 타입의 사람은 밀실에서 밖으로 나가고자 하는 인물, 그러나 세상으로 완전히 나가지는 못하는 인물이다. 그들

은 여전히 밀실에 자신의 근거를 두고 있으며, 보편적 의미를 띠지 못하는 개인적 상처를 가슴에 안고 살아간다. 세상에 대한 진지한 탐구를 시도하지는 않지만 자신의 현재를 개선하기 위해 창 밖에서 무언가를 찾는다."

178 그것은 상사뱀에 관한 옛이야기에서 비롯된 어린 날 공포의 연장이었는지도 모른다. 정서적으로 불안전하였고 육친의 애정에 굶주렸던 성장 때문인지도 모른다. 권위는 높이 솟아도 인간적으로 적요한 환경에서 방어본능만 드센 탓이었는지 모른다. 번번이는 아니지만 귀국한 후 가끔 병수라는 존재에 실끝이 닿을 때 서희는 두 아이의 어미가 아닌 어린 날 계집아이로 환원되어 걸러내어도 걸러내어도 남는 더러운 찌꺼기 같은 악몽에 시달린다.

179 박경리는 김개남을 네차예프와 비교하면서 다음과 같은 말을 한 적이 있다. "러시아의 네차예프를 두고 유럽에서는 혁명의 악이라고 하지 않아요? 모든 것을 파괴하라는 식이었지요. 따라서 네차예프는 암흑이라고 할까요, 어두컴컴하고 이그러진 구석이 있는데 김개남에게는 그런 느낌이 없어요." 김치수, 앞의 책 참조.

180 한국고문서학회, 『조선시대 생활사』, 역사비평사, 2000, p. 97 참조.

181 조혜정, 『한국의 여성과 남성』, 문학과 지성사, 1999, p. 89.

182 한국고문서학회, 『조선시대 생활사 2』, 역사비평사, 2000, pp. 107-108.

183 황경애·이길표, 「혼례의 변천에 관한 연구」, 『한국가정관리학회지』 12권 2호, 1994, pp. 174-176.

184 오세은, 『여성 가족사 소설 연구』, 새미, 2002, pp. 164-167.

185 유한양행 사장 유일한과 중국인 여성, 김주선과 미국인 여성, 김필수와 독일인 여성 등의 결혼과 같이 조선인 남자가 외국인 여자와 결혼하여 당대를 떠들썩하게 했던 국제결혼 사례를 당시 발행된 〈여성〉지 기사에서 찾아볼 수 있다. 신영숙, 「일제하 신여성의 연애·결혼 문제」, 『한국학보 45호』 참조.

186 박인호, 「국제결혼과 가정불화—한양의 결혼문제에 대한 비판」, 『여성』 3권 2호 (1938. 2), 이화형 외 편, 앞의 책, pp. 554-557 참조.

187 고영환, 「결혼제도와 및 사조의 변천」, 『신가정』 1권 6호, 1933. 6, p. 32 참조.

188 이순홍, 앞의 책, p. 34.

189 황루시, 『우리 무당 이야기』, 풀빛, 2000, pp. 22-23 참조.

190 이덕화, 「서술 의도에서 본『토지』의 인물 유형」, 『토지』와 박경리 문학』, 솔출판사, 1996, pp. 141-142.

191 이승윤, 『박경리의 〈토지〉 연구』, 연세대학교 석사학위논문, 1995, p. 74 참조.

192 이태동, 『토지』와 역사적 상상력」, 『한국현대소설의 위상』, 문예출판사, 1985, p. 312.

193 이상진, 『〈토지〉 연구』, 월인, 1999, p. 280 참조.

194 김진석, 『소내하는 한의 문학 : 토지·한·생명·대자대비』, 솔출판사, 1995.

195 박용옥, 『한국 여성 근대화의 역사적 맥락』, 지식산업사, 2001, p. 180.

196 강영심, 「독립협회의 신분제 잔재 철폐운동에 관한 고찰」, 『이대사원』 26권, 이화여자대학교 사학회, 1992, pp. 143-144 참조.

197 이순홍, 앞의 책, p. 34.

198 "조선왕조 말기 지주제도에 있어서는 경제외적 강제 그 자체는 대체적으로 소멸되고 그 遺制가 남았으며 경제적 강제가 더 중요한 작용을 한 것으로 보인다. -(중략)- 봉건지대의 다른 하나의 본질적 구성요소인 소작인의 잉여생산물의 '전부' '직접적' 수취라는 요소가 경제외적 강제의 해체와 더불어 완전히 해체될 때 이른바 봉건지대의 완전한 해체를 말할 수 있는 것이다." 신용하, 『한국근대사회사 연구』, 일지사, 1987, p. 187.

199 그 당시에 간도에는 10만여 명의 한국인이민과 약 2만 명의 청국인이민들이 거주하고 있었다고 한다. 청국인이민의 대부분은 관리·군인 및 상인들이었으며 한국인이민은 많은 사람들이 농업생산활동에 종사했다. 조선총독부가 조사한 바에 의하면, 간도에 거주하는 한국인이민 수는 1912년 16만 3천 명에서 1922년에 32만 3천 8십 6명으로 증가, 1926년에는 35만 6천 16명이었으며 1929년에는 38만 2천 4십 5명, 1936년에는 45만 8천 명으로 증가했다. 고승제, 『한국이민사연구』, 장문각, 1973, pp. 23-30 참조.

200 임진영, 앞의 글, p. 74.

박경리 작품 연보

「계산」 단편 〈현대문학〉 1955. 8.

「흑흑백백」 단편 〈현대문학〉 1956. 8.

「군식구」 단편 〈현대문학〉 1956. 11.

「전도(剪刀)」 단편 〈현대문학〉 1957. 3.

「불신시대」 단편 〈현대문학〉 1957. 8

「영주와 고양이」 단편 〈현대문학〉 1957. 10.

「반딧불」 단편 〈신태양〉 1957. 10.

『호수』 동화 〈숙명여고 교지 숙란〉 1957.

「벽지(僻地)」 단편 〈현대문학〉 1958. 3.

「도표 없는 길」 단편 〈여원〉 1958. 5.

「암흑시대」 단편 〈현대문학〉 1958. 6-7.

「훈향(薰香)」 단편 〈한국평론〉 1958. 6.

『애가(哀歌)』 장편 〈민주신보〉 1958.

『은하수』 동화 〈새벗〉 1958. 6-1959. 4.

「어느 정오의 결정」 단편 〈자유공론〉 1959. 1.

『표류도』 장편 〈현대문학〉 1959. 2-11.

「비는 내린다」 단편 〈여원〉 1959. 10.

「해동여관의 미나」 단편 〈사상계〉 1959. 12.

「돌아온 고양이」 단편 〈새벗〉 1959.

『언덕위의 합창』 동화 〈중앙여고 교지 죽순〉 1959.

『재귀열』 중편 〈주부생활〉 1959.

『내 마음은 호수』 장편 〈조선일보〉 1960. 4. 6-1960. 12. 31.

『은하』 장편 〈대구일보〉 1960. 4. 1-1960. 8.10.

『성녀와 마녀』 장편 〈여원〉 1960. 4-1961. 3.

「귀족」 단편 〈현대문학〉 1961. 2.

『푸른 운하』 장편 〈국제신보〉 1961.

『노을 진 들녘』 장편 〈경향신문〉 1961. 10. 23-1962. 7. 1.

『암흑의 사자』 중편 〈가정생활〉 1961-1962.

『김약국의 딸들』 장편 을유문화사, 1962.

『가을에 온 여인』 장편 〈한국일보〉 1962. 8. 18-1963. 5. 31.

『그 형제의 연인들』 장편 〈대구일보〉 1962. 10. 2-1963. 5. 31.

『재혼의 조건』 중편 〈여상〉 1962. 11-1963. 4

「어느 생애」 단편 〈신작십오인집〉, 육민사 1963.

『시장과 전장』 장편 현암사, 1964.

『녹지대』 장편 〈부산일보〉 1964. 6. 1-1965. 4. 30.

『파시』 장편 〈동아일보〉 1964. 7-1965. 5.

「풍경 B」 단편 〈사상계〉 1964. 12.

『눈먼 실솔』 중편 〈카톨릭 시보〉 1967. 10. 8-1968. 2. 11.

「풍경 A」 단편 〈현대문학〉 1965. 1.

「흑백 콤비의 구두」 단편 〈신동아〉 1965. 4.

「타인들」 장편 〈주부생활〉 1965. 4-1966. 3.

「외곽지대」 단편 〈현대문학〉 1965. 8.

『도선장』 중편 〈민주신보〉 1965.

「하루」 단편 〈사상계〉 1965. 11.

「가을의 여인」 단편 〈지방행정〉 14권 142호, 1965.

『신교수의 부인』 장편 〈조선일보〉 1965. 11. 23-1966. 9. 13.

(동일작 『영원의 반려』, 일월서각, 1979)

『환상의 시기』 중편 〈한국문학〉 1966 춘 · 하 · 추 · 동.

「집」 단편 〈현대문학〉 1966. 4.

「인간」 단편 〈문학〉 1966. 7.

「평면도」 단편 〈현대문학〉 1966. 12.

『뱁새족』 장편 〈중앙일보〉 1967. 6. 16-1967. 9. 11.

『Q씨에게』 수필집, 현암사 1966.

『기다리는 불안』 수필집, 현암사. 1966.

「옛날 이야기」 단편 〈신동아〉 1967. 5.

「쌍두아」 단편 〈현대문학〉 1967. 5.

『겨울비』 중편 〈여성동아〉 1967. 11-1968. 6.

「우화」 단편 〈월간중앙〉 1968. 4.

「약으로도 못 고치는 병」 단편 〈월간문학〉 1968. 11.

『죄인들의 숙제』 장편 〈경향신문〉 1969. 5. 24-1970. 4. 30.

(동일작 『나비와 엉겅퀴』. 범우사. 1978)

『토지』 1부 『현대문학』 1969. 9-1972. 9.

「밀고자」 단편 〈세대〉 1970. 6.

『창』 장편 〈조선일보〉 1970. 8. 15(3면)-1971. 6. 15.

『토지』 2부 『문학사상』 1972. 10-1975. 10.

『단층』 장편 〈동아일보〉 1974. 2. 18-12. 31.

『거리의 악사』 수필집, 민음사, 1977.

『토지』 3부 『주부생활』 1977. 1-1979. 12.

『토지』 4부 『마당』 1981. 9-1982. 7. 『정경문화』 1983. 7-12.

『원주통신』 수필집, 지식산업사 1985.

『문학을 지망하는 젊은이에게』 〈현대문학〉 1985.

『토지』 4부 『월간경향』 1987. 8-1988.5.

「시정소설」 단편집 『불신시대』 수록, 지식산업사, 1987.

「회오의 바다」 단편집 『불신시대』 수록, 지식산업사, 1987.

「안개 서린 얼굴」 단편집 『불신시대』 수록, 지식산업사, 1987.

「사랑섬 어머니」 단편집 『불신시대』 수록, 지식산업사, 1987.

「설화」 단편집 『불신시대』 수록, 지식산업사, 1987.

「목련 밑」 단편집 『불신시대』 수록, 지식산업사, 1987.

『못 떠나는 배』 시집, 지식산업사 1988.

『도시의 고양이들』 시집, 동광출판사, 1990.

『만리장성의 나라』 기행문, 동광출판사 1990.

『토지』 5부 『문화일보』 1992. 9. 1-1994. 8. 30.

『꿈꾸는 자가 창조한다-박경리의 원주통신』 수필집, 나남, 1994.

『자유』 시집, 솔출판사, 1994.

『우리들의 시간』 시집, 나남, 2000.

『나비야 청산가자』 현대문학 2003. 4-2003. 6.

『생명의 아픔』 수필집, 이룸, 2004.

『가설을 위한 망상-박경리 신원주통신』 수필집, 나남, 2007.

『버리고 갈 것만 남아서 홀가분하다』 유고시집, 마로니에북스, 2008.

박경리 문학 세계
운명으로부터의 자유

© 조윤아, 2014

초판 1쇄 발행일   2014년 10월 10일

지은이   조윤아

발행인   이상만

발행처   마로니에북스
등록   2003년 4월 14일 제 2003-71호
주소   (413-120) 경기도 파주시 문발로 165
대표   02-741-9191
편집부   02-744-9191
팩스   02-3673-0260
홈페이지 www.maroniebooks.com

ISBN 978-89-6053-362-2